有爱的青春陪伴者

图书在版编目（CIP）数据

龙香拨：全2册 / 绣猫著. -- 南京：江苏凤凰文艺出版社, 2025. 3. -- ISBN 978-7-5594-9322-4
Ⅰ. I247.5
中国国家版本馆CIP数据核字第20257N9M82号

龙香拨：全2册
绣猫 著

责任编辑	王昕宁
特约编辑	加 肥
出版发行	江苏凤凰文艺出版社
	南京市中央路165号，邮编：210009
网　　址	http://www.jswenyi.com
印　　刷	天津睿和印艺科技有限公司
开　　本	880mm×1230mm 1/32
印　　张	18
字　　数	399千字
版　　次	2025年3月第1版
印　　次	2025年3月第1次印刷
书　　号	ISBN 978-7-5594-9322-4
定　　价	68.80元（全2册）

江苏凤凰文艺版图书凡印刷、装订错误，可向出版社调换，联系电话025-83280257

上册目录

·001·
卷一 / 银苍碧洱
—————————————————————
在纸上端端正正地写了一个"段"字，
再写一个"遗"字，最后是一个"南"字。

·083·
卷二 / 宝殿披香
—————————————————————
"我说贼，"他走近皇甫南，盯着她的眼睛，
清清楚楚地说，"偷我匕首的贼。"

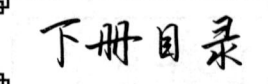

下册目录

·283·

卷三 / 拨雪寻春

我在长安,看见皇甫南就是阿姹,快气死了,
但晚上回去,又高兴得睡不着觉。

·413·

卷四 / 姹女妆成

就像苍山脚下绕着洱河的水,
洱河里映着苍山的影子。

·557·

番外一 / 阿各达惹

·563·

番外二 / 皇甫佶

卷一·银苍碧洱

（一）

阿姹悄悄推开门扇。

她的视线被堵住了。前方是各罗苏的金佉苴①，上头挂着烟袋和针筒，砗磲②及瑟瑟③发出的光把人的眼盛满了。

房里的动静很怪异，有好像是自野兽喉咙里发出的"嘀嘀"声，还有"嗵嗵"的脚步声。各罗苏像座塔似的一动不动。阿姹把门缝又掀开一些，猫下腰，歪着脑袋，目光自各罗苏的双腿间努力探出去。

她看见了穿着黑袍子的毕摩④。他的影子被油灯和火把一起晃着，仿佛巨大的蝙蝠伏在墙上，然后猛地往墙角一扑，把一团火球吞进嘴里，竟然毫发无伤。阿姹屏住呼吸，见这神通广大的毕摩停了下来，他的脸像干瘦的枣核……

得有两百岁了吧？阿姹猜想。

---
① 腰带。
② 贝类宝石。
③ 绿松石。
④ 彝族祭祀。

地上铺着青松毛席子，阿普闭着眼躺在席子上。毕摩像朵黑云似的缓缓飘过去，俯身，盯着阿普。

各罗苏动了。他把腰间的针筒卸下来，毕恭毕敬地送到毕摩的手上。毕摩摆手，从怀里掏出荆刺，盘了腿，坐在青松毛席子前。

各罗苏把死气沉沉的阿普掀过去。阿普打着赤膊，身上劲瘦，两个肩胛骨耸起来，火把照着他的脊背，上头皮肤绷得紧紧的，微微发亮。

各罗苏望着蓝莹莹的荆刺，有些不放心，说道："再叫两个娃子①来？"他把盘在手腕上的龙竹鞭解开，作势要捆住阿普的腿，"万一他挣起来……"

"有支格阿鲁②，不怕他挣。"毕摩说，把刻有支格阿鲁射日神图的木牌塞在阿普手中。

各罗苏对老毕摩的道理很信奉。他乖乖地收起龙竹鞭，举起火把，好叫毕摩瞧得更清楚些。

毕摩嘴里念念有词，动作慢吞吞的，把浸透了靛汁的荆刺扎进了阿普的皮肉里。阿普的肩胛骨微微一颤……

阿妮不禁睁大了眼睛。

然而，大概被支格阿鲁的神力震慑，阿普没有醒。

阿妮把脑袋再往前探。她好奇毕摩在阿普的背上刺了什么，也

① 奴隶。
② 彝族传说中的射日英雄。

003

许是一串谁也看不懂的咒语。假如是一只乌龟,或一头笨猪,那才好呢!可阿普的身体又被各罗苏挡住了。

阿姹正焦急,耳畔"吱呀"一声,门扇大开,是被她的脑袋顶开了。

这时,阿普突然睁开了双眼。他的眉毛和眼睛都很黑,瞳仁被火光照出两个亮点,比各罗苏腰间晃动的砗磲和瑟瑟还慑人。他一边脸贴着松毛席,面朝向门口,紧皱眉头,瞪了阿姹一眼。

原来他是醒的。

阿普眼睛一眨,有一粒因强忍疼痛而生的汗珠自睫毛滚落下来。

"是谁?"各罗苏扭过头来。

阿姹慌忙从地上爬起来,撒腿跑了。

阿普醒了。整个王府的人脸上都挂着笑,并交相传颂毕摩的神通。在这之前,萨萨不分昼夜地守了阿普半个月。她解开包头的缯帛,仔细洗去了身上的汗和泪,有两个小朴哨[①]给萨萨的娑罗笼[②]熏着香。那是一种用来进贡汉人皇帝的御香,阿姹每次闻到,都觉得昏昏欲睡。

她无所事事地翻着萨萨的鎏金银奁和碧镂牙筒。

萨萨一边梳头,在铜镜里看阿姹,一边用开玩笑的语气说:"你和阿普又结仇了吗?"

[①] 傣族年轻女孩。
[②] 傣族筒裙。

各罗苏是阿姹的舅舅，但他是一个整天在外头打仗和议论国事的男人，阿姹对萨萨更顺从一些。因娘家是摆夷族长，萨萨即使开玩笑，眼神也颇具威严，阿姹只好说"没有"，把碧镂牙筒放回去。

她磨蹭到下午才来到阿普的房门口。

阿普盘腿坐在席子上，身上穿着一件黑色的缯布短衫，这让他露在外头的手和脖子都显得有些苍白。他被弥鹿川的毒蛇咬了，一会儿发烧，一会儿昏睡，把大家折腾了半个月。萨萨说他的脸瘦了，眼窝也深了，可阿姹觉得他和以前根本没什么两样。

她鼓着嘴巴走进去。

阿普瞟了阿姹一眼，没有作声，仍旧摆弄着毕摩的神牌。阿姹凑过去，看见他用小刀把支格阿鲁的胳膊削掉了，还给支格阿鲁刻了两条女人的辫子。

阿姹愤愤地说："支格阿鲁没有辫子。"

阿普"哼"了一声："你相信他能把太阳射下来？"

"反正他比你厉害，他肯定不怕蛇。"

阿普脸拉了下来，想了想，正要说话，各罗苏走进来了。

阿姹松了口气，因为她在阿普跟前总有点心虚。她本想借机溜走，可听见各罗苏发话了："阿普，你跑到弥鹿川干什么？"

阿姹又站住脚，有点紧张地盯着阿普。

阿普没搭理阿姹的眼神，跟各罗苏说："我去追一只鹿，就跑

远了。"

"这个蛇真是毒得吓人,你看清是什么样了吗?"

阿普捏着小刀,安静地摇头。

各罗苏想不明白,阿普从小跟着乌黧的娃子们满山乱窜,对蛇虫鼠蚁的习性比他还熟悉,怎么会被蛇咬。经过这场灾祸,他觉得阿普的表情和话语都少了点。没有从阿普嘴里问出究竟,他叮嘱阿婼:"你下回不要跟着阿普乱跑。"又吓唬阿普,"如果阿婼被蛇咬了,你要小心我的鞭子。"

阿婼感觉阿普的目光又狠狠剜了她一下。她的心都提到了嗓子眼,生怕阿普说出实话,可阿普闭了嘴,脸上只是一副对各罗苏不驯服的样子。

幸好各罗苏看在阿普才醒的份上,没有大发脾气。

"你的阿母说,"他顿住了,转头看向阿婼,"萨萨刚才叫你了,你不去瞧瞧吗?"

阿婼知道各罗苏想把自己打发走,只好走出房子。到了院子里,她回头一望,见阿普听了各罗苏后面的话,脸上先是一呆,继而显得犹豫,最后跟各罗苏点了点头。

阿婼心里有点不安。

她回到房里,把匣子里的笔墨拿出来。听见外头嘻嘻哈哈的,还有光脚板踩在石板上的"噼里啪啦"声,她探身一瞧,是几个小朴哨把新染的绢搬出来，展开挂在竹竿上，凉棚底下是新刻的贝叶经①。

快要到桑堪比迈节②了，往年萨萨会带着她和阿普去听僧人诵经，看白象舞。

阿姹对桑堪比迈节一点也不期待，小朴哨们的笑声也让她有点心烦。她把窗扇关上，在纸上端端正正地写了一个"段"字，再写一个"遗"字，最后是一个"南"字。

这是她的名字。不过王府里的人只知道她叫阿姹。

阿姹意犹未尽，还想再写点什么，落笔写下一句"江南无所有"，而前后句在脑海里实在是记忆模糊了，只能胡乱写了两行，藏起来。她打算跟萨萨讨一沓新的笺纸。萨萨不识汉字，但是手上有各种汉地来的新鲜昂贵的玩意，大多只是堆着好看。

阿姹和萨萨不一样。萨萨十五岁嫁给各罗苏，连带摆夷部落也臣服了乌蛮。乌蛮和摆夷就像一个母亲生的两兄弟。而阿姹是从姚州来的，那是汉人的地盘，刚到太和城时阿姹不过九岁。有一回，萨萨以为阿姹早把姚州忘记了，开玩笑让阿姹叫她"阿母"，阿姹露出害羞的样子低下了头。萨萨并没有放在心上，说："早晚要叫的嘛。"

萨萨私下跟各罗苏抗议过，认为阿普应该娶个乌蛮女人，或者

①古代刻在贝叶上的经书。
②傣族节日。

另外一个摆夷首领的女儿。但萨萨在各罗苏面前是很温顺的，对阿姹也总是笑脸相迎。阿姹对萨萨很佩服，认为她比舅舅要精明。

阿姹放下笔，去找萨萨。到了院子里，她发现萨萨的房廊下人挤人，但没人敢出声，都伸长脖子往里望。阿姹知道是阿苏拉则来了。萨萨和各罗苏有两个儿子，一个是阿普笃慕，另一个是阿苏拉则。阿苏拉则是个僧人，也是地位最为尊贵的毕摩。他每次回来，都有许多人好奇地去看他。

阿苏拉则在萨萨的房里没有待多久。得到阿普受伤的消息，阿苏拉则不闻不问，让萨萨有些生气，但看到儿子的一瞬间，萨萨就心软了。她叫阿苏拉则去瞧一瞧阿普："你兄弟整天惦记着你呢。"

阿苏拉则一出房门，就遇到了阿姹。

阿姹到太和城三年了，和阿苏拉则碰面的次数少得可怜，并且阿苏拉则已经是个大人了。她犹豫了一下，叫道："上师。"

阿苏拉则的面孔是很和善的，阿姹不明白萨萨为何总抱怨他性情孤僻。阿苏拉则打量了阿姹一眼，见她脖子上戴的是嵌了鸡血石和青金石的赤金项链，宝石周围镶着一圈米粒大的珍珠。那是萨萨从西蕃药商手上得到的。各罗苏和萨萨对阿姹的宠爱众人有目共睹。

"好看。"阿苏拉则赞了一句，说的是汉语。

阿姹一愣，阿苏拉则绕过她，抬脚走了。

以前，阿普一见到阿苏拉则，准高兴得蹦起来，今天他很老实，房里也静悄悄的。阿姹坐在廊檐底下,天气热了,没有一丝风。她晃了晃脚,看见自己脚上穿的翘头履,上头绣着宝相花。连萨萨有时都是赤脚的,阿姹从不肯对外人把鞋子脱下来。她知道萨萨对她不满意的原因是她"只有一半乌爨的骨头"。

阿姹又把项链扯起来端详,阿苏拉则是个长成大人的男人,又是个僧人,难道他也喜欢金项链吗?

有人弹起了弦子。

阿姹扭头往阿普笃慕的房里看。

乌爨人善月琴,阿普笃慕无聊了,也会胡乱拨弄几下琴弦,但没有人会弹这种泠泠如松风的曲调。阿姹觉得这个调子有点熟悉,可如同"江南无所有"这句诗一样,她脑子里总笼着雾,想不清楚。

为什么阿苏拉则会说汉语,还会弹汉人的曲子呢?

阿苏拉则的弦子弹了很久。阿姹仰头,看见王府房檐上的绿琉璃瓦,那里供奉着菩萨,用汉字写着"官家舍利"的字样。她仿佛还看见有树叶微微打着卷,泛黄的贝叶飘落到了脚下。

起风了。

(二)

阿姹被阿普揪着耳朵,从被窝里拖了出来。

阿姹脑子发蒙,耳朵里还是弦子的声音。呆了一会儿,她记起

来了，阿苏拉则在阿普房里弹了一后响的弦子，之后去见了各罗苏，不知说了什么，又触怒了各罗苏，他踩着月色离开了太和城。

"阿苏……"阿姹嘟囔了两个字。

阿普没听见。才一个晚上，他又生龙活虎了，不断地催阿姹："快点呀。"

阿姹揉着眼睛："去哪儿？"

阿普等得不耐烦，环抱双臂，脚踩在门槛上："咱们半个月前去的地方。你不去，不去我自己走了？"

阿姹从地上跳了起来，奔去收拾包袱，把萨萨送给她的金项圈、玉臂玔，还有笔墨纸砚，都填进包袱。她先拎起丝履，摇摇头，又换成一对云头靴。

阿普有点后悔叫她了，夺过她怀里的包袱，丢到被褥上，随手抓起细长的马鞭塞在她手里，然后拽住她的胳膊就往院子里拖。

两人手拉手奔出王府，娃子们也兴奋了，打着呼哨，紧追在阿普的屁股后头。阿普说："不要你们。"

他先上马，阿姹忙敏捷地爬上马背，从后面搂住他的腰。两人飞驰上了青石板大道，娃子们眼巴巴看着。

阿姹大概知道，回姚州要一路往北走，经过弥鹿川、白崖城，再过了龙首关，就出了洱海坝子，到了汉人的地界。她一路听着马蹄"嘚嘚"，心在"怦怦"跳。

到了一处密林，阿普叫阿姹下马，把马拴在树上。阿姹不解其意，望着东边艳红的日头，问道："离龙首关还远着呢，咱们走着去吗？"

阿普不说话，把马鞭折起来，别在腰间，弯身钻进林子里。他穿着缯布的对襟黑衫，赤脚套着一双草鞋，跟寨子里的娃子没两样。他还不到包头的年纪，头发高高束在头顶，左肩挽着白竹弓，右肩挂着羊皮箭袋，腰里别着弹弓、匕首。他从荷包里抓出一把晒干的香云草塞进嘴里，蹑手蹑脚地拨开荆棘和藤蔓。

阿姹察觉出不对劲，站住了："咱们不是去龙首关吗？"

阿普嚼着香云草："谁说去龙首关了？我来抓蛇。"

阿姹大失所望，觉得自己受到了欺骗："你说话不算数。"说完，她抓起一把藤蔓上的碎叶扔到阿普头上，算作泄愤，然后转身往东走。

"小心迷路，这林子里可有毒蛇。"阿普吓唬道，见阿姹不敢动了，得意扬扬的。

他机警的目光四处搜寻，不时瞪阿姹一眼："我上回是要送你去龙首关的，我被蛇咬得不能动，你见死不救，自己跑了。"他翻了个白眼，"阿达①说，你要是迷路被蛇咬了，要拿鞭子抽我。"

阿姹倔强地站着，眼泪在眼眶里打转："你答应我的……"

---
①父亲。

"你不走，我走了啊？"阿普作势往前走了几步，见阿妤一动不动，只好返回来。

知道阿妤的犟，阿普不得已跟她承认："我也不知道龙首关在哪儿，咱们俩肯定会迷路。等我长大一点，再送你回去嘛。"

等他长大，那是多久呢？阿妤心里盘算着，突然想到萨萨常说的——男人的话，只能信一半。

林子里有风，树叶"沙沙"响，阿妤缩了下肩膀，妥协道："那你要说话算数。"然后努力把靴子从烂泥坑里拔出来。

夜里下过雨，红色的土壤还散发着潮湿闷热的气息。阿妤抬头看，太阳完全被枝叶遮住了，藤蔓丝丝缕缕地垂下来，满眼的绿，像个绿色的蚕茧。有鸟"啾啾"叫着，用红嘴巴啄着叶片上跃动的光斑。阿妤拣了根树杈，一脚深一脚浅地跟在阿普后头。

她问阿普："阿苏拉则昨天说错话了吗？"

阿普说："阿达叫他还俗，他不肯。"

阿妤不明白："他那么喜欢做僧人吗？见不到阿母阿达，还要从早到晚地念经。"

提到阿苏拉则，阿普的面色很凝重，言语也谨慎起来："我怎么知道？"他用树杈把挡路的藤蔓打得"噼啪"响，有点心烦的样子。

阿妤盯着他的后脖子，那里很洁净，只有一点少年人细碎的头发。她忍不住问："毕摩给你刺的什么符咒呀？"

"不告诉你。"

"肯定是乌龟,或是一头猪。"

阿普"哼"一声:"你就猜吧。"

他像个灵敏的野猴子,爬上爬下,从树上滑下来,把满满一捧野果子扔在地上,有蒺藜、野草莓、蛇果,五颜六色的,然后把这些野果子踩得稀烂,酸甜的味道在空气里蒸腾。

"蛇最爱吃野果,越毒的蛇越贪吃。"

布置好陷阱,阿普拉了阿姹一把,两人坐在树上等,四只脚在空中晃悠。阿姹穿着阿普的草鞋,她的云头靴早就陷进了烂泥坑。阿姹仰头,晃了晃脑袋:"下雨了?"

"笨蛋,那是鸟儿拉尿。"

阿姹皱眉,发现林子里的光线暗下来,云雾变幻,透明的绿意也浓稠了,清苦的草木气钻进鼻子。她担心地说:"万一把老虎和狮子招来,怎么办?"

阿普胸有成竹,把白竹弓握在手里:"我有弓箭,还有刀子。"

阿姹正要张嘴,阿普"嘘"了一声:"你看。"

有只短尾巴的鹿自树林深处走过来,在野果泥上嗅了嗅,抖了抖耳朵,然后扭过脑袋,把草叶子扯进嘴里。

阿普说:"这是麝香鹿,它们最爱吃甘松。等鹿长大,阿达就会派人来割它的香囊,献给皇帝了。"

013

他说这话时，脸上带着一种很不服气的神态。两个人窃窃私语，生怕把鹿惊跑。

阿普脑袋一动，左耳上长长的红珊瑚串也甩了甩。他长得更像萨萨，鼻梁挺直，睫毛密密的，发脾气时，眼睛一瞪，很凶狠，高兴起来，那就是张少见的英俊面孔了。不过，在阿姹眼里，他大多数时候都是个爱恶作剧的坏种。

阿普嚼完了香云草，又嚼槟榔，他的荷包里总有各种千奇百怪的东西，然而他有一口雪白漂亮的牙齿。阿姹想：等阿普长大了，也会像萨萨一样在嘴里镶上几颗金牙，作为他乌蛮贵族的标志吗？

想到这里，她皱了皱鼻子，露出一种嫌弃的表情。

"别动。"阿普突然低喝，从阿姹的衣襟上捻下来一条蜈蚣，在她眼前晃了晃。

阿姹的嫌弃顿时转为惊恐。

阿普如获至宝地把蜈蚣装进荷包："回去放在木呷的被窝里。"他对这种恶作剧乐此不疲。

阿姹小心翼翼地往旁边挪了挪。

"小心。"阿普眼尖，见阿姹身体一晃，险些栽下去，马上拦腰把阿姹抱住，叫她坐稳了，然后把自己的白竹弓和箭袋挂在树杈上，"你在这里等着，别下来。如果看见有猛兽，就射它。"

阿姹看清了，有只脑袋扁扁的碧绿小蛇从草尖上游了过来，冲着馥郁的果浆吐信子。从阿普紧绷的嗓音来看,这应该就是害他昏睡半月的罪魁祸首。阿姹不免紧张起来,好在阿普的动作很轻,像片叶子飘落在地上,解开盘纽,猫着腰靠近陷阱,猛然将黑衫罩了下去,把树杈往泥里一插,蛇被牢牢叉住了脑袋,尾巴拼命扭动起来。阿普飞快掏出匕首,把那个扁扁的碧绿脑袋钉在了地上。

阿姹抓着弓箭跳下树,奔到阿普身边:"它不动了!"

阿普因为紧张,眉毛上还挂着汗。确定蛇被杀死了,他骄傲地挺直身体,叉着腰欣赏了一会儿自己的战利品:"没什么了不起的嘛。"他的脚和腿上全是甜腻的果汁,还有飞溅的蛇血,他吐出槟榔渣子,一脸嫌恶,"我要去洗脚。"又钻进了林子里。

阿姹忙跟上去。两人穿过碧绿封闭的大蚕茧,找到一处积满落叶和枯枝的小水潭。阿普把脚踩进去,又掬了捧水,弯腰洗脸。

阿姹在不远处等着,看见阳光自枝叶的缝隙间漏下来,穿透雾气,打在他低伏的脊梁上,让他看上去像只矫健的白色动物……文身!阿姹想起来,撒腿跑过去,看清了,毕摩在阿普身上刺了只猛虎,刺青从脊背延伸到后腰,正磨牙凿齿,凛凛迎斗,伤口肿胀,还未结痂,更显得狰狞了。

阿姹说:"你背上有只老虎。"

阿普不以为然,乌爨人本来就信奉波罗密^①,不仅要文在身上,

---

①老虎。

还要把波罗密皮穿在身上,男人文身更是成年的象征。阿姹脸上的表情让阿普有点不高兴,他故意冲阿姹龇了下白生生的牙齿:"等你长大了,也要文,"他眼里闪过一丝恶意,"就文在脸上。"

"我不要!"阿姹跳起来。

两人回到密林深处,阿普打着赤膊,用黑布衫把毒蛇兜起来。

阿姹不敢靠近他:"你还要把它拎回家?我听说蛇会寻仇,它的同伙会追到王府去呀。"

阿普满不在乎:"哼,来一个,我剁一个。"

阿姹跟在阿普身后,待两人重新上马,问道:"我们现在回太和城吗?"

"不回去。"阿普说完就将马缰一拽,阿姹忙抱住阿普。

马在山道间小跑了一段后,可远远瞧见一片雪白的石壁,石壁凹处坐落着一座巨大的佛像。他们到了白崖城,传闻阿嵯耶[1]曾在此停留,在山涧汲水。

阿苏拉则修行的僧舍就在这里。

阿苏拉则是各罗苏的长子,自幼不喜欢俗世的繁华,僧舍里连杂役也没有,一领麻布长袍晾在菩提树低垂的枝丫上,像一面白色的旗帜。

麻布袍的主人自屋里探出半个身子,是和阿普一样的打扮,赤

---

[1] 古代盛行于云南的佛教造像。

脚，对襟短衫，长管裤，一匹黑帛包着头。阿苏拉则大概遇到了高兴的事，对两个擅闯佛寺的外人没有斥责。

"稀客呀。"他笑眯眯地说，带上了身后的门扇。

阿普打量着僧舍。寺里也没有山门，只有三间土屋，正中供奉阿嵯耶，一侧住人，另一侧堆放杂物，简陋得一目了然。相比阿普笃慕的众星捧月，阿苏拉则的生活孤独得让人难受。阿普是很爱阿苏拉则的，但他心里疑窦未消。

"你看。"阿普展开布兜，把死蛇摔在地上。

阿苏拉则盯着身首异处的毒蛇："这是什么？"

阿普把死蛇斩成几段，用脚在院子里踢开，让它在日头下暴晒。他高傲地扬起头："听说蛇很聪明，同伙会替它寻找仇家。如果它们敢来，先看看它的下场。"

昨天在各罗苏的王府，他安静地听了半天阿苏拉则的弦子，今天来做这件事，他的脸上则带了一种冷峻轻蔑的神情。见阿苏拉则沉默着，他收起匕首，不再理会阿苏拉则，走过去推佛堂的门。

"阿普，"阿苏拉则把阿普叫住了，"我有东西给你。"说完转身回房。

阿普狐疑地看了看阿苏拉则的背影，他没忘记阿姹，拉住她的手，警惕地迈进了阿苏拉则的屋子。

"老虎！"阿姹先惊诧地叫出声。

017

阿普也站住了脚,所有的表情瞬间化作兴奋,甩开阿姹的手,奔进屋。

阿苏拉则的席子上卧着一只皮毛雪白的幼虎,阿苏拉则走近,它用舌头舔了舔他的脚背。阿普跪在地上,把手伸出去:"波罗密。"

"它受伤了。"阿苏拉则说,"人们在林子里猎虎,它是逃出来的。"

阿普看见幼虎的腿上有伤,但想起阿苏拉则认识许多草药,寨子里受伤的人都会慕名来跟他求药方,便放了心。幼虎喜欢阿普身上草木的气息,颤颤巍巍地靠近阿普,喉咙里发出"咕噜噜"的声音。

阿普渴求地看向阿苏拉则:"我能把它带回太和城吗?"

"如果不是它伤还没好,我昨天就把它牵回去给你啦。"

"它已经好了,"阿普迫不及待,"我骑了马,可以把它抱在怀里。"

阿苏拉则点头:"你把它抱走吧。"

阿普心花怒放,把搜查佛堂的事情都忘到了九霄云外。他亲昵地挠了挠白虎的下巴:"给它起个什么名字好呢?"

阿苏拉则端详着阿普:"你知道阿达为什么给你起名叫阿普笃慕吗?"

阿普想了想:"阿普笃慕是乌爨的先祖,他娶了三个妻子,生下六个孩子,就有了爨氏六部。"

"没有阿普笃慕,就没有爨氏六部。现在的乌爨还不够强盛,你以后会继承阿达的位子,让乌爨强盛起来。"阿苏拉则的眼神很温和,"你会做一番大事的。"

阿普抓着白虎柔软的皮毛,低头不语。

阿苏拉则目光转向阿姹,若有所思的样子,微笑着说:"还没有恭喜你,阿姹。"

阿姹茫然:"什么?"

阿苏拉则瞟了一眼阿普,挑起眉头:"阿母说,过了桑堪比迈节,就要给你和阿普成婚了,你不知道吗?"

阿姹猛然看向阿普。

阿普脸上有些发红,他把白虎抱在怀里,昂首挺胸往外走。到了院子里,他扭头看了眼还在发愣的阿姹,悻悻地撇嘴:"喂,我要回去了,你不走吗?"

阿姹憋了一路,回到王府,推开阿普,径直奔向萨萨的院子。

染坊里的石碾来回滚着,萨萨盯着女奴在撮花①。白爨女奴的手真灵巧,一撮一卷,白麻布扎成了一串疙瘩花。从苍山上采的板蓝根②挤出的靛汁浓得像墨,把女奴的手腕都染蓝了。廊下织机"咔咔"响成一片,萨萨的表情很愉悦。

---
①白族传统扎染技术。
②植物染料。

原来她最近的和颜悦色是有缘故的。

阿姹不作声,只在萨萨窸窣作响的娑罗笼后头打转。萨萨进了屋,弯下腰洗手,见阿姹又转到了跟前,她不动声色地提点道:"阿姹,你十二岁了。阿普比你大一岁,十三了。你们不能再整天疯跑疯玩啦。"

阿姹盯着自己的脚尖,声气微弱地嗫嚅:"我还没长大。"

"寨子里的阿米子①到这个年纪都急着找人家了。"萨萨安慰道,"你到坝子的那一天,段家就和各罗苏家结亲了,现在只是把这事宣布给各部的首领知道。"她擦着手,慢条斯理的,"这不正是你阿母和你阿舅的心愿吗?"

阿姹皱起眉头:"阿普笃慕对我不好。"

"那是小时候,现在不是很好嘛。你们俩这半天又去哪儿了?"萨萨摸了摸阿姹的脸,感觉到阿姹的不情愿,声音变得威严了,"阿姹,你的骨头是各罗苏家的,最终要还给各罗苏家,谁说话也没有用。"她端坐着,把茶杯放到一边,"今晚,你把被褥搬去阿普的屋里吧。"

阿姹蜷缩在佛塔顶的舍利堂,两手托腮,没精打采。

这里是她的"密室"。各罗苏的王府背倚苍山,面朝洱海,从

---

① 彝族年轻女孩。

舍利堂的小窗望出去,能俯瞰太和城。银苍碧洱,坝子正春尽暑来。

晚风晃动了树枝,檐角下挂的惊鸟铃"叮叮"响。

老毕摩苍老悠长的"咿咿呃呃",还有火光飘摇,人们在湖边打傩鼓,烧符咒,好驱除阿普身体里的邪祟。

离桑堪比迈节不到半个月了,到时各罗苏要告诉整个坝子的首领们,达惹的女儿嫁给了各罗苏的儿子,乌爨人把骨头讨回来了。萨萨会叫人解开阿姹的头发,梳成两个辫子,还会给阿姹戴上银流苏、银梳子,穿上满是银泡的绣花衣和百褶裙。那是乌爨阿米子们嫁人的仪式。

菩萨旁边供着一面金银平脱镜,镜子里映出阿姹的眼睛和嘴巴,盛着满满的不高兴。

阿姹十二岁了,知道嫁人的意思。她一辈子只能待在坝子,再也回不去段家,看不见达惹和段平。

阿耶阿娘呀,你们真狠心!

阿姹用手背擦去眼泪,把脑袋伸出来一点,瞧见两个小朴哨在她的屋外探头探脑,脸上带着诡异的笑。她们是萨萨派来监督阿姹搬被褥的。

阿姹闷闷不乐地离开舍利塔,挪着步子到了阿普的屋里。阿普不在,只有一盏油灯。他从白崖城一回来就不见人影了,准是在跟娃子们炫耀自己的波罗密。

阿姹翻了一通阿普的案头。案上堆得满当当，乱糟糟的，有药箭竹弓、斗笠瓢笙、一柄双耳铜腰刀，还有一方鹦鹉纹金匣。金匣里头盛着阿普的各种"宝贝"，阿姹才掀开一道缝，就从里头滚出来只死蝎子——阿普前个月大发孝心，满山掏蝎子，要给各罗苏泡酒喝，事后又忘得一干二净，蝎子被关在匣子里闷死了。

阿姹噘嘴，丢开金匣。

各罗苏的王府比姚州都督府要奢华。阿普的屋里新设了青罗帷帐，还有泥金屏风，松毛席不见了，榻上的绣褥厚软得像云朵。

兴许阿普也在躲着她。阿姹脑子里浮起这个念头，想到阿普在僧舍别扭的样子，有些幸灾乐祸，摊开手脚，霸占了这张榻。

绝不给他挪地方！

有人"哐"地撞开门，是阿普的脚步声。阿姹忙闭上眼，等了一会儿，没忍住，将眼皮掀开一道缝。阿普才洗过澡，披了短褂，光着胳膊和腿。白虎的皮毛也是湿的，温顺地窝在他怀里。

阿普起先兴冲冲的，见状也皱了眉，甚是烦恼。两个人面面相觑，阿普先把头扭开了，又跑出去一趟，左胳膊夹着白虎，右胳膊夹一卷松毛席，把松毛席铺在帷帐外的地上。

他隔着屏风告诫阿姹："你不许打呼噜，也不许磨牙。"

阿姹辩解："我从不打呼噜，也不磨牙。"

阿普不再搭理她，和白虎在席子上打了一会儿滚。他不舍得把白虎撵出去,说:"你乖乖的,别动。"然后把腰带一头松松地系着白虎的腿,另一头拴在桌腿上,鼓起嘴,"噗"地吹熄了油灯,爬到席子上去睡觉。

水畔的傩鼓早已歇了,万籁俱寂,阿姹不安地动了动。她的耳朵尖,听见飒飒的山风里夹杂着铜锣夜鼓的敲打声,还有人的呼喝,兽的低吼。

"你听见声音了吗?"阿姹紧紧抓住被角。

阿普见怪不怪:"是寨子里在抓老虎,要献给皇帝的。"

阿姹说:"你把席子往这边挪一点。"

阿普不肯离他的白虎太远:"帐子里太热了。"

呼喝声震得屋顶都在颤,阿姹掀开帷帐,赤脚跳下地,抱着枕头到了屏风外头。阿普光着上身躺在席子上,窗扇半掩,能看见挂在屋檐上的白月亮。

阿姹颤声说:"我害怕。"

阿普没作声,阿姹把枕头和阿普的摆成一排,躺在席子上,新编的席子还散发着松针的清香。

有火把自窗外一晃,又不见了。霜似的月光把阿普的眉毛和眼睛照得很清楚。萨萨说阿普笃慕托生错了,他这张脸原该是个漂亮的阿依妞妞①。

①彝族小女孩。

阿普嘲笑阿姹："胆小鬼。"

阿姹轻声反驳："你是蛮人，文身绣面的蛮人。"

"阿达是蛮人，达惹姑姑不也是蛮人？"阿普毫不留情揭她的底，"你还吃蛮人的饭，跟蛮人一起睡觉。"

阿姹只好不说话。她听见墙角的白虎气息，忙又说："它打呼噜好像只大猫。"

阿普忍不住骂她："你真笨，大猫能把坏人的脑袋咬掉吗？"

没脑袋的人，岂不是断头鬼？脖子上碗大的疤……阿姹用手捂住耳朵："你别说啦。"

阿普笑嘻嘻的，又说："胆小鬼。"

松毛席给两个人睡是有些挤，他睡觉不安分，一会儿朝里，一会儿朝外，一会儿又在枕头底下捣鼓，转过身面朝阿姹，呼出的气都喷在阿姹的脑门上。

阿姹被他闹得不舒服："你干什么动来动去？"

阿普又背过身去，声音闷闷的："背疼。"

阿姹睁大了眼睛，他的文身已经结痂了，乌蓝的线条诡异可怖，布满了整个脊背。她又悄悄往后退了退，快滚到地上了。

半晌，阿姹以为阿普睡着了，阿普突然伸出胳膊，从枕头下摸出一个朱红色的小薄片，对着它沉思了一会儿，推了推阿姹："你看，这上面刻的什么字？"

借着月光，阿姹隐约看见薄片上雕的天马凤鸟纹，字迹细小。她好奇地问："这是染红的象牙吗？上面刻的好像是个汉字'盈'。"

"盈……"阿普嘴唇翕动着，"那是什么意思？"他和萨萨一样，不通汉文。

"就是说装得很满。"阿姹转着眼珠，"或者是有个女人的名字叫盈。"

"胡说八道。"阿普吝啬，不肯再给阿姹多看一眼，把薄片放回枕头下，嘟囔，"我讨厌汉人，尤其是汉人的皇帝。"

阿姹吓唬他："你如果在姚州说这种话，要被杀头的。"

阿普不屑一顾："让他来杀我的头，我不怕。兴许有一天，我还杀他的头呢！"

阿姹说："我也是汉人呀。"

阿普顿了顿："你不是。"他漆黑的眼睛盯着阿姹，说出的话令阿姹瞬间脸红了，"再过几天，你就要做我的女人了。"

"你胡说八道！"

比起阿姹，阿普要镇定多了。他脑袋枕着手，换成仰面躺着，新愈合的伤口被松针磨得麻酥酥作痒。他懒洋洋地说："以后再也不拿弹弓打你了，也不拿蜈蚣咬你了，也不给你的饭里加料了，行了吧？"

阿姹抓起他的手咬了一口："不稀罕！"

025

阿普嗤笑一声："你的牙还没有吃奶的波罗密锋利。"他俩虽然年纪相仿，阿普却比阿姹高出一截了。他想去摸摸她的牙，手伸出去，鬼使神差地，摸到了嘴巴上。她的两片嘴唇是软嘟嘟的。

阿普在起初的鲁莽后，很快大起了胆子，抱住阿姹的脸，两个人嘴巴和鼻子撞在一起。

"呸呸呸！"阿姹使劲推开他，窘得说不出话来。

阿普的脸拉了下来："呸什么？我的嘴又不臭。"

阿姹说："我最讨厌香云草和槟榔的味道。"

"胡说八道。晚上阿母给了我一块西蕃人的石蜜，明明是甜甜的味道。"他使劲捏住阿姹的两颊，"你张开嘴巴。"

阿姹动弹不得，才发现阿普力气真大，脖子和胸膛都是热烘烘的。她警惕地瞪着阿普，拼命闭紧嘴，只"唔唔"表示拒绝。阿普气急败坏地骂她"笨蛋"。两人僵持了片刻，阿普先卸了劲。他长胳膊长腿，胸膛还很单薄，脊梁骨也是瘦条条的，但一把就将阿姹搂到了怀里。

他揪着阿姹的耳朵，小声说："我看见木呷和寨子里的阿米子就是那样舔嘴巴。"

"呸呸呸！"阿姹抢过自己的枕头，跑回了屏风背后。

日头红艳，萨萨领着一群小朴哨，款款地走过游廊。经过阿普的屋子,房门还是闭着的,她用指尖在嘴边"嘘"一声,轻轻掀开窗扇,瞧见一对人儿四仰八叉地在榻上睡着,阿姹的脚架在阿普的肚子上,阿普的手攥着阿姹的辫梢,呼噜声此起彼伏。

萨萨捂着嘴笑,惊动了窗根下的白虎。它低声咆哮,对萨萨亮了亮利齿。

"哟,"萨萨吓了一跳,"这畜生。"她拍着胸口,急急地走了。

各罗苏和清平官①议完事,被萨萨叫住了。

萨萨把这事当成笑话告诉各罗苏,并放出话,叫整个坝子的西蕃行商、汉民工匠都把最得意的物件送进府来,她要仔细挑一挑。萨萨对阿姹不是完全满意,但张罗起婚事来兴致勃勃的。

"写一封信给姚州都督府,不然怕达惹怪我们不周到哩。"萨萨提起达惹,腔调总有些尖锐。

各罗苏对婚事并没有萨萨那样看重,仪式而已嘛,他有自己的盘算,暂时还瞒着萨萨。他含混地说:"达惹知道,知道。"

萨萨多疑地瞟了一眼各罗苏,但她从不在外人面前揭穿他。反正达惹也并不是她在乎的,提起达惹,只是为了引出后头的话:"不要报个信儿给皇帝吗?"

清平官尹节曾在汉地做过官,最通礼仪,附和说:"于礼,王

---

①类似宰相。

公子女嫁娶,的确该上表请奏。"

各罗苏不以为然:"天高皇帝远,阿普笃慕也只是个没有一官半职的小子,何必麻烦?"

萨萨没有忍住:"结了婚,就是大人了,该提醒皇帝要封他当世子了。"

"封了世子,没准要召他进京宿卫①,你也愿意?"

阿苏拉则离群索居,跟阿母阿达已经不亲近了,还要把阿普送到皇帝身边去,萨萨才不愿意。

各罗苏觉得萨萨最近的动静有些太大了,又叮嘱她:"那些行商和工匠,不要叫他们随便在府里走来走去。"他扭过头跟尹节说,"唉,女人和下人嘴不严,就算有铁门闩,也不顶用。"

萨萨倏地拉下脸。

尹节在廊下走。议事厅隔壁是书屋,屋门半掩。门口的菩提树梢上挂着一把老黄杨弹弓,叶子层层叠叠的,连片鸟毛都看不见,鸦雀无声,准是遭了阿普笃慕的劫。

阿普又在捣什么鬼?

尹节放轻脚步,推开屋门。他本意是要佯作发怒,猛地呵斥阿普一声的,却看见阿姹正老老实实地伏在案前。

---

① 意指藩王子弟入京为质。

阿姹略显惊慌地抬起头来，眨了眨眼睛："尹师父？"

这声"师父"叫得尹节好心虚。他名义上是阿普笃慕的师父，各罗苏特地腾了这件书屋，叫他教阿普汉文和礼仪。两年间，阿普拿笔的次数十个指头也数得过来，尹节则睁一只眼，闭一只眼。

"阿普又跑了？"尹节皱着眉，见阿姹的案头堆了一摞卷轴和册子，"你在做什么？"

"我在学写字。"

尹节拿起两本书册，一部郑笺，一部字林①。他又往阿姹的笔下一瞥，缓和了脸色。阿姹的字迹很工整，萨萨得到汉文的佛经，都是交给阿姹去抄的。

尹节抱着弥补的心理，吩咐阿姹："你再写一篇字给我看。"

阿姹答了声"是"，笔管抵着下颔，面上露出犹豫的神情。

尹节温声道："不要着急，想好了再下笔。"他把门扇打开，叫屋子里更亮些。阿普不来，这屋子倒是个能安静读书的地方。

他在书橱前徜徉了一会儿，转身再看，阿姹手指抠弄着笔管上的红漆，心思早不知道去了哪里。尹节一哂，有些不耐烦，心想：也不比阿普强很多。

阿姹一瞥尹节，很会察言观色："尹师傅，你是不是想吃茶？我有桑果，请你吃。"

① 郑笺、字林，都是国子学基础教材。

案头还有一只紫檀匣子和一领织金袋子，袋子里盛了满满的紫红桑葚。尹节道了声"多谢"，挽起袖子，捻了桑葚放在嘴里。桑葚是刚摘的，酸甜多汁，尹节吃完一颗，意犹未尽，要伸手去掀开匣子。阿姹动作更快，若无其事地把匣子挪到另一头，还将淡绯色的信笺也往远处移了移。

尹节低头一瞧，自己两手被桑果的汁染得通红，顿时醒悟，阿姹是怕桑葚汁染了她的匣子和信笺。她那一沓新制的花笺纤薄致密，又有松绿、鹅黄色和花鸟人物纹，还薰了香气。

尹节欣赏着她的花笺，说："这纸来得不易呀。"

阿姹粲然一笑："尹师父，你也喜欢这些纸吗？没有什么难的，舅母给了我一大摞。"她放下笔，把余下的花笺叠起来，放在尹节手边，"这些送给你去写信。舅舅还有一支兔毛的诸葛笔，我也讨来给你。"

尹节忙擦了擦手，厚着脸皮将信笺接过来："毛笔不必了，不必。"他耐下性子，看着阿姹挺身端坐，落笔写了"江南"二字，觉得这两字好没来由，便问："你这是写诗，还是写信？"

阿姹道："尹师父，以前汉人有首诗，说两个好友，一人在北地，一人在江南，江南的人思念好友，就送枝梅花给他。诗里有一句'江南无所有，送君一枝梅'，你读没读过这首诗？"

"难道不是'江南无所有，聊赠一枝春'？前头还有一句'折花逢驿使,寄与陇头人'。这是陆凯的《赠范晔诗》,可对?"

阿姹喜出望外,急忙点头:"不错,尹师父,你真是满腹诗书。"她毫不犹豫将一首诗誊抄在花笺上,最后一句则写作"聊赠一匣梅"。细细吹干墨迹,再塞进封皮,封皮翻过来,上头早已写好了"皇甫公佶钧鉴"一行字。

尹节疑惑:"这是?"

阿姹说:"我有个姑母,住在京师,我要写信跟她问安。小时候她常教我念这首诗,我写给她,她就知道我没有忘记她。可惜这个时节梅花已经落了,匣子里是我用石蜜腌的青梅,雕了花,送给她尝一尝。"

府里的白爨女奴最善制雕梅①,千里迢迢送去京师,虽然麻烦,但也是小女儿一片赤诚,倒也无可指摘。不过,尹节问:"这皇甫佶又是谁?"

阿姹不慌不忙回道:"我姑母的夫家姓皇甫,汉人做官的规矩很大,女人如果和外头通信,会被言官们说坏话,所以我写皇甫公收,而佶是我姑母的本名,府里的人一看,就明白这匣梅子是送给姑母的。"阿姹紧紧抱着匣子,珍宝似的,"尹师父,你常用官驿传信,能帮我把梅子和信送到皇甫家吗?"

尹节略一思索:"你姑母的夫家,是梁国公皇甫府?"

---
①白族特产食物。

阿姹面露迷惑:"我只知道姑父叫皇甫达奚。"

尹节把信放回匣子上,摇头道:"我们的官驿只用来传递公文。普通的人家也就帮你寄了,梁国公是何等的门第?他是汉人宰相,我们是乌蛮国臣子,私下通信,恐怕于他也不便。你这梅子还是自己吃了吧。"

阿姹眼里涌现失望:"我这信和匣子随便给他们查验也不行?"

尹节说:"倘若要寄,还得骠信①点头才可行。"

阿姹央求:"舅舅太忙啦,等他想起,我的雕梅也成梅干了。"

尹节生怕麻烦,只是摇头。

阿姹轻咬着下唇,乌黑的两丸眸子透着不甘,忽然道:"尹师父,乌蛮臣服汉人的皇帝,舅舅年年都要进献奇珍异兽,正所谓'憬彼淮夷,来献其琛',又所谓'食我桑葚,怀我好音',吃了别人的桑葚,应该感念别人的好意。你难道没有读过毛诗吗?"

尹节哑然失笑:"毛诗你读得很熟呀。"

阿姹咄咄逼人:"你如果不帮我寄,我还要告诉舅舅,阿普笃慕一个汉字也不认识!"

尹节汗颜,那一沓花笺还在怀里,浑身不自在起来,觉得这阿姹心眼如此多,比阿普还要可恶。他只好将信和匣子接过来,又撇清道:"此去京师,路途也有一月之遥,到皇甫夫人手里,雕梅变

---

①国君。

成梅干,你可不要怪我哟。"

阿姹轻哼一声:"变成梅干也不怕,还可以泡酒。但如果皇甫佶没有回信给我,那一定是你怕麻烦,私吞了我的雕梅,销毁了我的信。到时候我还要告诉舅舅……"

"行了行了……"尹节往窗外一望,"阿普笃慕来了。"

外头一阵风似的脚步声,伴随着呼哨声,菩提树枝仿佛遭了暴雨,猛地一甩。阿姹脑袋自门缝间探出去,见阿普手里抓着老黄杨弹弓,紧追着白虎,身影在院门处一跃,便不见了。

好险。阿姹轻舒口气。

尹节望着她的脸,若有所思,然后把信收进怀里,不经意道:"阿姹这样有孝心,怎么不见你跟段都督夫妇问安?"

阿姹的嘴巴很紧,从不在萨萨跟前提起段平和达惹。回到案前,她拾起笔,忍不住道:"我阿耶阿娘忘记我了。"

尹节笑道:"天下怎么会有忘记儿女的爷娘?"

阿姹垂下眼眸,那里是难掩的黯然——三年间她写了无数封信,偷偷托木呷那些娃子送出龙首关,却都石沉大海。

段平和达惹把她送给了乌蛮人,不打算再要回去了。

还不到桑堪比迈节的正日,寨子里就已经欢腾起来了。娃子们整日扒拉阿普的耳朵,同他说悄悄话,之后阿普就从早到晚地不见踪影。

阿妚不在乎桑堪比迈节，她每日掰着指头，估摸自己的信走到了哪里。不过那些热闹的消息还是传到了她耳朵里。据说有人自昆川的寨子来，怀里抱着一只遍体雪白的孔雀，喊价一百匹缯布。还有大胡子的波斯商人骑着骆驼，头上蹲着一只猴，那猴子神通广大，像人一般穿靴戴帽，执鞭策马，还会演参军戏[①]。

阿普听说有会演参军戏的猴子，心里仿佛猫爪子在挠，翌日一睁眼就往马厩跑。

萨萨在门口把阿普堵住了："眼看要正式结婚了，还跟娃子们野个没有完？"

结婚，不过是男女睡在一起，阿普这些日子和阿妚在同一张榻上，已经习惯了。在他看来，就算正式结婚，也没什么好期待的。他脑筋一转，说："我要和阿妚去看阿苏拉则，阿苏拉则要去节上诵经。"

后天是桑堪比迈节的正日，萨萨也打算去听阿苏拉则诵经。想到大儿子，萨萨脸上便洋溢起微笑，宽宏地点了点头："天黑前回来。"

阿妚只来得及抓起一顶斗笠，就被阿普拽出了门。

阿妚和阿普骑马，木吉牵白虎，其余的娃子们列队跟上，各个背弓挎刀，威风凛凛。

阿妚掀起斗笠仰头看，天瓦蓝瓦蓝的，染坊里最老的女奴也染

[①]古代流行的猴戏。

不出这样匀净的颜色。他们沿着洱河前行，河面上漂浮着水牛的大弯角，有只蓝眼圈、红肚子、白尾巴的水稚停在鸡头米的嫩叶芽上。

"嘘！白尾梢红稚。"阿普吐出嘴里欢叫的柳叶，从腰间摸出弹弓。

白虎被木吉悄悄松了缰绳，猛地往水里一扑，红稚惊飞了。

"你这蠢东西。"阿普扬起鞭子，作势要抽木吉。

娃子们却突然欢呼起来："大象！崇圣寺的大象！"

阿普和阿姹忙扭头看，隔着无边的稻田，四只披毡戴彩的白象被寺僧赶着往前走。山脚的晨雾未散，象群好像走进了云里去。

"快去看白象舞！"娃子们一窝蜂地撒腿跑起来。

到了阳苴咩城，阿普却大失所望。满眼只是挤挤挨挨的人脑袋，象舞去年就看过了，白孔雀也不稀奇，金圭寺门口拴着一头老骆驼。

"木呷，演参军戏的猴子呢？"

木吉告诉阿普："木呷在寨子里睡大觉，他说猴戏看够了，晚上要去绕三灵①。"

阿普只能把气撒在木吉身上："找不到大胡子的波斯人，我就揍你。"

木吉率领娃子们东张西望地挤进人群。阿姹和阿普下了马，白虎在菩提树下打起了呼噜，阿姹搂住它的脖子，把脸蹭在柔软厚密

---

① 彝族情人节仪式。

的皮毛上。

阿姹的脸也是白的，又白又滑，像新剥的鸡头米。她也在眯着眼打盹儿，翘着红嘴巴。阿普想起从自己弹弓下溜走的红雉。

他使劲捏住阿姹的鼻子，阿姹的脑袋左右甩了甩："喂！"她朦胧的双眼渐渐瞪圆了。

"还有两天，你就要做我的女人了。"阿普故意慢吞吞地说，知道这话准会把阿姹惹恼。

果然，阿姹的脸又憋红了，瞪着他，想说些什么，最终却只愤愤地把头扭到一边。

阿普"哈哈"大笑，抓着波罗密的两只耳朵玩。有许多人跑来看白色的波罗密，甚至愿意开出比白孔雀更高的价，阿普冷冷地拒绝了，心里实在很得意。

木吉回来，告诉阿普，有个汉人的大官也到了阳苴咩，大胡子的波斯人被叫走了，单给汉官的女人和儿子演猴戏。

阿普不高兴："他是个什么狗官？"

木吉茫然摇头："只知道姓张。"说完，他手一指，阿普看见神祠周围把守了汉人的兵，手里握着明晃晃的戟和槊。姓张的汉官把神祠当成了自己的行帐，里头正在演参军戏，一阵锣鼓"哐啷啷"，在墙里敲得热闹。

阿普在神祠外不甘心地张望。

"阿苏拉则来了！"周围有人喊道。

黑色的人流上了山，开始往金圭寺里涌，几十个娃子们像雨点落入了洱海，转眼都不见了。阿普只好紧紧拽着白虎的颈绳，和阿姹手拉手进山寺。

寺里到处结着彩绢，殿前的台子上堆着三宝——黄卷赤轴、五色舍利，还有萨萨送来的新铸佛像，连后山的石壁都被洗得洁净润泽。白虎不慎被浇了一身的浴佛香汤，它不耐烦地晃晃脑袋，打了个轻微的喷嚏。

"嘘。"阿普安抚着躁动的白虎。

阿姹则努力踮着脚，想要看清诵经台上的阿苏拉则。

上回见的阿苏拉则，椎髻跣足，是个和气随意的乌蛮青年。此时的诵经台上，他披了艳丽的氎氀[①]，坠着耳串和璎珞，手里一串摩尼宝珠，在缭绕的烟雾中，气势冷傲得陌生。他的声音不高，可刚一张嘴，底下就安静了。人们敬畏地仰望着阿苏拉则，聆听他口中的字句，比对骠信还要虔诚。

阿普盯着台上的阿苏拉则，心不在焉。没一会儿，他也觉得无聊起来。

阿姹被晒得脸颊通红，皱着眉，抱怨："好热呀。"

阿普精神一振："咱们走！"

[①] 羊毛织物，西南民族传统服装。

二人挤出金圭寺，来到神祠外，锣鼓已经停了，菩提树荫遮着神祠的院子。有想要进神祠参拜的乌蛮百姓，才一走近，就被执戟的汉人守兵呵斥着驱离。

"这是乌蛮人的地方。"阿普握住了腰里的双耳刀，眸子里有怒火。

"快看，波斯人的骆驼不见了。"阿姹的目光在街市上巡视一圈，忙拽了拽阿普的袖子。

阿普的心思早不在猴戏上了，他沉着脸，刚上前一步，神祠的门突然大开，有团褐影跌跌撞撞地滚了出来。阿普以为也是个寨子里的娃子，可汉人守兵揪着衣领把那个瘦身躯拎起来，他和阿姹都看见了一颗剃干净的脑袋，是附近寺里的沙弥，大概也是偷溜出来看猴戏的。

"鬼鬼祟祟，滚！"守兵抬手给了沙弥一个耳光。

突然涌出的鼻血让沙弥有点蒙，遇到路人好奇的目光，他瑟缩了一下，慌忙双手捂住脸，一转身，撞到了阿苏拉则的胸前。

阿苏拉则已经诵完了经，被乌蛮人簇拥着，像被星星围绕的月亮。阿苏拉则的脸色霎时难看了，人声也静了下来，他用捻着摩尼宝珠的那只手一拳揍在汉人守兵的脸上。人们没有想到文雅的阿苏拉则有那么大的力气，守兵一屁股坐在地上，嘴里混着血吐出一颗牙齿。

"在乌蛮人的地方撒野。"他用清晰的汉语对那守兵一字一句地说,"你死后,要下幽冥地狱。"

人们不解其意,但被他脸上那威严冷漠的表情所震慑,忙低头默念阿嵯耶洪名。

阿苏拉则吐出这句恶毒的诅咒后,手掌落在沙弥的肩膀上。沙弥早被吓傻了,把脑袋埋在阿苏拉则艳丽的氆氇里。

阿姹看见沙弥弯曲的脖子,阿米子似的细骨伶仃,心想:好像个鸬鹚呀。

阿苏拉则把沙弥领走,街市很快被新涌入的人群占领,人海又成了彩色的,伴着芦笙和竹笛的声浪,这是绕三灵的男女在打歌[1]。天还没黑,他们已经绕过了圣源寺和崇圣寺,要往金圭寺来了。

阿普看见了木呷,他也挤在打歌的人群中,冲着阿普和阿姹咧嘴笑。有两个漂亮的阿米子来拉阿普的手,阿普躲开了,难得脸上有些红。阿姹还想凑会儿热闹,被阿普拖走了。

"打歌有什么意思?"阿普在各个竹棚底下转了一圈,看见了昆仑奴牵的犀牛和真腊人捧的琉璃船,等到日头偏西,波斯人也再没回来。他很扫兴,推着阿姹上了马,自己牵着白虎,离开了金圭寺。

到了半山腰,阿姹"吁"一声,勒住了马缰,探身俯瞰:"看呀,那个姓张的官儿也下山了。"

---

[1] 彝族传统舞蹈。

满山都是密密的绿叶,阿普望不见人影,阿妷拉他上马,叫他看叶片间晃动的红缨:"那不是刚才守兵拴在戟头上的吗?那儿还有朱漆团扇和红罗伞。尹师傅说,汉人四品以上的官才能用团扇和罗伞。"

阿普抓出荷包里的小闷笛①,放在阿妷手里,敏捷地跳下马:"你在这里盯着,看见他要过河,就吹笛子。"

小闷笛的哨子是用野蛾子茧做的,阿妷不大情愿地答应。

木吉和木呷也赶来了,阿普带领一群娃子悄悄摸进林子。

日暮时,岚烟缥缈,阿普抄小路,埋伏在山间。他瞧不见周围的动静,正等得心焦,突然听见一个尖细的声响——有人在吹竹叶。

不是笛子吗?阿普拿不定主意时,又听见两声锐鸣。

是阿妷!

阿普轻拍了一下白虎,压低声说:"去。"

枝叶猛地一摇,窜出一群持刀握弓、瞪眼怒吼的乌蛮娃子。那汉官倒也经过些风浪,立时勒住马缰,喝道:"迎敌!"话刚落音就被兜头扔了一包软软的物事,掀开一看,毒蛇毒虫满手乱爬。背后,老虎扑进了轿帘里,妇孺吓得一声惨叫。娃子们一起上手,抬猪似的把跌下马的汉官丢进了洱河。

阿普回头一看,汉官的随从们早已四散而逃,戟槊和伞扇扔了

---

① 彝族双簧竹制乐器。

满道。阿普指挥木吉和木呷把罗伞和团扇也丢进洱河:"叫他到龙宫里耍官威去!"

阿姹骑着马赶到芦苇荡,见残霞夕照下,阿普和娃子们叉着腰得意哄笑,他们身后的洱河上好像浮了一层碎金子。

阿姹问:"那个官呢?"

"给人从水里捞出来,连滚带爬地逃走了。"

段平是姚州都督,奉旨羁縻南蛮诸州,要是被皇帝知道了,会治段平的罪吗?想到这里,阿姹忽然有点后悔,悻悻地说:"我要回去了。"

阿普正兴高采烈:"你自己回去吧。"

一群娃子已经脱光身子,迫不及待地跳进了水里。阿姹扭过脸,正要掉转马头,阿普忽然说道:"等等。"他叫阿姹弯下腰,从她的辫子上摘下一朵火红的凤凰花。

"这是谁插在你头上的?"

阿姹摇头:"我也不知道。"

阿普回想了一下,在打歌的时候,木呷围着阿姹转了几个圈。

"准是木呷。"他用余光看了木呷一眼,后者正对着阿姹挤眉弄眼,"你真是笨蛋。"

阿普莫名发了火,把凤凰花丢在芦苇丛里,转身往洱河里去了。

阿姹心里在琢磨着段平的事,这让她对阿普也产生了一点怨气。

她对着阿普的背影瞪了一眼,挥舞着马鞭,独自回去了。

晚上,阿普挨了各罗苏的一顿鞭子。

萨萨想知道究竟,让小朴哨来叫阿姹。阿姹忙把油灯吹灭,对着窗外说:"我睡啦。"

听见小朴哨离开的脚步声,阿姹一翻身坐起来。

这些日子,她总躲着萨萨。她不怕阿普和各罗苏,可是萨萨的一双眼睛太精明,让她有点害怕。

阿姹趁着月光趿拉上鞋子,来到洱河畔。这时的洱河又像洒了银霜,芦苇荡里窸窸窣窣的,那是绕三灵时看对眼的男女在说悄悄话。火把点点的光蜿蜒着往山下来了,阿姹迎上去,只望见在篝火前翻跟头的木吉。她问:"木呷在哪儿?"

"白天阿普和木呷在河里打架了,"木吉望着阿姹,"木呷正在家里挨阿达的揍。"

阿姹捏住了手里的信。她疑心尹节会食言,打算托木呷再替她送一封信去京师。她知道木呷会替她保密,而木吉就说不准了,木吉根本就是阿普笃慕的跟屁虫。

阿姹没精打采地回府,进了屋,把信藏到匣子里,绕到屏风后,正要爬上榻,却摸到了一双脚。是阿普在榻上睡着了。

阿姹推他一把:"你下来,我要在榻上睡!"

其实阿普醒着,他"哼"了一声,口气也很冲:"你滚开。"

阿妩闷不吭声,抱住阿普的腿就往地上拖,两人在黑暗里推搡了几把。阿妩骑到阿普的身上,要去咬他的耳朵,被阿普一把掀翻,脑袋朝下栽到了地上。

半晌没声,阿普慌了神,忙跳下地,在外面点亮了油灯,擎着灯台跑到榻前一看,阿妩脑门上鼓起了一个肿包。她怒视着他,两滴大眼泪珠子滚了下来。

"你先咬我的。"阿普心里有点不安,嘴巴却很硬。他把油灯放在一旁,径自爬到榻上去睡觉,还故意发出呼噜声。而身后的阿妩一点动静也没有,阿普不禁坐起身一看,阿妩还坐在地上发愣,不时用手背抹一把眼睛。

阿普也下了榻,盘腿坐在地上。灯光黄融融的,四目相对,里头都盛着烦恼。

阿普抓了下脑袋,说:"阿达说我今天闯了祸,那个姓张的官是云南太守。"

阿普打着赤膊,阿妩看见了他被鞭子抽的红痕。各罗苏手下一点没留情,阿普的刺青才愈合,背上又横一道竖一道地肿了起来。而阿妩额头上只是蹭破了一点油皮,就火辣辣地疼,她觉得有点解气,脸色还是很臭:"云南太守,也没有你阿达官大呀。"

"反正汉人都不讲理。"

"你也一样，说话不算话。"阿姹睨他一眼。

趁阿普不备，阿姹飞快起身上榻，占了一大半的地盘。

阿普只好趴在榻边上，两手托腮，犹豫着，不知道是否要跟阿姹说实话："你那么想回姚州吗？"

阿姹点头："我想回去跟阿耶阿娘一起过。"怕阿普不快，她忙补充了一句，"你如果想跟我玩，也可以来姚州找我。"

"我不想去姚州。"阿普果然拧起了乌黑的眉，"你如果走了，我就没有女人了，木呷他们会笑话我的。"

"阿普笃慕可以娶三个妻子，今天绕三灵的时候，有好几个阿米子想要把花塞给你。"

阿普把脑袋枕在胳膊上，脸扭向另一边，隔了一会儿才闷声说："我不想娶三个。"

阿姹绞尽脑汁，还想要说动他："张太守一定认识我阿耶。如果他去皇帝跟前告状，我叫我阿耶替你们乌蛮人说话。"

阿普想起了刚才挨的那顿鞭子。他从不违逆各罗苏，但各罗苏对汉人皇帝称臣，让他心里很不服气。

挨第一鞭时，阿普就说："以前乌蛮势弱，只能受汉人欺压。现在六部已经统一，汉人在和西蕃打仗，阿达为什么不趁机夺取戎州、巂州和蜀郡，把汉人赶出剑南，从此划泸水而治？难道要等汉人和西蕃打完仗，再回过头来灭爨氏吗？"

各罗苏叫他住口,又狠狠地抽了他许多鞭,然后告诉他:"这种话,心里想可以,不要说出来。"

此刻,阿普的脑子里反复回响着各罗苏的话。他问阿姹:"如果汉人和乌蛮人打仗,你阿达要帮哪边?"

阿姹答不上来,达惹是乌蛮人,难道段平和达惹要打起来?她想了半晌:"我阿娘兴许会听阿耶的。"

"那你也要听我的。"

"我不要听你的。"

阿普威胁说:"你不听我的,我就咬你。"

阿姹也瞪着眼睛:"我先咬你。"

阿姹到太和城三年,还不改姚州的习惯,睡觉时穿着红绫衫、绿绢裤,脚上穿着雪白的丝袜,像洱河里长的刺菱角,隔着衣裳都扎肉,剥了皮,露出鲜嫩的肉,那才好吃。

阿普"扑哧"一声笑了,撑起胳膊凑过来,脸离阿姹只有咫尺,殷红的珊瑚珠串擦过阿姹的嘴唇:"我把你剥了皮,吃到肚子里。"

阿姹恶狠狠的:"我到你肚子里就咬你的肠子,钻你的心。"

阿普被她说得身上都痒了起来,好像真有什么钻进了肠子里。他牢牢箍住阿姹的两只胳膊,叫她不能动弹,要给她脸上留个牙印。

"我要咬你啦。"他故意亮出牙齿,碰到阿姹脑门上的肿包,手劲突然又轻了,对着阿姹的耳朵小声说,"你别找木呷了,我不高兴你找他。"

阿姹心想：你也叫我不高兴，可我的不高兴只能藏在心里。

（三）

各罗苏和萨萨在房里提起了达惹，他把姚州的事情跟萨萨和盘托出。

各罗苏说："达惹想把阿姹领走。"

换作以前，萨萨会毫不犹豫地叫阿姹走。可喜讯已经在族里宣布了，新娘没了，只会让各罗苏在族人面前丢脸。萨萨说："她带着阿姹又能去哪儿啊？汉人的势力那样大。"

"她为了段平的事，恨上我了。"

"为了段家，也该把阿姹留在乌爨。"萨萨不满，"既然三年前下定决心送了来，现在为什么又要后悔呢？"

各罗苏叹气："达惹毕竟是我的妹子。"

"阿普笃慕是你的儿子。"萨萨冷脸，"阿普跟阿姹分不开，你想叫他也变成阿苏拉则吗？"

到了桑堪比迈节的正日，阿普笃慕却不得闲了。各罗苏说他整日跟娃子们漫山遍野地乱窜，简直没有体统，叫他去了骠信羽仪长的帐下，做了一名羽仪卫。

天还灰蒙蒙的，阿普就翻身起来，去羽仪营里练骑射了。

阿姹看见他的枕头歪斜着躺在地上，被褥里露出一角朱红——是刻了"盈"字的牙红拨镂拨，被阿普藏在枕头底下，神神秘秘的。

趁阿普不在，阿姹把拨片翻来覆去看了好一会儿。

拨弦子用的，是寨子里的阿米子悄悄送给他的吗？

呵，男人……

阿姹想到萨萨的口头禅，还有脸上常露出的那种似嘲讽又似幽怨的表情，撇嘴，把拨片丢到一旁。

木呷和木吉的阿达是大军将，两人也进了羽仪营，没了娃子们的竹哨声，王府里仿佛突然冷清了。阿姹把写给皇甫佶的信投进火塘，百无聊赖地来到了舍利塔。她写了一会儿字，然后放下笔，微微偏过头对着铜镜挽起发辫，把佛前贡的一把蓝花楹别在头发里。

花瓶是越窑烧的青瓷，内里刻了汉人的歌词。舍利塔上没人，阿姹的嗓音又清又脆，随意地唱着："晴川落日初低，惆怅孤舟解携。鸟向平芜远近，人随流水东西。白云千里万里，明月前溪后溪。独恨长沙谪去，江潭春草萋萋……"

塔下脚步窸窣，有人"咦"了一声。

汉人奴隶都在仓舍里住，府里没人懂汉语。阿姹忙回转身，扶住窗框往下看。

王府来了西蕃人。

一看就是从雪原来的，氆氇外头还披着毡，头上戴了浑脱帽。他们被小朴哨领着，刚从萨萨的院子里出来。领头那个蓄着络腮胡子，身后一个随从，身量跟阿普差不多。西蕃随从站住了脚，好奇地往塔上看。

阿姹还没来得及看清随从的模样，络腮胡子就咳了一声，随从忙低下脑袋。他知道自己逾矩了，这里是各罗苏的后宅。

西蕃人一行被领出了王府。阿姹拎起裙摆奔下舍利塔，到了萨萨的房里，她看见案上摆得琳琅满目，有一套莲瓣六棱赤金碗、一把嵌了绿松石的银壶，还有一张联珠团窠对鸭挂锦。萨萨小心翼翼地捧着一个匣子，里头是刻在贝叶上的《八千颂般若波罗密多经》。

阿姹问："西蕃人是来贩马的吗？"

萨萨说："是呀。"

萨萨出手很大方，西蕃商人用金银和番经换了十匹越赕马[①]，每匹马背上都驮着满篓的茶叶和盐。

"他们还来吗？"阿姹追问。

萨萨摇头，把贝叶经放好，又叫两个小朴哨把挂锦展开："阿姹，这面锦挂在你和阿普的房里，好不好？"

阿姹在萨萨跟前一直都是很温顺的，这会儿却挑剔起来："我不要绣鸭子的，我要对凤，我还要一个玛瑙碗。"

---

① 西南良驹。

萨萨有点诧异，不过女人家，对于挑选珍宝总是乐此不疲的，她便吩咐小朴哨："叫西蕃人明天再来一趟。"

隔天，萨萨的房里，小朴哨轻声地说笑，廊下一只绿孔雀在懒洋洋地踱步。有叶片打着旋落下来，孔雀受了惊，倏地竖起尾羽，在艳阳下抖动着绚丽的光。

萨萨忍不住笑："它也想好事了……"

日影已经移到檐角上了，阿妵漫不经心地望着天，在想段平和达惹。

有只鸟停在房檐上，翅膀一掀，露出红肚子——白尾梢红稚！阿妵险些跳起来。她忘了阿普不在府里，刚要扭头寻他，昨天的西蕃人进院子了。

阿妵盯着这行西蕃人，微张的嘴巴忘了闭上。随从今天很规矩，垂首快步，浑脱帽遮着脸。

西蕃商人是有备而来。拜见了萨萨，他殷勤地把包袱一层层掀开，里头是各色织锦，有团窠对凤、双狮卷草，还有伽陵频迦鸟纹。玛瑙琉璃碗被随从捧在手里，透着玲珑的光。

萨萨是见过好东西的，她雍容地坐着，让阿妵慢慢看："看中哪件，就留下。"又叫小朴哨，"上茶。"

乌蛮人讲究喝三道茶。茶叶烤得焦黄浓香，里头加了石蜜、胡椒和桃仁，小朴哨用黑漆托盘送上来。西蕃人把青瓷红釉的茶盅端

在手里，那神情分明是被折服了，他的乌爨话怪腔怪调："好茶。"

"水是苍山上的溪水。"萨萨傲然微笑，"乌爨有的是珍奇，你们可以常来。"她放下茶盅，见阿姹不动，眉梢一挑，"都没看中吗？"

阿姹把玛瑙琉璃碗抓在手里，这半响，她感觉心都跳到了嗓子眼。被萨萨望着，她突然露出一点撒娇的模样："舅母，我还想去金圭寺看浴佛，行吗？"

"那有什么不行的？"萨萨好脾气地说，"阿普不在，叫两个小朴哨骑马跟着你。"她冲阿姹笑，"你不该叫我阿母了吗？"

"是，阿母。"阿姹乖顺地改口，脸上微微发红。

她又跟西蕃商人说道："你们应该去金圭寺，"她指着西蕃人鼓鼓囊囊的毛毡包袱，"这些东西准能卖个好价钱。"

西蕃人听懂了，把浑脱帽拿下来，对阿姹弯腰致意。阿姹目光在他脸上盘旋一瞬，那一大把络腮胡子把人最细微的神态都遮住了。

回到屋里，阿姹把琉璃玛瑙碗放在案上。白虎没精神地蜷缩在墙角，听到阿姹的动静，追过来，轻轻咬着阿姹的裙边。阿姹没有心思管白虎，把自己的匣子打开，里头珠光璀璨，花笺、紫毫、香饼，堆得满满当当。

阿姹什么也没碰，把匣子又盖上了。她选了根最坚韧柔软的龙竹鞭，弯成几道，别在腰间，又翻出阿普的双耳铜刀，藏在袖子里，最后戴上斗笠。

脚下的白虎猛地耸起背,阿姹正低头去看,斗笠被人掀起来了,是阿普笃慕。他刚从羽仪营溜回来,头上戴光兜鍪,胸前箍犀皮甲,喘气略急,下巴上还挂着亮晶晶的汗珠。

做了羽仪卫,阿普好像一夜间长大了,眉眼还是漂亮的,脸庞有了男人那样硬朗清晰的线条。

"你干吗去?"阿普隔着窗,疑惑地打量阿姹。

阿姹把手藏在背后,答道:"我去金圭寺。"

阿普"哦"一声,没放在心上,顺手从荷包里摸出一片豪猪肉晒的肉干,在白虎眼前晃了晃。白虎腾空跃起,肉干从窗缝间飞进了它的嘴里,阿普得意地笑了。

他还是爱恶作剧,但近来跟阿姹说话时有了点狎昵、讨好的味道:"这会儿日头太晒了,晚点再出门吧。"他背着艳阳,眼睛很亮,一眨不眨地看着阿姹的脸,"你要是看见了猴子演参军戏,一定要回来叫我啊。"

阿姹点头。

阿普叮嘱她千万别忘了,说完撒腿便跑,跑出去没两步又回来,歪头打量着她头发间的蓝花楹,嘴巴抿着,透着少年的薄红:"你喜欢蓝花楹?"

阿姹说:"喜欢。"

"等我晚上回来，摘一大把给你。"阿普说完，跃过阑干，抓着配刀飞奔而去。

阿姹没有等到日头偏西，她怕错过西蕃人，迫不及待地出了门。

各罗苏要亲至崇圣寺拜佛，王府外已经排列好了羽仪。阿姹领着两名小朴哨，从侧门绕到青石板街上，望见各罗苏披金甲虎皮，清平官、大军将和其余属官们都骑在马上，马鞍上镶嵌的玉珂和金带照得人眼睛都要花了。四军苴子①举着旗帜，在前头开道，气势煊赫地出城了。

阿普笃慕被夹在上百名披坚执锐的羽仪卫中，把脑袋高高扬着，神气极了。

"驾！"阿姹凌空抽了一下鞭子，掉头往金圭寺去。

人潮今天往崇圣寺涌去了，金圭寺显得有些萧条。阿姹把马拴在树下，来回踱了半晌。西蕃人没有来，她一颗心都沉下去了。两名小朴哨贪看女蛮国的舞伎，璎珞甩得簌簌作响，阿姹撇下她们，进了寺里。

后山石壁上刻了百来尊衣袂飘飘的佛像，满壁风动，这就是人们说的摩崖造像。崖底是逶迤曲折的溪涧。

阿姹想好了，如果西蕃人不来，她就靠自己走回姚州，去见段平和达惹，质问他们为什么不要她。

---

①精锐士兵。

她把斗笠解下来,放在崖边,想了想,又脱下一只暗花绫锦鞋,扬手一抛,鞋子挂在了树藤上,像朵淡黄色的花,很显眼。

做完这些,阿姹赤着一只脚走过去解马缰。忽然,肩头被拍了一把,她一扭头,还没看清,一团黑色的物事兜头罩了下来。

她辫子里的蓝花楹被揉碎了,散落在地上。

(四)

阿姹是被晃醒的。

她以为自己在船上。以前阿普笃慕领着她去西洱河,划着牛皮小竹筏到对岸摘黄柑,洱河里是一蓬蓬的绿荷叶,筏子陷进荷塘里,阿普笃慕跳下水去摸竹篙,把筏子摇得好像在浪里颠。那回阿姹落了水,差点被淹死,吓傻的阿普笃慕死死勒着阿姹的脖子,把她拖上了岸。

脖子疼,胳膊好像被阿普扭断了……阿姹想伸伸四肢,动弹不得。有烤茶的香气,马在"呼哧"地喘着粗气。阿姹猛地睁开眼——她蜷缩在装茶饼的竹篓里,被马驮着走。

手脚没有捆,只是酸麻,阿姹忙躬起背,手指抓着茶篓,两眼透过篾条的缝隙往外看。

一群赶马的西蕃人,一边甩着鞭子,一边扭过头来说话,嘴里呜哩呜噜的,是正宗的西蕃话。赶路热了,他们把袍子解开,豪放地敞着胸膛。

阿姹屏住呼吸，从袖子里摸出双耳刀，紧紧攥在手里。

不待她张嘴，马蹄"嘚嘚"的，领头的人返回来了。

有个少年的声音在头顶响起，带着点担忧，说的是汉语："还没醒，是手劲太大了吗？"

"怕是吓晕了吧？"这个腔调老成得多，这人一只手把茶篓的盖掀开了。

骑在马上的是两个假西蕃人，一个络腮胡子面无表情，另一个是先头捧琉璃玛瑙碗的随从，浑脱帽不见了，身上的翻领锦袍还穿得严整。他皱着一双英气的眉毛，宽肩膀，身量颇高，十四五岁的年纪。

阿姹呆了一瞬，猛然在茶篓里站起身。

络腮胡子以为她要逃："哎，别跑！"

少年飞身跳下马，要伸手抓她，又突然僵住。阿姹已经投进他怀里，双臂牢牢揽住了他的脖子，脸激动得发红："阿兄！"

少年脸上也有些红，手不知所措地垂了会儿，慢慢抬起来，落在她的背上。

络腮胡子"咦"一声，问阿姹："你认识这是谁吗？"

阿姹毫不犹豫："这是皇甫家的表兄，皇甫佶。"

络腮胡子的脸上露出不可思议的表情。阿姹和皇甫佶相认后，便放开了他,她把匕首偷偷藏回袖子里,冲皇甫偡含羞微笑。

在皇甫偡心里,段表妹是熟悉的,但眼前鲜活的少女,眉眼都透着陌生。他脑子发蒙,不禁懊恼道:"早知道就叫翁师傅不要把你打晕了。"

阿姹问:"阿兄,是阿耶阿娘叫你来接我的吗?"

皇甫偡摇头。

"是你收到我的信,特意来看我的?"

皇甫偡又摇头:"我跟着翁师傅在陇右,一年多没有回京了,没有看到你的信。"

阿姹眼神黯淡了:"你不是来找我的?"

皇甫偡忙道:"翁师傅来乌蛮办事,我想看看你是不是在乌蛮,所以才跟了他来,原来你真在云南王府。"

阿姹低头弄衣带,她知道自己这会儿不好看,蓬头赤脚,手脸还没有皇甫偡洁净。在别人眼里,她大约也是个蛮人。

阿姹有些赧然:"云南王是我舅舅。"

"你跟我说过,我都记得。"他这话听着倒显得郑重其事。

阿姹两眼盯住他:"你还答应我,如果阿耶真把我送到乌蛮,等你长大了,一定来接我回去。"这语气,说抱怨控诉,也不算,但直勾勾的眼光叫人招架不住,"我在乌蛮等你三年啦,你总不来。"

最后那一声轻轻的叹气,让皇甫偡满心惭愧。

阿姹又嫣然一笑："你小时候教我的诗，我都还记得。"她一字一句地念，神情颇认真，"折花逢驿使，寄与陇头人。江南无所有，聊赠一枝春。你是陇头人，我是江南客。阿兄，我没记错吧？"

随着她这席话，皇甫佶脸色几度变幻，最后总算得以松口气："没错。"他手脚自在多了，脸上也露出笑容，"我说要来接你，肯定说话算话……"

络腮胡子听话头不对，满脸愕然地走过来。皇甫佶立即正了脸色，跟阿姹说得仔细："这位是鄂国公、兵部尚书、节制四州诸军事、鄯州刺史、西北道行军大总管、薛厚薛鄂公……"

络腮胡子"呵"一声笑，截过话头，将手朝天一拱："薛相公，那自然是天神一般的人，不过这些头衔都和我没有半点干系。"他话虽谦逊，表情却是傲然的，"在下只是薛公帐下一名小小的功曹参军，翁公孺。"

皇甫佶对翁公孺颇尊敬："昨天夜里我跟翁师傅提了要接你走的事，翁师傅还发了一通脾气，说我胡闹，等回到鄯州，要请薛公狠狠地罚我。"他说完，吐了下舌头，露出点难得的稚气。

皇甫佶向来沉稳，这回先是死皮赖脸要跟来乌蛮，又突发奇想要从各罗苏府里劫人，翁公孺还大感不解，如今听了个中缘由，简直气得鼻孔里冒烟。他冷笑一声："原来是为了皇甫小郎君你的君子一诺。咱们这回可是把云南王府，还有皇甫相公、薛鄂公得罪了个遍啦。"

皇甫佶少年老成,但也不乏狡猾劲:"翁师傅,各罗苏肯定以为是西蕃人干的,岂不是正合你的心意吗?"

翁公孺甩开披毡和胡帽,低头把络腮胡子扯掉,现出一张短髯精悍的瘦长脸。他摇头道:"你想得倒美,可还没问过段小娘子愿不愿意跟你走呢!"

阿姹立即道:"我愿意!"她眼圈瞬间红了,楚楚可怜,"阿兄,你刚进王府我就认出你了,可我很怕你不认识我,更怕在金圭寺等不到你。我原本打算,如果你不来,我、我就从崖上跳下去,让水流把我的尸骨冲回姚州!"

皇甫佶的神情越发坚定,他看向翁公孺,语气里没有了商量的意思:"翁师傅,如果各罗苏要来找麻烦,就叫他来皇甫家找我好了。段表妹自幼在姚州长大,和他们的习俗语言都不同,怎么能忍受在乌蛮过一辈子?"

翁公孺这人素来不爱废话,只不动声色地将阿姹审视一番:"罢、罢,开弓难有回头箭。"他笑呵呵地上马,拂过鞭鞘,乜两人一眼,"郎君和娘子,你们人小主意大,请问现在咱们是往东还是往西?"

要回姚州!阿姹话到嘴边,又咽回去了。

回姚州,岂不还在各罗苏和萨萨的眼皮底下?她更怕段平不由分说再把自己送回乌爨。

她心思转得快，当即便改了主意："我想姑母了……"

皇甫佶望着阿姹的脸："翁师傅，各罗苏一准会往西蕃的方向追，咱们送表妹到皇甫家，再回鄯州。"

"悉听尊便。"翁公孺突然对皇甫佶和阿姹客气起来，翻身上马，"驾。"

皇甫佶曳住辔头，面露难色地看向阿姹，怕阿姹不会骑马："表妹，我抱你上马……"他话没说完，阿姹已经踩蹬上马，身姿轻盈得像片云。她倒落落大方，主动拉起皇甫佶的手。

阿姹的手纤细柔软，竟也很有劲。皇甫佶上了马，两人腹背相贴，他略微往后挪了挪，心越发静不下来。他终于把舌尖上来回滚了几遍的话问出口："表妹，几年不见，你怎么还认得我？"

阿姹微微侧过脸，认真打量着皇甫佶："我一直记得的，你鼻头有颗小痣，胡帽遮不住。"

皇甫佶一愣，垂眸去望自己的鼻尖："有吗？我没留意过。"

"我记得许多事。"阿姹有些骄傲，也有些黯然。她很习惯这样二人同骑马，不等皇甫佶回神，她揽起缰绳，双腿一夹马腹，道两边的密林如同被劈开的碧浪，涌动翻滚。

阿姹扭头去看时，崇圣寺的塔尖已经不见了，她的心安定了。

龙首关在望了。

龙关锁钥，北门屏藩。红土夯的碉楼巍峨耸立，身后是石棱青苍的云弄峰。翁公孺松松挽着缰绳，越过了关口，他眼尾一斜，瞥向皇甫佶二人。

同行的西蕃人已经被翁公孺打发走，三人赶着马队往西出龙尾关。三人两骑，脚程应当是很轻便的，却足足花了一天工夫才穿过坝子，到了龙首关。

皇甫佶的心思全在段表妹身上，话不多，却句句殷切周到——

"马蹄跑得快了，怕表妹颠得头晕。"

日头下走不到半个时辰就提议："树荫下歇会吧？"

一路左顾右盼，望见山峰间涌泉如串珠一样自石峰里倾泻到潭中，潭水清澈见底，忽然又"吁"一声，惯会做表面功夫，先问翁公孺："翁师傅，走得热了，下马洗把脸吗？"

翁公孺暗暗焦急，脸上却强作笑容："我这张老脸不需要洗。"

皇甫佶跳下马，转身来接阿姹。阿姹丢了一只鞋，随便用布包的脚。皇甫佶默然跟在她身后，看见她一瘸一拐地走过去，蹲下身搅了搅水，爱不释手的样子，忍不住说："翁师傅，到剑川了，咱们雇一辆车走吧？"

"坐车？"翁公孺嗤之以鼻，"牛拉的怕慢，马拉的嫌颠，咱们几时能到京师呢？"

阿姹拽住皇甫佶的袖子，她的手沁凉，隔着衣裳，让人觉得很舒服。山峰的翠寒迸射，她的两眼清澈得像潭水，脸颊泛红又像桃花瓣。她善解人意道："阿兄，咱们快赶路，不要耽误了翁师傅的事情。"

"是不要耽误了薛相公的事。"翁公孺慢吞吞地纠正她，"军令如山哪。"

皇甫佶不傻，早就察觉出翁公孺不耐烦，但他还能微笑以对："薛相公的钧旨并没有限定咱们何时回鄯州。剑南蛮汉杂居，常受西蕃人侵扰，咱们一路走过去，探一探敌情，相公不会怪罪的吧？"

翁公孺心想：你已鬼迷心窍，嘴上恐怕能说出花来！但要强逼他们赶路，又显得自己苛刻。

他背手环顾着在残阳下龙形蜿蜒，静卧无声的苍山十九峰，心念一动，自言自语道："到了蜀地，岂敢不谒见蜀王？灰头土脸的，又怎好见贵人？"他转向皇甫佶，大发慈悲地将头一点，"那就雇辆车，咱们经剑川入蜀。"

皇甫佶先去瞧阿姹的脸色。阿姹不作声，眼里霎时亮了，皇甫佶心里也有几分雀跃，甩着湿手从石头上一跃而起："我去雇车！"

阿姹忙起身跟上，皇甫佶把她拦住了。翁公孺灼灼的目光盯着，皇甫佶背过身去，声音也低了："表妹，你在这里等着，别揽缰绳……你的手心都磨红了。"

翁公孺竖起耳朵，把皇甫佶的话听了个清楚，忍不住暗嗤：愣小子！

（五）

翁公孺弓着腰，被黄衣内侍领进殿。

蜀王府从外头看是素简的，内里深邃广阔，翁公孺穿过一重重殿宇，拎起衣摆，踏上玉阶，望见凉殿里的蜀王，远远地俯身叩首："殿下。"

蜀王倒很随意，径自歪在石榻上，招手叫翁公孺进来。一名内侍铺了坐垫，另一名用托盘奉了茶，便无声地退下去了。

"谢殿下。"连着骑了多日的马，翁公孺胯下疼得厉害，动作有些迟缓地坐下来。他来时特意沐浴过，换了襕袍，系了幞头，还熏了香，大腿碰到冰凉的地面，他不禁浑身一个激灵，险些打个喷嚏出来。他捂着鼻子，环顾四周，笑道："殿下这里，让臣想到了苍山，六月山头犹带雪，罡风误送到蓬莱呀。"

蜀王面白体丰，只穿着素纱中单，一笑起来，还是年轻时风流倜傥的模样："你怎么知道我这里没有雪呢？"他故意卖了个关子，见翁公孺诧异，拍一拍手，几名内侍上来，将凉殿一周的竹帘卷起。三面轩敞，有水雾自檐角缓缓飘洒，被阳光一照，真如琼雪玉屑。

"这殿后凿了石渠，引的是西岭融化的雪水，用一架水车把雪

水源源不断地车到殿顶,正是为了取那点清凉之意。"蜀王手边还摆着冰盘,他很惬意地笑,"你觉得是罡风吗?我倒觉得是柔风。"

引西岭雪水到蜀王府,好大的手笔!竟也没听到民怨。翁公孺赞道:"殿下的巧思,妙呀。"他没忍住张嘴打了个喷嚏,他鼻子有点发齉,"在下……咳……这两天赶路,大概是中了暑气了。"

蜀王说他不像是暑气,倒像是风寒,叫人把竹帘放下,又亲手把自己的外袍给他披上。翁公孺推辞一番,也就受了。

蜀王对他颇关切:"你路上该带两个伺候的人。"

翁公孺说:"有两个僮仆。"

皇甫佶和阿姹被拦在了廊下。翁公孺对阿姹的身份尚有顾虑,叫她也挽起发髻,穿起袍衫,做个男孩打扮。皇甫佶向来是知礼节的,只怕那个段小娘子会作妖……翁公孺趁端起茶盅的工夫,余光往廊下扫去,见阿姹端正肃然地跪坐着,丝毫不显娇娆,俨然是个略小一号的皇甫佶。翁公孺暗自有些惊讶。

他这才一眼,蜀王便留意到了。这人足不出户,却仿佛无所不知:"皇甫府的小郎君,怎么成了你的僮仆?"

翁公孺尴尬了,自知瞒不过,只好说道:"殿下慧眼。"他刚把茶送到嘴边,耳畔隐约风动,茶盅猝然碎裂,只见有箭镞深深嵌入廊柱,尾羽还在微微颤动。

翁公孺虽然在军中,却是个纯粹的文人,他先是一愣,蓦地变色,身体往后一跌,待要高呼"殿下小心",只见蜀王稳稳地坐在石榻上,面上犹有微笑,廊下把守的侍卫更是若无其事。翁公孺心头顿悟,理了理袖子,笑道:"在下没拿稳茶盅,失仪了。"

蜀王眼里闪着赞赏的光,朗声笑道:"强将手下无弱兵,翁参军,你这份镇定,也是少见。"

"我只是见殿下府上严谨有序,应当不会闹刺客吧?"

翁公孺这句恭维刚说完,有个窄袖圆领袍的少年走进凉殿,手上还拎着角弓,目不斜视地走到廊柱前,握住箭杆,用力拔了下来。

"灵钧,不要胡闹了。"蜀王嘴上是呵斥,不见得真有多少怒气,"跟翁参军赔礼。"

少年没作声,只冷冷一瞥翁公孺。他和蜀王相貌不很像,长着一双凤眼,鼻直唇薄。这种长相的人,难免心高气傲。他是蜀王宠爱的三儿子。

翁公孺哪能真坐着等李灵钧来赔礼,趁内侍上来收拾碎茶盅,拎着湿衣摆后退一步,躲过李灵钧带着敌意的目光,笑着说:"不要紧,郎君好准头,臣先……"

"别急着跑,翁参军。"李灵钧将翁公孺的手按住了。他年纪不大,目光逼视时,也颇具威势。

翁公孺慌乱地"啊"了一声,李灵钧故意把箭镞对着他的鼻尖,晃来晃去:"敢问,以我现在的箭法,够格在薛相公的帐下做个小卒吗？"

翁公孺用力往后仰着脖子，求助地看向蜀王。蜀王竟也不阻止，只淡淡笑道："少年人，不服教。"

翁公孺听出了蜀王话音里的一丝不满。

去年蜀王手书一封到鄌州，想要送李灵钧到薛厚麾下做个小校历练几年，语气不可谓不诚恳，薛厚却婉言谢绝了，只留了皇甫佶在身边。今天翁公孺带着皇甫佶来谒见，不是上门来打人家的脸吗？恐怕李灵钧心里正攒着劲呢。

翁公孺没法回答李灵钧的问题。说不够格，是得罪人；说够格，怕李灵钧当场就要跟他去鄌州。一个皇甫佶，已经够让他头疼了。

沉吟片刻，翁公孺摇摇头："我是一个文人，箭法好坏也看不明白，郎君何不找人比比？"他扬声道，"皇甫佶，进来拜见殿下。"

皇甫佶从廊下走进殿来，拜见了蜀王，好奇地看一眼李灵钧。

蜀王和气地说："你不必管他是谁，你和他出去比一场射箭，如果赢了，我有赏。"

皇甫佶目光移动，见翁公孺微微点头，便恭敬地答道："是。"

李灵钧这人心细如发，虽然迫不及待要比试，但转身时瞥见皇甫佶穿的下摆不开衩的锦袍，便说："你的衣服不方便，去换过了再比。"

皇甫佶只把袖子挽了起来，说："不用换了。在军营里，有时候光着身子就得起来迎敌。"

翁公孺暗笑：这是老实话，怕听在李灵钧耳朵里，皇甫佶有自夸之嫌。

果然，李灵钧"哼"了一声，抬脚往外走了。皇甫佶紧随其后。

翁公孺刚要起身，见蜀王安坐不动，不禁问："殿下不去看一眼吗？"

蜀王摇头微笑："小孩子置气的玩意，没有什么好看的。"看他的样子，对李灵钧的输赢也不甚在意。

翁公孺探究地看了一眼蜀王，恰逢蜀王的目光看过来，他忙垂眸，将茶盏端了起来。

"翁参军，你是连鄂国公都倚重的人，我想请教你一事。"

听到这话，翁公孺陡然心弦绷紧："殿下言重。"

"我想要请旨回京，在鄂国公看来，是好事还是坏事呢？"

四周静了，才听见水车转动时的声音，檐角的水滴砸在台基上，"嗒嗒"轻响。翁公孺顿了顿，放下茶盏，故作疑惑地问道："殿下当年是奉旨出藩的，如今陛下没有降旨，殿下想以什么理由回京呢？"

蜀王凝视了一会儿竹帘外飞翘的檐角，喃喃道："你知道我是哪一年奉旨出藩的吗？"

当朝为官的人，恐怕没有一个不对那一年印象深刻。

翁公孺说:"是圣武朝最后一年。"

"我上路时,灵钧还在他母亲的肚子里。十四年了,灵钧还没有见过陛下的面。"蜀王喟叹一声,"听说这一年来,陛下常发梦魇,又患了头痛之症,我做儿子的,每每想起来,总是夜难安枕。"他看向翁公孺,是质问的语气,"骨肉之情,人之天性,我想要回去看视陛下,还需要什么理由吗?"

"话虽这么说……"翁公孺扯着嘴角,蜀王的话他没法接下去,只好用托词挡了,"殿下要回去看视陛下,如果陛下和殿下觉得是好事,那就是好事。说到骨肉亲情,鄂国公只是外臣,就不便于说话了。"

蜀王失笑:"奸佞已经通通伏诛了,鄂国公还在怕什么?还要继续明哲保身吗?"

翁公孺无奈道:"正是这个时候,鄂国公才格外要明哲保身。"他想,这样打哑谜要到什么时候?索性近乎直白地提醒了蜀王一句,"记挂陛下的,可不止殿下一个人呀。"

"原来在鄂国公眼里,我和别人也没什么不同,所以宁愿谁也不亲近,谁也不得罪啰?"蜀王开玩笑的语气,话音有点酸,大概是想到了薛厚婉拒李灵钧的事。

翁公孺不以为然:"前车之鉴,相公不能不小心啊。"

蜀王的目光落在了翁公孺的身上,这时才显现出李灵钧和蜀王的相似之处——那种威逼的目光，让人手心冒汗。

"鄂国公在那个位置上，小心是对的。在翁参军你看……"蜀王矜持地后仰，抬起一张气定神闲的脸，"我也是不值得以性命和前程相托的人吗？"

翁公孺沉默片刻，说："如果在下这样想，就不会特意绕道来拜见殿下了。"

蜀王眼里猛然闪过一丝喜色，一拍大腿，笑道："不错，我是太过心切，身在局中而不知了。"他叫翁公孺上石榻来坐，言语间已经十分密切坦率了，"这个时候，从上至下，都在伺机而动，我若不动，怕落为后手呀。"

翁公孺摇头："不动，正是为动。其他人动，难道不会落入陛下眼里吗？现在陛下的心情，正是一朝被蛇咬，十年怕井绳，恐怕几年内都不会再有立东宫的心思了。"

"可我……"蜀王摸着胡子，还是不甘心。

"殿下不动，是为避嫌，让陛下释疑，但父母圣体违和，做儿女的不为所动，也非情理所在。我看这位三郎颇有胆识，殿下何不请旨送王妃和郎君回京为皇后殿下侍疾？一个女人，一个孩童，带几名侍从，别人能说什么呢？"

"此计可行。"蜀王拍手，转念一想，又无奈笑起来，"只是这个灵钧……"

脚步声在殿前响起，二人噤声，对视一眼，前后迎出了凉殿。见李灵钧和皇甫佶走了回来，廊下的阿姹也忍不住扶着廊柱起身，目光紧紧地追着皇甫佶。

李灵钧没有大发脾气，准是他仗势欺人，赢了皇甫佶。阿姹愤愤地咬住了嘴唇。

"我该赏你们哪一个呢？"蜀王负手，目光在两人脸上来回打量，面带笑容。

皇甫佶面色如常，李灵钧的脸略微红了。

翁公孺心下明了，笑道："我看还是皇甫佶年纪略长，因此技艺也稍胜一筹吧？"他刚同蜀王议完事，看向李灵钧的目光自然又有不同，有了种劝导的意味，"郎君，这位皇甫佶，可是梁国公皇甫相公家的虎子，到鄜州不到一年，已经被薛相公授了七品云骑尉。"他摇头，"你输给他，不冤。"

本以为这话会大大伤了李灵钧的面子，谁知他竟很平静地接受了："翁先生说的是。"他顷刻间敛起了锋芒，对翁公孺恭谨地施了一礼。

蜀王要留翁公孺住一晚。

侍婢早将屋子收拾好了，翁公孺住一间，两个僮仆住一间。案上摆了冰盘鲜果，绣帷低垂着，婢女掌了灯，悄悄退下去。

风餐露宿多日，着实是累了。翁公孺坐在榻边脱靴，撩起眼皮，见皇甫佶还立在案前,一会儿摸摸砚台,一会儿碰碰笔山,磨磨蹭蹭,扭扭捏捏。翁公孺知道他的心思,故意伸个懒腰:"我要歇了。"

皇甫佶得救了似的,忙把那个价值连城的犀角笔洗随便地撂在案上:"翁师傅,我在你榻下打地铺吧,我还有事要请教你。"

翁公孺忍耐地看皇甫佶一眼。皇甫佶脸上还带着稚嫩,身量已经是个大人了,锦袍乌靴,宝剑鸾鞭,挺拔得像一株青松。就算不是冲着皇甫达奚的面子,薛厚对皇甫佶也颇有爱重之心。

不得不承认,今天皇甫佶不动声色射箭赢了李灵钧,翁公孺是有几分得意的。

"你去关上门,"翁公孺两手放在膝头,是要跟皇甫佶说正事的意思,"把灯移过来。"

"是。"皇甫佶去而复返,用捻子挑了挑灯芯,又把翁公孺的靴子挪到一旁。他一个王孙公子,做起这些侍候人的事,脸上也丝毫没有不平之气。

翁公孺却故意沉了脸:"这些日子急着赶路,我还没来得及质问你。段小娘子明明是姚州都督段平的女儿,段平和各罗苏两家的婚事也是他们亲口缔结,彼此情愿的,为什么你那天晚上要跟我隐瞒段氏的身份,还胡扯她是被各罗苏掳到乌蛮来的汉人女儿?"

皇甫佶脸上露出愧色,低下头:"翁师傅,我错了。"

翁公孺见他认错这样爽快,越发冷笑起来:"你年纪不大,倒是会当面一套，背后一套。要是有下次，你肯定还会这么胆大妄为，是不是？"

皇甫佶踯躅了一会儿，实在没法抵赖，不甘心地说："翁师傅，表妹并不愿意……"

"她愿不愿意，要紧吗？"翁公孺不耐烦地截断他的话，"我问你，各罗苏是什么人？"

"是乌蛮国主，陛下亲封的云南王，越国公，开府仪同三司，节制西南诸蛮州军事。"

"段小娘子已经被许给了各罗苏的儿子，以后就是云南王世子的正妻，却被你拐走……只为了儿时的一句戏言？朝廷和西蕃正在交战，万一事情败露，各罗苏生出反叛之意，真跟西蕃人勾结在一起……"翁公孺闭上眼，想到在西南阵前见的那些断臂残肢、白骨累累，咬牙打个寒噤，声音也低了，"你和我，在薛相公面前，在陛下面前，就算万死也难辞其咎！"

皇甫佶怔怔的，拳头握了又握："翁师傅，我……"

翁公孺看着他，语气虽温和，眼里却有诘责："再说段小娘子，段家是回不去了，你叫她以后去哪里？以什么身份立足？你这不是自作聪明反而误人误己吗？"

翁公孺的责备皇甫佶都默默受了，只是想到段家，他心里很难受："翁师傅，如果真的不管表妹，我觉得对不起她。表妹她……"

太可怜了。"

"你的心地太淳厚了。"翁公孺无奈地微笑,他摸清了皇甫佶的性情,脸色好了些,将怀里的信拿出来,在灯下展开,叫皇甫佶看,"我说过,军令如山,这话可不是蒙你的。你看,相公的信已经来了,叫我们速回鄯州。我绕道来拜见蜀王,是想把段小娘子托付给蜀王妃,叫她们同路回京,咱们好去跟相公复命。"

见皇甫佶还在犹豫,翁公孺睨他一眼:"跟着王妃,风吹不着,日晒不着,况且都是女眷,难道不比跟着咱们便宜?还是你跟段小娘子又许下了什么诺言,非要从早到晚黏在一起?"

皇甫佶少年脸皮薄,被翁公孺一揶揄,忙红着脸摇头:"没有。"他虽然被迫嘴上答应了,心里却想:也不知道蜀王妃是否跟李灵钧一样盛气凌人,表妹跟着他们走,会受许多委屈?

皇甫佶的心思,翁公孺一眼就能看穿:"与其担心表妹,不如在回鄯州的路上好好想想怎么跟皇甫相公解释你闯的这个大祸。"

他微微摇头,一个男人,如此心软,岂不叫人玩弄于股掌之上?

见皇甫佶还在望着灯花发呆,翁公孺恨不得用剑鞘敲他一记:"我不习惯跟人睡一个榻,你在这里歇吧。"说完重新蹬上靴子,丢下他走了。

反手把门扇带上时,翁公孺警觉的双眼先左右一扫。阿姹房里的窗纱也透着光,翁公孺放轻脚步,走到窗畔垂首聆听。隔墙的仆役把井轱辘摇得"吱呀"响,杂蛙"呱儿咕儿"的,房里鸦雀无声。翁公孺暗暗点头,抬起脚。

"翁师傅?"

突如其来的声音把翁公孺吓了一跳。他找了一圈,残月带着淡淡的光晕,山间浮岚弥漫,庭前枇杷树上有团黑影子动了动,他仔细看去,是阿姹。

"你找我吗?"阿姹拨开枝叶,露出脑袋。枇杷树快高过了屋檐,她稳稳地坐在树杈间。

才刚说服皇甫佶,要把她丢给蜀王妃,翁公孺难免有点心虚:"没找你。"他随口道,"玩够了,就去睡吧。"他没再看阿姹,转身要走,可刚抬脚,心里一紧,皱眉望向树上的阿姹。

他疑心自己和皇甫佶在房里的举动都被阿姹看了去,本是要去夜会蜀王,不由得改了主意。

"你爬到树上做什么?"

粗糙冰凉的树干上,有只孤鸟扑棱翅膀,擦过浓云飞走了。她说:"这里高,看得远。"夜里静,显得她的声音有些凄然。

翁公孺懂了,她在遥望姚州。才十来岁的孩子,对自己的命运还茫然未知……翁公孺虽然对阿姹有戒心,也自觉不忍,干脆告诉了阿姹:"皇甫佶明日要回鄯州,你跟蜀王妃回京,不要得罪她。"

阿姹听了这话,默不作声——她果然把他和皇甫佶的话都偷听去了。翁公孺脸色一沉。

"翁师傅,"阿姹居高临下地望着翁公孺,突然又叫住他,"薛相公叫你赶紧回鄯州,你却绕道来见蜀王殿下,薛相公知道吗?皇帝知道吗?"她偏了一下脑袋,带着疑惑,"我听说,皇帝最不喜欢皇子们跟朝臣打交道。"

翁公孺浑身一个激灵,狠狠地瞪住了阿姹,从齿缝里迸出两个字:"妖怪!"

见翁公孺露出狼狈状,阿姹"咯咯"笑了:"你一生气,好像只猴。乌蛮的猴子最会扮参军,正好汉人也有句话,叫作沐猴而冠。"

翁公孺大怒,快步走到树下,但又够不着,要是卷起袖子和她对骂,给蜀王府的人听到了,又恐落人笑柄,他只能低斥一声:"丧家之犬,还敢乱吠?"

阿姹"咦"了一声:"你说我像孔圣人吗?那还不赶紧来给我跪拜行礼?"

翁公孺冷笑:"你一个小女子,也敢跟孔圣人比肩?"他本性刻薄,故意将阿姹一打量,老气横秋地摇头,"你以为自己绝顶聪明吗?可惜男人最怕的就是自以为聪明的女人……"

话音未落,头上就挨了一记,翁公孺还当是暗器,吓得往旁边一跳,只见地上躺着一只鞋。

翁公孺还从没受过这等折辱,脸色顿时难看极了。

阿妖撇了一下嘴，说："今天李灵钧的箭射中茶盅，你就是这副脸色。唉，这样胆小，还想勾结蜀王造反，趁早回家给你的女人洗脚吧！"她轻盈地从树上跳下来，狠狠地往地上啐了一口唾沫——这粗鲁轻蔑的样子是模仿的阿普笃慕。

"呸，没用的男人。"她头一扬，傲然走回房去。

日头破雾而出，皇甫佶站在阿妖的门外。

枇杷黄了，累累地坠在树枝间。皇甫佶想起年幼时在京师，皇甫府的乌头门外有棵柿树。他也上过树，摘过秋日挂霜的柿子，掏过摇摇欲坠的鸟窝。三年前，阿妖随段平进京，在皇甫府小住数月，临走时阿妖依依不舍，一再告诉他："阿兄，我不想去乌蛮，你一定要记得来接我呀。"

后来，他把她忘了。

皇甫佶气馁地垂下头，门忽然响了，他猛地转过头。

阿妖仍是扮的男孩，乌溜的发髻，雪白的脸颊，眼圈有点红。她和他京师的姊妹们不同，风餐露宿、布衣粗服不会叫苦，她准是夜里又在想段平和达惹。皇甫佶欲言又止。

"翁师傅说，你们要先回鄯州了。"阿妖先开了口，面色很平静，反倒关切地叮嘱皇甫佶，"阿兄，你路上要小心。"

她从太和城离开时，两手空空，连个荷包也没有，只好把折在腰间的马鞭给了皇甫佶:"这是苍山上的龙竹做的,很结实,反正我也用不着了。"没克制住,阿姹露出点可怜和不舍的样子,"阿兄,你不要忘了我。"

皇甫佶慎重地点头,这次把她的话刻在了心里。他低头接过鞭子时,看见手柄上新刻了个娟秀的"南"字。他知道,她还有一柄双耳匕首,被她藏得很好。

"你该去拜见蜀王妃了。"皇甫佶回过神来,提醒她。

阿姹跟着婢女到了蜀王妃的殿外,王妃的规矩很大,皇甫佶也被挡在了外头。阿姹乖乖地在阶下等着,她只是翁公孺托付给王妃的一个小侍从,因此没人特意来招呼她。她望着砖缝里的细草发呆,有人从背后过来了,一肩膀把她撞了个趔趄。

"你没有长眼睛吗?"李灵钧不耐烦地吼了一声。

换作别的奴婢,早跪下叩头请罪了,阿姹心情有点低落,她不作声地走到一旁。

李灵钧不急着进殿,他从鸡鸣时就翻身起来,已经练了半晌的箭,贴身的汗衫都湿了,手指也被玉韘①磨得通红。身后紧跟着两名内侍,手上捧着巾帨和袍服,李灵钧看也不看一眼,把玉韘丢在托盘上。他两腿分开,在阶下站定,一箭射向房顶的鸱尾,有片琉璃瓦应声而碎。手指被弓弦勒出了血,李灵钧不为所动,从箭囊里又

---

①扳指。

掣出一支箭来，双脚一转，把箭尖对准了阿姹的脑门。

内侍吓得"扑通"一声跪在地上："郎君饶命！"

阿姹转过头来，先是一愣，然后瞪他一眼，把头扭到旁边。

"你怎么不躲开？"李灵钧错愕。

"你射得又不准。"阿姹见识过他对翁公孺前倨后恭的样子，有点看不起他，"就算再练一百年，也赶不上我阿兄。"

李灵钧的眉头拧了起来。他眼尾狭长俊秀，好似用最细的笔尖描过，略微上扬，有种睥睨的意味。他淡淡地瞥了阿姹一眼，收起弓箭："你就是段平的女儿？"他随便把姚州都督的名字挂在嘴上，显然蜀王跟他传授了不少朝廷的事情。

阿姹蓦地听到段平的名字，立刻转过头来。

李灵钧盯着她，脸色越发傲慢："段平谋逆，已经满门伏诛，你是漏网之鱼，也敢在蜀王府大声说话？"

阿姹如遭雷击，有些茫然地望着李灵钧："什么？"

李灵钧不理她，丢开弓箭，抬脚要往蜀王妃的殿里去。走到台阶上，他负手扭过头来，故意将阿姹从头审视到脚，做出嫌弃的样子："皇甫佶跟人说你是皇甫家的女儿，叫皇甫南。"他摇了摇头，"真正的皇甫家的女儿，应该比你知礼。"

阿姹给蜀王妃叩过了头，浑浑噩噩走出殿。

皇甫佶还在外头等，阿姹张嘴就问："阿兄，李灵钧说，我阿耶阿娘都被皇帝砍头了,是真的吗?"

皇甫佶猝不及防,他的嘴张着,好像被人掐住了脖子。

阿姹不再看他,快步往回走。

皇甫佶没有亲眼见过别人家破人亡,但从小街头巷尾也听说过谁家获罪破败了,女儿要剃了头发去当尼姑,谁家妻离子散了,剩下的人要跳井寻死。

皇甫佶胡思乱想,脸色也白了。他小心翼翼地跟着阿姹,到了屋外,见阿姹一头扑在榻上,用被子蒙着脑袋,便默默站住脚。他替她把门扇闭上,然后摘下佩剑,转身坐在门廊上,望着天上的浮云发呆。

有一片耀目的彩色晃到了眼前,皇甫佶转过头,看见了李灵钧。李灵钧换了绿底织金间色半臂,菱花暗纹白色缺胯袍,头上系红抹额,双脚蹬乌皮靴,腰间挂着鹰头虎纹弓袋。他才盥洗过,神气十足地抓着一把短弓。

"皇甫佶,咱们再比一次。"他站在枇杷树下,目光随意地一瞥,"就射枇杷,看谁射下来的枇杷多。"

皇甫佶看见李灵钧手上新缠着雪白的布带,摇头:"你的手受伤了。"

李灵钧满不在乎,还将眉头一挑:"在战场上,就算断手断脚,不也得爬起来杀敌吗?"

皇甫佶觉得这个人有点执拗，况且自己这会儿根本没有射箭的心思。他侧耳聆听着背后的动静，屋里静悄悄的，一声啜泣也听不见。

李灵钧顺着皇甫佶的目光看了一眼紧闭的门，又看看皇甫佶，明白了。

"没劲。"他嘟囔着，有意要在皇甫佶面前炫耀似的，抬起胳膊，瞄了一瞬，放开手，一枚枇杷被箭穿透，落在树下。枇杷熟透了，香甜钻进人的鼻子里。

皇甫佶没搭理李灵钧，站起来，鼓足勇气走到了门边，"表妹"两个字还没出口，门扇突然从里头打开了。

阿姹背对着皇甫佶，用袖子抹了两把眼睛，扶正了发簪，然后扯过衣摆一抖，昂首转过身来。她穿男装不怯弱，十足像个潇洒的儿郎。

皇甫佶提起的心放回了肚子里，心想：表妹还小，不晓得家破人亡是什么，在乌蛮三年，段平和达惹对她来说只是模糊的影子了。

阿姹走近皇甫佶，用她那微肿的眼睛专注地看着他："阿兄，我阿耶被皇帝治罪，你早就知道了，是不是？"

皇甫佶不愿再瞒她："我在鄯州时，听薛相公提起。"他忙又补充，"但陛下的诏书，没有说舅父的罪殃及子女，所以你不要怕。"

阿姹甚至对他展露了一点微笑："所以你特地来乌蛮找我吗？"

皇甫佶缓缓点头。经过昨夜翁公孺一席话，他已经意识到自己的莽撞。各罗苏府是乌蛮人的地盘，属于天高皇帝远，到了京城天子脚下，谁知道段平女儿的身份会不会触及某些人的逆鳞呢？

皇甫佶知错立刻会改，跟阿姹说："我叫翁师傅自己回鄯州，我还送你回太和城，各罗苏是你舅舅，会对你好的。"

李灵钧把侍从们都打发走了，自己去树下捡枇杷，一双耳朵却竖了起来。

段平的事，是李灵钧昨天在蜀王的屏风外偷听来的，刚才一时不忿，说漏了嘴，现在面对阿姹，他还有点心虚。听皇甫佶说要再返回乌蛮避祸，李灵钧眉头皱起来：至于吗？去蛮人的地盘避祸？

他忍不住插嘴："陛下都说了，段平的罪不祸及子女，难道京城谁还敢对她不好吗？"这话出口，皇甫佶和阿姹脸上都露出怀疑的表情，李灵钧不禁腮帮也热了，"只有我父亲和翁师傅知道她姓段，别人都不知道，连我母亲都不知情。"他将下颌一抬，傲然道，"我说她是皇甫南，她就是皇甫南，谁敢说不是？有的话……哼，我把他像这枇杷一样，射个稀巴烂！"

这话简直孩子气十足。皇甫佶是个与人为善的性格，他觉得李灵钧也不是那样令人生厌了："多谢。"

阿姹早打定主意了，说："我不回乌蛮，我要去京师见皇帝，跟他说我阿耶是冤枉的。"

李灵钧对皇甫佶多少还有点佩服，对阿姹就只有轻蔑了。他

"嗤"了一声："你以为陛下是你想见就能见的吗？"

阿姹胸有成竹："我嫁给皇帝当妃子，就可以天天见到他了。"

皇甫佶和李灵钧都是一呆，随即李灵钧"扑哧"一声笑出来，故意瞪大了眼："就凭你？"但见阿姹的模样，"丑人多作怪"几个字却怎么也说不出来，只得摇摇头，"你知道陛下多大年纪？陛下六十多岁了，做你阿翁都有余！"

阿姹眸光落在李灵钧脸上。她刚才躲在被子底下，除了流眼泪，也动了不少脑筋。嫁给皇帝是负气的话——六十多岁，想想就老丑得吓人。但她讨厌李灵钧。

阿姹第一眼看见他时就厌恶他，因为她骄傲，而他的眼神仿佛她是他脚下的一摊烂泥。

她若无其事地"哦"了一声："蜀王殿下不是想当皇帝吗？那我就嫁给蜀王，叫他追赠我阿耶做国公大将军好啦。"

李灵钧正在啃枇杷，闻言，讥笑和轻蔑都冻结在脸上。他扔下枇杷，瞪着阿姹："你……放屁！"

阿姹"哼"了一声，撇下他们往外走，经过李灵钧身边时，故意也狠狠撞了一下他的肩膀。

李灵钧怒不可遏地追上去："大胆！"

阿姹拎着袍角飞跑起来。蜀王府在西岭下，阿姹离开王府，到了山脚，把马系在道边，用双耳刀割断藤蔓，徒步上山。她在乌爨三年，很会翻山越岭。

到半山腰时，已经暮色苍茫。阿姹在林子深处挖了一个坑，割下自己的一把头发——身体发肤，受之父母，她不想死，只好把头发送还给他们。她把那束头发用丝线缠了缠，埋起来，上头竖了一道木板做的碑，一丝不苟地刻着段平和达惹的名字。

她想了想，又在父母的名字下刻了"遗南"两个小字。

做完这些，她爬上一块石头，坐在上头发呆。西岭的雪顶泛着青白色，山风飒飒，吹透了她的袍衫。山下黑色的船影缓缓移动，船上插着旗帜，那是满载了麝香、金银、象牙、犀角的贡船，从滇南缘水北上进京师。

别人都以为她忘了段平和达惹都，其实她始终记着他们送她到太和城的模样。大概那时段平已经从皇甫达奚嘴里知道段家在劫难逃，所以才把她送给了各罗苏，彻底当作没这个女儿。

我阿耶阿娘爱我，我姓段，不姓皇甫。她在心里对自己说。

回到蜀王府时，天已经黑透了。皇甫佶在门外徘徊，绢纱灯笼照得他头发都发红了，他像个急于和情人密会的登徒子。

见阿姹回来，皇甫佶脸上的忧色一扫而空："我以为你……"他看见阿姹的头发短了一截，把话硬生生吞了回去。难道她真的要做尼姑去？

"我去山上祭拜他们了。"阿姹小声说。

皇甫佶的心里闷闷地痛,轻轻碰了碰阿姹的手。她的手指发冷,皇甫佶展开双臂,匆忙潦草地抱了她一下,马上又放开了:"翁师傅催了我一天,我要走啦。"他犹豫着,不好意思说那些太缠绵的话,但面色很坚定,像个要主动担起重任的男人了,"你先回皇甫家,舅父舅母不在了,你以后……"

"我知道,"阿姹打断他,"以后,我就只有自己了。"这话她在心里掂量了无数遍,总算说出了口,轻飘飘的,神情有些漠然。

皇甫佶一怔,阿姹的反应属实出乎他意料。他赶紧提醒她:"你还有我。"

"对。"阿姹却有些心不在焉,她看了他一眼,醒悟过来,立即改口,"阿兄,以后我只有你了。"那表情有点可怜巴巴的。

皇甫佶是唯恐唐突了她,她却好似真把他当成了相依为命的亲兄长,脸颊贴在了他胸前,颤抖的眼睫慢慢闭上。

卷二·宝殿披香

（一）

一阵桃花雨打在脸上，皇甫南猛地醒来，茫然望向左右。

眼前晃动的尽是花钗和梳篦，案上杯盏打翻了，酒液滴滴答答的，把谁遗失在地上的金粉菱花纱罗帔子也打湿了。

一张脸凑到了跟前，绯红的两颊，眉心贴着翠钿，在树荫下幽幽发亮："呆了，还是傻了？"翠钿的主人握着簪子，手在皇甫南眼前摇了摇，跃跃欲试，想要在她脸上扎一下。

皇甫南双眸一动，眉头微拧，终于出声了："做什么？"

绿岫用簪子挽起头发，叫皇甫南回身去看桃树上的箭："梨园①的流矢射进来了，"她翘起手指，比了比，"离你的脸就差这么一点儿。"

皇甫南推开绿岫的手，坐正了。

桃园亭外春景正好，头顶的桃花像云霞一样。她掸落了衫裙上的落花，拾起团扇，随意地往远处望去。宫墙那一头，有烟尘扬到

---

①汉宫御苑的一部分。

了天上,五色幡①晃动着。隐约传来一阵喝彩:"好箭!"

桃园亭这头早乱成了一团,命妇们都人心惶惶的,坐也不是,站也不是。两名宫婢合力将桃树上的箭拔下来,见箭镞上錾着"内西"二字,便呈给亭子里的皇后,说:"是内府弓箭库的箭。"

"那就不打紧。"皇后道,"去跟千牛将军说,流矢不长眼睛,这里都是命妇,要小心。"宫婢附耳低语了一句,皇后又吩咐,"去看看皇甫娘子有没有伤到,让她挪到亭子里来坐。"

皇甫南领命,和绿岫拾阶而上,在亭里拜见了皇后。伴随凤驾的都是妃嫔,亭子后头流水潺潺,四周悬了纱帷,比外头静,香气袅袅的。又接连有命妇来拜见皇后,皇甫南找了个鼓墩,屹然地端坐着。忽然,袖子被人狠狠扯了一下,她睨了一眼背后的绿岫。

绿岫努了努嘴,示意她看来人。

被宫婢领进来的是薛昶的妻女,薛昶是薛厚的从兄弟,在益州都督府做长史。薛夫人母女都老实巴交,因为头回觐见,连眼也不敢抬。蜀王妃出奇和蔼,叫薛娘子在她下首坐。亭子里越来越挤,皇甫南默不作声,一直退到角落里,不动声色地打量着众人。

袖子又被拽住了,她忍无可忍,在绿岫手背上使劲拧了一把,绿岫立即不动了。

皇后年过六旬,案前的瓜果和酒水都懒得动,只跟左右说话,

①皇帝仪仗。

问薛昶几时到京，益州有什么风物。蜀王妃耐心地听着，见皇后没话了，便说："薛夫人初来乍到，我领她们在内苑转一转。"

皇后颔首："去吧。"上了年纪的人，也不堪久坐，她跟女官们说，"咱们去折几枝桃花，回去插在瓶子里。"

皇后一走，桃园亭顿时欢腾起来了，有人借故离席，也有人呼唤宫婢去折桃花，还有人挽起袖子，要组队击鞠。

绿岫悄悄松口气，凑到皇甫南的耳边，吹出来的气弄得她痒痒的："娘子……"

"别说。"皇甫南声音不高，眼神却有些凌厉。

绿岫讪讪地闭上嘴。

皇甫南若无其事地理着裙摆，红色的嘴唇动了动："你瞧一瞧，是不是崔婕妤在看咱们。"

绿岫学聪明了，只动了动眼珠子，跟皇甫南小声说："崔婕妤是在看咱们。"崔婕妤貌美受宠，宫嫔里属她最难对付。

绿岫被看得心头一颤，越发不敢转身，轻轻拍着胸口跟皇甫南咬耳朵："她老看咱们干吗呀？"

"不是咱们，是你。"皇甫南微笑，"我听说她最讨厌别人贴翠钿，要是哪个宫女犯了禁，会被她拔掉舌头，然后把嘴巴缝起来。"

绿岫的脸霎时白了，两腿打战，险些贴在皇甫南身上："娘子，咱们回吧。"

"不急。"皇甫南道。

骤然一声嘹亮的号角,接着是马蹄声乱响,像一阵疾雨似的,墙那头更喧嚣了。皇后捻着桃花,听了一会儿,问:"是在击球吗?"

皇后身旁的女官回道:"是陛下选了一件西蕃人进献的金盘当作彩头,让北衙的禁军跟西蕃人击球,谁赢了就能得金盘。"

隔墙又一阵欢呼,另一个女官满面笑容地回来:"蜀王府三郎率领的北衙禁军赢了,金盘也赏给了三郎。"

皇后饶有兴致:"叫三郎拿着金盘来,我也看看是什么好东西值得这样拼命。"

桃林里的轻声笑语停了,各色裙裾拂在绿油油的草地上,都在往苑门上转身,有人是矜持,有人是好奇。绿岫不敢再轻举妄动,只把一双眼斜着去看皇甫南。皇甫南若无其事地走到一旁,手指掀起纱帷,欣赏着池底的游鱼。

亭外有动静了,金盘被女官捧给了皇后,得了这彩头的人却没露面。隔了一片云霞似的桃树,只见一个穿侍卫服的身影,英姿飒爽地立着苑门外。皇后和众人传看了金盘,往上头放了一盏雪白的酪浆,还有一枝盛放的桃花,说是添彩。那人遥遥向桃园亭里拜了拜,就离开了。

他这么守礼,连皇后都奇怪。

命妇里有跟他熟的,笑着说:"三郎长大了。"

皇甫南目送那道绯色出苑门时，绿岫的声音细得像蝇子钻进耳朵里："崔婕妤又在看咱们了。"

皇甫南把眸光收回来，见崔婕妤娉娉地站了起来，她浑身披着珠玉，碧罗裙一散开，像迎风颤动的荷叶。

"皇甫娘子，"两人从没搭过话，但崔婕妤的语气很熟稔，嘴角贴着两个圆圆的翠羽钿子，一笑起来，像酒窝似的俏皮，"跟我走。"她拉起了皇甫南，那双手是洁白的，柔软得像没有骨头。

皇甫府的夫人和姊妹们都没留意这里，皇甫南眼尾一瞥，绿岫也悄没声地溜了。她只能把疑窦压在心底，从鼓墩上起身，向远处的皇后屈膝施礼。崔婕妤的罗裙一荡，早已经扭头走了。

桃园亭的声音远了，崔婕妤问皇甫南："你老家是益州的？"

"是。"

"怪不得蜀王妃和你熟。"

皇甫南跟在崔婕妤身后，端详着她。宫里的妃嫔都循规蹈矩，像一尊繁复精美的器物，而这个女人是活的，像一泓清水。宫里时兴穿石榴裙，独她要做万丛红中一点绿。

"王妃待人都和气。"皇甫南一字一句都很谨慎。

崔婕妤突然笑了出来："都是益州来的，你比薛昶的女儿好看多了。"

皇甫南一顿，只能微笑："薛娘子是将门虎女。"

"不就是薛厚的侄女吗？"崔氏似有些不屑，"皇甫家也不比他差。"她说话很直，大概是肆意惯了，"不过你父亲在朝中没什么名气，虽说也是皇甫达奘的族弟。这么看，皇甫相公要比薛厚清廉嘛。"

皇甫南道："举贤不避亲。"

相比崔氏的锋芒毕露，皇甫南简直滑得很。

崔氏睨她一眼，随手从树上折下一枝桃花，花开得很浓艳娇嫩。崔氏掐下一朵，在指尖上转了转，又毫不留情地丢在脚下。

两人沿着青石小径慢慢走着，崔氏不讲明，皇甫南也不问。到了禁苑深处一座殿阁外，崔氏站住了，用绫帕擦了擦额头的汗："进去歇歇。"

殿外禁卫林立，内侍举着五色幡，女官执着雉扇，这是皇后的黄麾仗[1]。皇甫南知道这处宫苑是皇后游幸后休憩的地方，想避嫌，便说："我在外头等婕妤。"

"只是讨水洗一洗，皇后又不在，怕什么？"

崔氏又要来拉皇甫南，皇甫南做不经意状，把被花枝扯落的帔子曳起来，避过了崔氏的手——她对这个崔婕妤满心警惕。

"婕妤请在前面走。"她无奈地答应了。

等崔氏的几名宫婢捧着香蹬、绣垫，依次进了宫门，皇甫南才

---

[1] 皇后仪仗。

慢慢跟上去。

宫苑里有一株樱桃树，几丛竹篱笆，两只绿头鸭在池子里散漫地游着，这里没外头那样戒备森严。为等候凤驾降临，巾栉、热水都是现成的，皇甫南和崔氏到了庑房，崔氏被宫婢解开领子，用湿手巾擦了脸和脖子，很痛快的样子。见皇甫南只在旁边站着，崔氏又"扑哧"一声笑了："你是怕老虎吃你吗？"

皇甫南很恭谨："宫苑禁地，小女不敢造次。"

崔氏把扇子拾起来，踱到窗边，忽然说："听说你认识蜀王府的三郎？"

皇甫南有点惊讶："只是在益州见过。"

"怪不得。"崔氏对皇甫南招了招手，不等皇甫南走近，她手指在唇边一竖，脸上是神秘的表情，"你瞧。"

皇甫南顺着崔氏的目光看去，偏殿的门开了，蜀王妃在薛昶妻女的陪同下走到廊下。她们有一搭没一搭地说着话，看了会儿绿头鸭子洑水。突然，蜀王妃一抬头，说："来了。"

其余众人都屈膝施礼："郎君。"

不等来人走到廊下，皇甫南猝然转身，躲到了一旁，独留崔氏站在窗畔。崔氏缓缓摇起扇子，瞟着皇甫南，脸上浮起了然的微笑。

庑房离偏殿稍远，只隐约听见蜀王妃道："怎么还要人三催四请的？"之后又惊愕地斥责了一句，"你的胆子也太大了！"

崔氏回到月凳上坐下，一名宫婢捧镜，另一名上来替她重新挽发，庑房的门是闭着的，隔绝了外头的声音。崔氏精心理着发鬓，对着铜镜说："今天率领北衙禁军打球的人，不是三郎，是他手下的人扮的。他的心思大概不在打球上……在桃园亭时，看你盯着他直皱眉，我还当你是个明眼人，原来你也没看出来吗？"

皇甫南整个人紧绷了起来，默然片刻，说："我和他不熟悉。"

"听说三郎整天往皇甫府跑，我还当你们有交情呢。"

皇甫南仍然摇头："皇甫家弟兄多了，兴许有人和他熟。"

崔氏在镜子里瞥了一眼皇甫南："你的嘴巴真紧。"

皇甫南反问："婕妤想让我说什么呢？"

"没什么，"崔氏理妆完毕，款款起身，笑着走向皇甫南，"只是想告诉你，男人的鬼话信不得。"

皇甫南已经镇定下来，淡淡一笑："鬼话不分男女，都信不得。"

"说的是。"崔氏倒也不生气，"你也不用防着我，我只是觉得宫里太无聊，想找个人说话。你改天还来吗？"不等皇甫南应承，她走到直棂窗前，偏过头又张望了一会儿，"你说，咱们要不要突然走出去？准能把薛娘子羞死。"

话音未落，一阵杂乱的脚步声响起，内侍击掌道："皇后殿下到了。"罗伞、雉扇，还有无数的宫人，一齐簇拥着凤驾，浩浩荡荡地往正殿来了。崔氏对皇后还是有点忌惮的，忙携起皇甫南的手，小声说:"咱们溜出去。"

两人趁着人多杂乱,闪身出了庑房。

皇甫南走到廊上时,不禁回首望了一眼。她在迎驾的人群中看见了一个宝花纹锦袍的身影,一躬身,露出了月白里子、红绫袴、乌皮六合靴,那才是真正的李灵钧。

车马都挤在芳林门,熙熙攘攘地排队出宫。绿岫把卷起的帘子放下来,车里顿时暗了。她觑着皇甫南的脸色,欲语还休。

在禁苑这半日,绿岫衫裙污了,胭脂花了,眉心的翠钿也早趁没人偷偷抠了去。皇甫南却连一丝儿头发也不乱,脸孔像在暗处生晕的明珠,不施脂粉,天生的翠眉朱唇。

皇甫南端坐在车里,一言不发,绿岫又悄悄把话咽回肚子里。

回到皇甫府,皇甫南褪去半臂,一垂首,见狸花猫衔着帔子在撕扯,露出不耐烦的表情:"把它撵出去。"

绿岫应声,抱着狸花猫往院子里一扔。红芍端着茶碾子,也躲出来了。两人在窗下,一个碾茶,一个添香,听屏风后头寂然无声,绿岫悄悄吐了一下舌头,如释重负地说:"险些憋死我。"

红芍嘲笑:"平时说得多么大胆,进了宫,气也不敢喘了吗?"

绿岫当然不肯承认自己被崔婕妤吓得两腿打战,做了个鬼脸,说:"怎么不敢喘气?我不光能喘气,还见到了许多人。"

红芍忙问什么人，绿岫捂嘴一笑："益州长史家的薛娘子！"

红芍也笑了："是她？"

绿岫纳闷道："娘子说她丑，我倒觉得她挺好看的。"

"既然好看，怎么吓得你不敢说话？回来到现在，像个哑巴。"

绿岫声音低了："娘子不准我说话，你没看见她的脸色？"她放下铜钳，把鎏金莲花纹的香炉盖上，对红芍咬耳朵，"还有蜀王府的郎君。皇后叫郎君去觐见，郎君明知道娘子也在桃园亭，却没有露面，只在苑外站了站就走了……所以，她不高兴啰。"

红芍白了她一眼："你真会胡说。陛下在梨园接待西蕃人，郎君怎么好到处乱走？"

说到这个，绿岫得意起来："今天陛下叫击球，郎君赢了西蕃人，陛下高兴，赏了北衙每人一领锦袍、一幅罗帕，还有红白绫各一匹！"

红芍忧心忡忡："西蕃人输了，不会闹事吗？"

绿岫"哼"一声："天子脚下，他们也敢？"她没能进梨园，却讲得绘声绘色，"今天的梨园真热闹！不光有西蕃人打球，还有天竺和尚变法术，听说他有一口宝瓶，只往地上倒一滴水，梨园就突然变成了海，里头有山那么大的一条鲸鱼！他又冲鱼吹口气，鲸鱼忽然一下飞上天，变成了一条龙，胡须有那么长，爪子有那么利！谁知一眨眼，龙又倏地不见了。陛下的御座离得最远，衣袖却湿了，

你说怪不怪？"

红芍思索道："兴许那条龙是陛下变的？遇神水现了真身？"

绿岫拍着巴掌："我也是这样猜的！还有南蛮来的舞队，他们的手脚、胳膊上都刺着飞禽走兽，怪模怪样，衣裳上全是绣花和银流苏，闪得人眼都花了……"

红芍见绿岫手舞足蹈，声音越来越大，忙"嘘"了一声。

可惜制止得晚了，皇甫南从屏风后走了出来，手里拿着一卷书，说："谁说薛娘子丑了？"

绿岫"咦"了一声，奇怪道："不是娘子你说的吗？"红芍直对绿岫使眼色，绿岫却没留意，"你说薛娘子面孔黑得像炭头，两道眉毛像扫把，鼻孔朝天，牙齿外露……"

皇甫南微笑："我没说过。"

绿岫继续道："你还说她喘气像老牛，叫唤像野驴，屁股像磨盘，两脚像船桨……"

皇甫南笑容渐淡："胡说八道。"

"你说她活像个夜叉！"绿岫一口气说完，转头看红芍，"娘子不承认，你总记得吧？"

皇甫南皱眉："今天崔婕妤传召，你怎么先溜了？"

提到崔婕妤，绿岫脖子一缩，不敢作声了。

红芍说："娘子那时候还小，说的话怎么能当真？也或许是绿岫你记差了。"

被她们这一打岔,皇甫南的烦闷暂时消散了,对红芍笑道:"有个消息,你听了准高兴。阿兄回来了。"

皇甫府子弟虽多,说到阿兄,则只有皇甫佶一个。

红芍不解:"府里还没得到信,娘子怎么知道?"

绿岫道:"当然是六郎给娘子写信的啰,他们俩小时候整天写信,既是陇上人,又是江南客,哎呀……"她还要重重地强调,"我的记性好得很。"

皇甫南不搭理绿岫,故意对红芍卖了个关子:"你等着看就知道了。"

见她这样笃定,两个婢女都喜出望外。红芍眼珠一转,笑道:"郎君回来,那当然是好事,但奴婢不知道该不该高兴。"

皇甫南看过去:"哦?"

"娘子准许奴婢高兴,奴婢就高兴,如果娘子说只许娘子你一个人高兴,不许别人高兴,奴婢也就没什么高兴的了。"红芍和绿岫一样狡猾。

皇甫南把书卷抵着下颌,歪头想了想:"那就……只能我一个人高兴。"

红芍和绿岫默然对视,一个挤眼,一个撇嘴。屏风后书页翻得轻响,安分了一会儿,红芍先忍不住了,催促绿岫:"说呀,梨园还有什么?"

绿岫穷极想象,叹了一口气:"唉,后来有人不长眼,把箭射进了桃园亭,惊了凤驾,娘子也给吓傻了,我哪还有心思瞧热闹?"

皇甫南的声音隔着屏风飘出来:"我哪里吓傻了?"

"还说没吓傻?眼睛都直了,叫你也听不见。"绿岫嘟囔,"嘴硬咬秤砣。"

皇甫南有些恼怒:"蠢婢子,我是在听南蛮人唱歌。"

绿岫道:"我只听见墙那头呜哩呜哇的,难道娘子你无所不知,连蛮话也懂得?"

皇甫南顿了顿,蛮横地说:"我是无所不知,怎么?"

她放下书卷,想起在桃林里,高亢嘹亮的歌声越过宫墙,猛地冲进了她的耳朵里,把桃园里的酒酽春浓、迷醉芬芳撞得支离破碎,她才愣了神。

赤龙贯日,金鹰横空,

佳支依达波涛滚,英雄诞生。

脚下骑九翅神马,栖于太空之云端!

铜矛刺恶鬼,藤萝缠蟒蛇,

铁刀劈风雷,竹箭破雨雪!

哦嚯!支格阿鲁!

左眼映红日，映日生光辉！

哦嚯！支格阿鲁！

右眼照明月，照月亮堂堂！

哦嚯！支格阿鲁！龙鹰之子！

红芍把烛台移到案上时，皇甫南正托着腮沉思。眼前的方寸陡然亮了，她抬眸，看见廊下挂了灯笼，葡萄藤爬满了架子，黑黢黢的，空气里有点熏艾草的呛人味道。

"我还当你趴在这里打瞌睡。"红芍"咦"了一声，轻声说。

皇甫南转过头来，眼里炯炯有神，神色极沉静。可她的书半响没有翻页，如果一心等皇甫佶，脸上该是期盼的神色。

红芍揣摩着皇甫南的心思："六郎真的回京了……"她没忍住，告诉了皇甫南，"一踏进府就被相公训了话，这会儿正在正堂罚跪。"

皇甫南漆黑修长的眉毛微微一动，并不很意外："罚他什么？"

"好像说是……今天和西蕃人打球的不是蜀王家的三郎，而是咱们六郎假扮的。"红芍眉宇里结着愁，"绿岫说，她也在桃园亭，怎么一点也没瞧出来呢？"

"我瞧出来了。"皇甫南走到妆台前，把一支花树钗从发髻里拔了出来，又从奁盒里取出玉梳。

红芍和绿岫你推我搡，到皇甫南身旁并排站着，眼里都有央求。

红芍道:"相公说要罚三天,还不许吃饭。"

绿岫道:"娘子,你得去找夫人,请她给六郎求情。"

皇甫南啼笑皆非:"罚跪的又不是你们,你们急什么?"

绿岫说:"府里几个郎君,属六郎对奴婢们最和气,出手也最大方!"

红芍也是一脸不肯苟同:"娘子,六郎对你比亲生的姊妹还好,难道你忍心见死不救吗?"见皇甫南起身,红芍也跟着她到了屏风后,"代替蜀王府三郎跟西蕃人打球,还赢了,明明该赏,怎么还罚呢?"

皇甫南不为所动:"只是三天不吃饭,饿不死的,你放心好了。"

红芍面色黯然,怔怔地看着皇甫南:"你也太狠心了。"说完狠狠一顿足,扭头走了。

才一瞬,帷幄又掀起来了,皇甫南把大袖衫披在肩头。

皇甫南的头发长得好,乌黑油亮,全放下来时像一匹顺滑的绸缎。红芍想起皇甫南刚到皇甫家时也是这样的黑头发,但才及肩,像狗啃了似的丑。当时她还不大看得起这个从益州来投亲的小女子,故意说:"好好的官家娘子,头发怎么叫人割了呀?"

那时皇甫南说:"我阿耶死了,阿娘改嫁了,舅舅要捉我去当尼姑,割了我的头发。"她才十二三岁,说这话时,不哭不闹,平静得像个大人,有点邪气。

红芍私下悄悄对绿岫说:"娘子无情无义,咱们跟着她,前途未卜,唉……"

红芍泄了气,来替皇甫南挂起银香囊,放下铜帐钩:"娘子,我知道你有苦衷。"

皇甫南没理她这茬,坐在月凳上叫人:"帮我挽头发。"

红芍眼里一亮:"你要去见夫人吗?"

见皇甫南点头,红芍和绿岫忙把奁盒打开,替她梳妆。

皇甫南把花树钗拈在手里,默默思索。

西蕃人进京议和,虽然朝中还没有定论,但皇帝对梨园宴是很看重的。皇甫佶替李灵钧赢了彩头,也不知道落进了多少双有心人的眼睛里,而皇甫达奚自从段平的事之后,对结交亲王这种事就格外避讳。皇甫佶只是被罚跪,已经算轻的了,自己去求情,肯定自讨没趣……不过,崔婕妤又打的什么主意?她那双锐眸,总是不怀好意地在自己身上打转……

"好了。"红芍把钗子别进发髻里,推了皇甫南一把。

皇甫夫人的屋里,皇甫达奚竟然也在。梁国公的美妾不算多,也足够他忙活的,老夫妻早过了如胶似漆、无话不谈的时候,难得凑在一起,当然是为了皇甫佶。

皇甫南望着跃动的火苗，心中有种难言的酸涩。皇甫夫人出来了，她忙起身。

皇甫夫人脸上带着恼怒："别求情了，没有用！"她的声音拔高了，好像是特意说给屏风后的皇甫达奚听的。

皇甫南露出茫然的表情。

皇甫夫人神色稍缓："你还不知道，你六兄回来了。"皇甫达奚发脾气的事，她省去了，做惯了宰相的贤妻，在外人面前装糊涂的功夫极好，但她眼神不弱，将皇甫南一打量，直接就问，"九妹，崔婕妤把你从桃园亭叫走，都说了什么？"

皇甫南在皇甫夫人面前还算坦诚，但也暗自斟酌了一下："婕妤说，鄂国公没有什么了不起的，伯父比他清廉。"

皇甫夫人不领情，冷笑道："她一个婕妤，也敢非议朝臣吗？"

"婕妤还说，叫我以后常去宫里陪她说话。"皇甫南显然有些不情愿。

皇甫夫人和蔼地笑了，眼角浮起些皱纹，这让皇甫南不禁在她脸上寻找着和段平相似的痕迹。

"原来你是为了这个来见我的吗？"皇甫夫人赞了她一句，"好孩子，你比你六兄聪明。我知道了，下回崔婕妤再传召，我就替你回绝。"

"谢伯娘。"皇甫南仿佛不经意地望着皇甫夫人，"我在皇后的偏殿里，还瞧见了蜀王妃和薛昶的夫人。"

皇甫夫人微微点头。

"蜀王和薛家这门婚事成不了。"突如其来的一句，是皇甫达奚自屏风后走了出来。他幞头摘了，胡子也系了锦囊，是已经预备就寝的样子，却这样有失体统地露面了，显然是皇甫南的话很要紧。

皇甫夫人和皇甫南一齐起身。

皇甫达奚赤着双脚，坐在弥勒榻上，两手扶在膝头，断然道："门第不匹配，人品不匹配，薛昶不敢答应。薛厚也不肯答应！呵，他贼得很呢。"皇甫达奚要去捋胡须，碰到锦囊，只好硬生生将手放下，摇摇头，"蜀王这是一步臭棋。"

皇甫夫人说："你怎么知道蜀王不是在试探陛下的意思呢？皇后的样子，像是已经点头了。"

"试探？试探不是做皇子的本分。"皇甫达奚"哼"一声，"陛下不愿意，谁答应也没用。"

夜里夫妻私话，皇甫夫人也不忌讳了："陛下的意思，倒巴不得皇子皇孙们都娶个田舍奴的女儿，那才放心吧？"

皇甫达奚睨她一眼："不要说皇子皇孙们，就你那个六儿子，娶个田舍奴的女儿，岂知不是他的福气？什么山东豪族，早已是空架子了。和西蕃这十几年仗打个不停，朝中只能是军镇和边将们的天下啰！"

皇甫夫人不乐意："这么说，还是和西蕃人赶紧议和的好。"

皇甫南不失时机地告辞："伯娘，我先回去了。"

"去吧。"皇甫夫人领着皇甫南走到廊下，那眼神不算尖锐，但经历得太多，看得也透，变得淡定平和，"六郎叫你伯父罚了，他不该跟着蜀王府的人胡闹。你往后也要离那些人远一点。"

皇甫南立在昏暗的灯笼下，没有动。

皇甫夫人在她脸颊上怜悯地摸了摸，声音也低得仿佛在叹息："那样的祸事，我们难道还要再经历第二次吗？"

（二）

皇甫南辞别了皇甫夫人，走到庭院，绿岫和红芍拎着灯笼迎上来，地上一团朦胧的红影晃动。

"夫人怎么说？"两人急着追上皇甫南。

"没用。"皇甫南吐出两个字。

三人沉闷地在园子里走着，更鼓阵阵，檐角的金琅珰"叮叮当当"地响起来。皇甫南仰头，京都夜雨少，一轮清辉照得琉璃瓦和树梢上都有皎洁之色。

红芍喃喃："从鄀州回来，风尘仆仆，连水都喝不上一口……"

皇甫南走到一株银杏树下，这树枝繁叶茂，几近参天，树臂伸展开，把隔壁的歇山顶都盖住了一半。那里是皇甫达奚的正堂，似乎还有人在说话。

绿岫和红芍也望着墙叹气:"角门都关了,肯定还有人守着,相公说叫他跪到天亮。"

"嘘。"皇甫南左右望了望,对红芍说,"你去找点吃的。"

红芍机灵,忙把怀里的一包胡饼掏出来,这是她特意叫厨下留的:"会不会噎着?我再去取一壶水?"她以为要隔墙丢过去,万一砸到守夜的人,岂不是糟了,"要不然我轻轻叫一声?六郎的耳朵肯定灵。"

"别出声。"皇甫南也压低了嗓音,"红芍去取水,绿岫在树下守着。"

红芍一溜小跑去了,皇甫南把裙摆拎起来,掖在腰间,嘴里叼着胡饼,爬上了银杏树。绿岫仰着头,惊愕地张大了嘴巴。皇甫南想起什么来,从叶间探出脑袋:"如果有人来,你就学鸟叫。"

绿岫"啊"了一声,为难道:"我不会鸟叫。"

"那就学猫叫。"皇甫南顷刻就已经爬到了高处,慢慢沿着粗壮的树臂越过了院墙。她把树枝拨开,看见正堂廊下的两个部曲抱着拂子和油勺,鼾声大作,还有个绯袍的人影在阶下,腰背挺直,跪得很端正,脑袋一点一点的。

皇甫佶曾夸口说他在狂奔的马上也能睡着,皇甫南这下信了。

她掩着嘴"啾啾"叫了两声。

皇甫佶醒了，茫然地转了转脑袋。皇甫南抄起一包胡饼，抛进皇甫佶的怀里。他谨慎地没有动弹，往树梢里看过来。皇甫南憋着笑，皇甫佶胆子是大，祸没少闯，但事后总架不住心虚，这从天而降的胡饼，怕他也不敢吃。

她还想等一等红芍的水壶，抱长勺的部曲伸了个懒腰站起身来，拎起油桶，沿着走廊往灯笼里依次添上灯油，然后推开角门，往外走了，另一个则来替皇甫佶赶蚊子。

皇甫南忙躲回树荫里，才往下爬了一段，有个巡夜的部曲出现了，把长槊往墙上一靠，解开革带，在树底下解了手，然后倚着墙，抱起双臂打起呼噜。

绿岫悄不作声，早溜没影了。

皇甫南有些急，怕红芍取水回来和这部曲撞个正着。皇甫达奚兴许不会罚她，但皇甫家的九娘夜里爬树这个名声她一点也不想要。

抱着树干坐了一会儿，起夜风了，地上花枝的影子乱摇，皇甫南轻轻脱下身上的白绫大袖衫，用树枝穿起来，然后拔下花树钗，往那部曲头上一掷。

那部曲猛地跳起来，举目一望，一道白影和一缕长发悬在树上，随风飘动，似乎还有女声在低低饮泣，他顿时汗毛倒竖："鬼！"长槊也顾不得，拔腿就跑。

皇甫南飞快裹上衫子，从树上跳了下来。

皇甫南一觉醒来，红日满窗。帏幄一动，绿岫和红芍忙上来替她梳头、洁面。

"昨夜里正堂附近闹鬼，相公怕邪祟冲撞了六郎，叫他不用跪了，"绿岫讨好地说，"饭也可以吃，但这几天不准他出门。"

皇甫南冷着脸："那你替阿兄三天不要吃饭了。"

"啊？"绿岫眉毛皱成一团。

红芍在奁盒里翻了一会儿，慌了神："花树钗不见了。"

皇甫南这才想起，忙叫红芍去银杏树底下找。红芍把花丛草隙细细搜了一遍，毫无所获，又不敢声张，只好空着手回来了："肯定是叫那巡夜的人拾走了。"

皇甫南没精打采，又被她们两个嘟嘟囔囔闹得心烦，说："丢了就丢了，又不止一支钗子，没有它，难道要披头散发了？"

绿岫道："国子祭酒家的娘子被贼偷了一只金臂钏，给官府查抄了，人却都说她跟贼私通，那个娘子就上吊死了！"

红芍是良人，绿岫是皇甫府登记在册的"贱口"，却贪吃好玩，口无遮拦。

皇甫南拈起盛口脂的小青瓷盅，望着铜镜里。在京都这些年，她抽条了，皮肤像玉一样透明，两瓣嘴唇还像个孩子，嫣红的，有点嘟着，总不高兴似的。她用指尖揉着口脂，微笑道："饿肚子也闭不上你的嘴？你爱说话，崔婕好正想听人说话，不如把你献给她，也省得我被人传疯话要去上吊了。"

这话管用，绿岫噘了一下嘴，耷拉起脑袋，整理着案头的笔墨纸砚。

红芍识趣，把话题岔开："府里的娘子和郎君们要去游曲江，给六郎接风，一早就来催了。"

皇甫南听着好笑："阿兄被罚禁足，他们去游曲江，到底是给谁庆贺？"

"找个理由出去玩嘛。"红芍没去成梨园宴，也有点眼巴巴的，"说天竺和尚今天要在曲江畔再施鱼龙之法，还有胡僧要当众割舌头、剖肚子、吞火把、踩刀尖。"那血淋淋的场景，她说得兴致勃勃，"娘子不是爱听南蛮人唱歌吗？咱们也瞧瞧热闹去。"

"不去。"皇甫南这脸色说变就变，"谁说我爱听南蛮人唱歌？"

红芍和绿岫都不再作声。

皇甫南坐在案前，春日熙熙，白昼逐渐长了。有片纤细如雪的东西落在笔尖，她定睛一看，是杨花，不由得来了兴致："咱们挪到外面去吧。"

绿岫和红芍捧着矮几和蒲团移到葡萄架下，皇甫南摆好棋盘，拈起一枚棋子，入了神。

对面突然落下一枚黑子，是男人的手。

皇甫南愕然抬眸:"阿兄?"

皇甫佶还不到加冠的年龄,在家里幞头也不系,随意地穿着一件翻领胡服。红芍要替他拿蒲团,他说"不用",盘腿就往地上一坐,大刺刺的,顺手又拈起一枚棋子,"咱们也来一盘,该你了。"

皇甫南微笑,若无其事地把皇甫佶刚落下的黑子移走:"我才下到一半,你不要捣乱。"

皇甫佶被婉拒,也不生气,看皇甫南一手黑子,一手白子,两方缠斗有胶着之势,忍不住又伸出手。

"哗啦"一声,皇甫南忽然将所有的棋子拂乱:"不下了。"

皇甫佶道:"你这人也怪,两个人下棋,难道不比一个人有意思吗?"

红芍在旁边绣罗巾,放下针线说:"我们娘子常自己跟自己下,能下一天。"

皇甫佶:"我不信,真有人能够一心两用吗?"

皇甫南说:"一心不只能两用,还能多用。你们上阵杀敌的人把输赢看得太重了,专注过度,难免沉溺。譬如你下棋的时候,磨磨蹭蹭,前思后想,落一个子的工夫,够别人下半局,那我宁愿自己跟自己下。"

皇甫佶若有所思地看着她,过了一会儿,转头去看爬了满架的藤蔓,浓绿的枝叶间里有米粒大的白点:"开花了?今年应该能结果吧？这是……"

"昭德十三年栽下的，我刚来京都的那一年。"皇甫南记得很清楚，"你从鄚州带回来的葡萄苗。"

那是皇甫佶听说了皇甫南的雕梅，给她的"回礼"。皇甫佶回忆着往事，他还年少，不觉得时光飞逝，感觉皇甫南好像在皇甫家住了一辈子似的："竟然要五年才开花结果吗？"

皇甫南颔首："你回来的时候正好，兴许哪天下场雷雨，刮场大风，这些花就败了。"话音刚落，她凑近皇甫佶，凝神往他衣领里看去。

皇甫佶屏住呼吸，静了片刻。

她从他衣领上拈起一片杨花："杨花不是离人泪，"她对皇甫佶笑盈盈的，"这回伯娘可高兴了吧？"

葡萄架下暗香浮动，一丝丝沁人心脾。府里的男女都去了曲江，四下庑房里很静，皇甫佶喉头动了动，作势去看飞舞的杨花："父亲不怎么高兴？"

绿岫在乌头门前张望了一会儿，垂头丧气地回来了。她心里是藏不住事的，况且皇甫佶这个"罪魁祸首"就在场："外头阍房的人说，蜀王府把西蕃人的金盘送了来，相公没有收。"她瞅着皇甫佶，怯怯的，"他们还说，相公昨天被御史连夜参了。"

皇甫佶和皇甫南对视一眼，脸色严肃了："参的什么？"

"说相公放纵六郎……欺君，和王子交往过密。相公用廊下食①的时候，总是剩饭，是不尊敬陛下，不思百姓辛苦……还有一回骑马时，笏板从袖袋里掉出来，落进了街坊的泔水桶里，也是不敬，老不修。"见皇甫佶没说话，绿岫有些同情他，"这下，相公就算不打你，肯定也要罚你好几个月不许出门。"

"这样也好。"皇甫佶好似突然想通了，面色平静，起身潇洒地掸了掸袍子上的草叶，"不出门就不出门吧。"

听他话音，是最近都不会再回鄜州了，皇甫南问："真要和西蕃人议和吗？"

和西蕃人连年征战，有许多人盼望能议和。

皇甫佶摇了摇头："我不知道。"

"我想，薛相公大概是不愿意议和的。"

皇甫佶有些诧异地看着皇甫南，她说对了。他不能不替薛厚辩解："你没看见过西蕃人作恶，剥皮削骨，简直是魔鬼！"

"我又没有说什么。"皇甫南嫣然地笑了，慢慢说，"如果能议和，以后也许你不用常年待在鄜州了。"

她根本不在乎和西蕃是战是和，就算议和，不死几个人，能议得成吗？她低头，把棋子一颗颗拾进莲花缠枝纹的鎏金棋盒里。皇甫佶也帮她拾，两个手背碰到一起，她顿了顿，把他的手轻轻推开

---

①宫廷给朝臣的食堂。

了,像掸走了一抹恼人的尘埃,又像拂开了一片醉人的杨花:"要是被你弄丢一粒子,我以后可就没法下了。"

皇甫佶咳了一声,没话找话:"你这儿常丢东西吗?"

"棋子倒没有。"黄杨木刻的,髹了黑白两色的漆,不值钱,简直配不上那鎏金棋盒。

棋具收起来了,皇甫佶瞧了瞧天色就告辞了。

红芍来搬矮几,"咦"了一声,从棋盘底下捡起了赤金花树钗:"原来……"她忍俊不禁,"郎君准是好奇哪个'女鬼'送他的胡饼,半夜去银杏树下找了。"

皇甫南拈着钗子在手上转了转,也会心一笑。

她刚踏进屋里,绿岫就凑到了她耳边来——绿岫虽然聒噪,却是真把皇甫南的事放在心上:"昨夜言官还参了鄂国公,今天一早,薛夫人就带着薛娘子逃回益州去了。"

皇甫南嘴角微微翘了翘,有点小小的自得:"要不怎么说皇甫相公神机妙算呢?"

车身悠悠地晃着,皇甫南和绿岫、红芍挤在一起。

前段时间御史参奏皇甫达奚,还有一条,说他不管束家人,竟然放纵女眷骑马出城,连帷帽也不肯戴,露出了那洁白的脸庞和赤裸的脖子。今天这车拿厢板遮得严实,车夫也不敢再抖威风,懒洋洋地甩着鞭子，任两匹马慢慢溜达。

外头有歌声，到曲江池了。绿岫和红芍凑到窗牖前，伸长了脖子张望。

碧水环绕着飞檐翘角的楼阁，江畔有彩帷、骏马、怒放的芙蓉，还有晃动的笑靥和漂浮的脂粉香。人挤挤挨挨的，不时发出惊呼声，准是胡僧在剖腹掏心了。绿岫依依不舍，正要放下竹帘，车身猛地一颠，三人滚作一团。

车夫急急勒住马，一边告罪，一边骂道："该死的蛮子！"

是个喝醉的南蛮突然从马蹄下窜了出来，皇甫南随意地往窗外一瞟，见他的脚背上缠绕着蓝色的藤蔓，腰上琳琅满目，挂着针筒、芦笙和药囊。她把脸别开，隔着厢板命令车夫："快点走。"

梨园宴后，崔婕妤叫人传了两次话，请皇甫南进宫。这天是皇甫南"父亲"的忌日，她正好用这个理由躲过了崔婕妤。

车子要去城外的碧鸡山，皇甫家的私庙就在山脚。出了城门，车夫甩起鞭子，马蹄小跑起来。道旁是绿树浓荫，径泉淙淙，皇甫南想起乌爨也有一座碧鸡山，但林子比这里深，马比这里野……

忽然，车夫又"吁"一声，把马勒停了。这下绿岫发了火，一把推开厢板，却一愣，又讪讪地退回来了。

"是蜀王府的人，"她跟皇甫南咬耳朵，"骑着马追上来的。"

皇甫南神色不动："问问他要做什么。"

绿岫掀起车帘，跟外头的人对答了几句，接过来点东西，放下车帘，转身给皇甫南看，是一枝桃花："三郎说，金盘是贡品，于理，的确不该转赠给别人，但皇后赏的酪浆和桃花他受之有愧。怕酪浆变臭，他自己先喝了，下回再赔给六郎。幸好桃花没有开败，娘子可以拿回家欣赏几天。"绿岫有点想笑，又有点害怕，自后厢板的窗牖小心地往外看着，"这回不会再给人看到，参相公一本吧？咱们可没有主动去结交蜀王府，是他们自己追上来的呀。"

厢板不隔音，皇甫南已经心里有数了。她接过桃花随意看了看，含笑道："何止没有衰败，明明开得正盛，看这梗，还是绿的呢，倒像在野道边刚摘下来的。"她叫绿岫掀开车帘，把桃花还给了来人，"皇后的桃花也不是赐给我的，请郎君自己送到阿兄手上吧！"她睨他一眼，"咱们走。"

绿岫和红芍一起扭头望着车后远去的人影，"扑哧"笑了出来。

绿岫道："三郎这样费尽心思地讨好娘子，有点可怜呢。"

皇甫南摇头："他是王孙公子，也值得你可怜？"

红芍犯了愁："难道咱们以后真的要对蜀王府的人退避三舍？相公不怕得罪蜀王殿下吗？"

"叫他们自己去想法子吧。"皇甫南淡淡的，"树上的桃花成千上万枝，很稀奇吗？"她突然不耐烦起来，"怎么还不走？等天黑吗？"

路上接连耽误，还不到私庙，山色就已经渐暗了。十来个部曲，还有不能骑马的，拖着困乏的步子，早早地把灯笼火把点起来了。

　　绿岫扶着窗牖，看不清前路："快到了吗？"夜风萧索，树影乱颤，她不禁打个寒噤，"真的有山魅吗？我听说山魅晚上都藏在溪涧里，用水弩伤人。"

　　"山魅怕火。"红芍胆子比她稍大一点，叫两个高举火把的部曲紧跟着马车。

　　火光照进车里，在两人脸上不断地明暗变幻。皇甫南瞟了她们一眼，声音很平静："碧鸡山是陛下狩猎的地方，沿途十里早晚都有禁卫把守，你们不用怕。"

　　话音未落，车子又停了，红芍往外望，见有火把在前方："是庙里的苍头来接咱们了吗？"

　　绿岫也凑过去："骑着马，拎着刀，肯定又是蜀王府的人！"

　　皇甫南闻言，脸色蓦地变了，一手抓着一个衣领，把绿岫和红芍拽了回来，三人滚在一起。外头的人和马都乱了，车身狠狠地颠了颠，突然眼前大亮，车厢的蓬盖被掀掉了一半，满车的人往前一冲，撞倒厢板，栽了出来——是马脱了缰。

　　皇甫南被人箍住腰，拖了起来。这条手臂铁似的，勒得她眼前一黑。

　　"捉住了！"她耳畔响起一声西蕃人的欢呼。

皇甫南被拖进林子，红芍和绿岫也被扔进来了，和她一样，捆着手脚，神色惊惶。

西蕃人就地燃起篝火，互相传递着酒囊，得意地大声说笑。之后，有几个人起身在散架的马车周围巡视了一圈，还没来得及逃走的部曲也被他们用刀背砸晕了。他们拖回一匹伤了要害的马，利落地大卸八块，血水横流地架在篝火上烤起来。

脖子上忽然一热，皇甫南茫然转头，见绿岫蜷缩在自己身边，两眼含泪，嘴唇哆嗦着，没敢吐出一个字来，红芍也脸色煞白。皇甫南对她们微微摇头，两眼盯着篝火周围的人。

都有刀有马，西蕃人是有备而来。他们的视线毫不在意地掠过皇甫南发髻里的金钗和梳篦，也不是为财。

为首的是个穿氆氇的青年，和皇甫南视线一对，他的神色霎时凶悍了，放下酒囊，握着刀走过来，目光在三人脸上稍一盘旋，就牢牢盯住了皇甫南。

"这个最漂亮，胆子最大。"他笃定地说，"这个是主人。"他换了流利的汉语，对皇甫南道，"你是皇甫达奚的女儿，皇甫佶的妹子。"见皇甫南不作声，他低头把匕首在袍子上擦了擦，又瞥她一眼，脸上的笑带了点玩味，"还和蜀王的儿子私通。"

皇甫南的眼神动了，似乎在诧异他的消息灵通。她凝视他一瞬，沉默着把头扭开了，那表情不是害羞或恐惧，而是在沉思些什么。

青年反手把匕首插进靴筒里,留给她一个威胁的眼神,重新盘腿坐在篝火前,开始吃吃喝喝。

西蕃人群中突然爆发出一阵笑声,青年又放肆地打量起皇甫南:"咱们大家把这个女人睡了吧,每人睡一次,李灵钧和皇甫佶知道后准得气疯了。"他故意用汉语嚷嚷,预料这话会轻易击碎皇甫南伪装的镇定。

绿岫喉头发出一声小兽似的呜咽,晕过去了。皇甫南任绿岫倒在她身上,肖然不动,被火光照亮的那张脸,是美艳的、轻蔑的。

"你这么恨皇甫佶和蜀王的儿子,难道你的妻子和姊妹也叫他们凌虐了个遍?"

青年很不屑:"我们的妻子和姊妹比你们的男人还要勇武睿智,怎么会叫他们碰到一根手指头?"

"你的妻子和姊妹没有受辱,那一定是你自己受了他们的凌辱。你被男人凌辱,却来找女人报复,我看你连西蕃女人都比不上。"

这种挑衅的话激起了他的怒气,他冷笑道:"你们实力不济,却搞那种蒙混人的把戏,叫皇甫佶来冒充李灵钧。我当他是蜀王的儿子,不愿意在球场上得罪他,他却下狠手,把我的胳膊打折了,这样卑鄙,还算是男人吗?"

皇甫南微笑道:"技不如人,还找这么多理由?如果我是你,谁打折了我的胳膊,我就去打折他的腿,绝不会废一句话。莫非你不敢？"

青年年纪也不大，被她一挖苦，脸也涨红了。他原以为皇甫南只是有点胆气，现在看她简直是有点泼辣。用汉语和人斗嘴，并不是他的长处，他将袍子的下摆一甩，席地而坐，抓起酒囊，仰头灌了一大口，从喉头到胸腹间，仿佛被刀子割开了，滚烫得让人战栗。

"你继续笑吧。"他背对着皇甫南，抹了把嘴，冷冷地说，"等我今晚先将你奸淫，明早就杀进蜀王府和皇甫府，切了李灵钧和皇甫佶的手脚。我就算死了，也划算。"

皇甫南平静下来，她从遇袭时就在思索这人的身份，他狠话放了不少，但手指头都不肯碰她一下，举止有种傲慢的味道。

"你不敢。"她了然地说，"你汉语很好，不是普通人。两国议和，本来就是你们的赞普请求的，你却跳出来闹事，不是蠢猪，那一定是心怀叵测。你犯下罪案，死不足惜，却坐实了逆臣的罪名，只怕你在西蕃的族人都会被你牵连，死无葬身之地。"

那青年的背猛然紧绷，倏地攥住了刀柄，皇甫南以为对方要跳起来，他却克制住了，只把刀往旁边的人面前一拍，斩钉截铁地说："赤都，你去把那个女人的衣服剥了。她敢动一下，就连皮子一起剥。"他自己先忍不住笑了，"死无葬身之地这种狠话，如果是从一个光溜溜的女人嘴里说出来的，好像也就没有那么吓人了。"

众人也哄笑起来，怂恿道："赤都，上啊！"

赤都笑着拎起刀，正要起身，被旁边的人按下去了。

青年头领疑惑地望过去，稍一思索，醒悟了，吃吃地笑起来："珞巴①看上那女人了。"

珞巴在昏暗的角落里，背靠着树，随手把枯枝扔进篝火堆里，笑道："胡说八道。"那声音很年轻。

"你从刚才就一直在看她，我没说错吧？"

"错！"珞巴断然道，"我没看她。"又瞥了一眼皇甫南。不喜欢被大家揶揄的眼神盯着，他从布囊里翻出一块豆饼，走到不远处系马的树下，白马发出欢快的"咴咴"声。

赤都看看这个，又看看那个，没人再开口，他便把刀往地里一插，一屁股坐下来。

天色变得灰蒙蒙了，西蕃人胡乱裹着氆氇，围着篝火，横七竖八地睡了。

皇甫南浑身松懈下来，她知道西蕃人只是泄愤，不敢真拿自己怎么样，可是心里有根弦绷着，她依旧保持着警惕的姿态……她没有撑住，迷迷糊糊地睡着了。

皇甫南醒来后，西蕃人已经没有踪影了，篝火堆里还有点暗红

---

①西南民族对"南方人"的称呼。

的火星。她摇醒了蜷缩在身边的红芍和绿岫:"天亮了,咱们走。"

绿岫揉了揉眼睛,瞥见地上马的残肢,脸上又失了血色:"咱们的马……"

"不是要看胡僧剖腹挖心吗?这算什么?"皇甫南勉强笑了笑,脸色也不好,"只能用脚走到寺里了。"

"娘子,还有一匹马!"红芍捡起皇甫南落在地上的簪珥霞帔,抱在怀里。薄薄的晨雾里,有匹白马被拴在树上,正低头搜寻着草缝里的豆饼渣子。红芍谨慎地往四周看了看,把马的缰绳解下来。

西蕃人落下一匹马,多少也算是意外之喜,皇甫南爬上马,揽起缰绳,说:"咱们三个换着骑。"

红芍摇头:"我和绿岫能跑。"

她的声音有点含混,皇甫南掉转马头,垂眸看了看她的脸:"你怎么了?"

"我昨晚想咬舌,没狠下心,太疼了……"红芍红着脸,"可能舌头肿了。"

"别为这种事咬舌头,不值得。"皇甫南抖了一下马缰,晨光透过林叶拂过她的脸,添上了一种盎然的生机。

绿岫闷闷走了一段,突然往头上脸上一摸:"哎呀,没有帷帽。"她魂不守舍的,"娘子,你用帔子包着头吧,别叫人看见……"

"有那么个必要吗?"皇甫南反问一句,"驾!"

到了皇甫家的私庙，日头未高，主仆三人气喘吁吁，披头散发。

苍头见她们这副狼狈相，也吓了一跳，要来接过皇甫南手里的缰绳："我先把马牵到马厩……"

"不用了。"皇甫南把马缰松开，"叫它从哪里来，还回哪里去。"碧清的山色间，白马茫然地甩了几下蹄子，又在草隙里嗅了嗅。

皇甫南走进禅房，反手合上门。"当啷"一声，双耳刀从她袖子里滑出来，砸在案上。在掌心紧握了一整夜，刀柄上汗津津的。

西蕃人不留意的时候，她有无数次想悄悄地割断绳子逃走，可最终也没敢把它亮出来。

不久后，皇甫南又进宫了。

脚踝被一阵气息喷得发痒，皇甫南垂眸，雪白的拂林犬在她裙下打个滚，四爪踩着厚软的红丝毯，又悄然地窜到了月凳下，用鼻子拱着凳缘垂下来的璎珞。

崔婕妤手里拿着一柄纤巧的红漆角弓，亭亭地站在西阶上，外头一个高架几，上头放着金盘。端午后，皇帝要携宫眷们到碧鸡山狩猎，崔氏已经提前操练起来了。

她盯了半晌，一放手，小箭轻飘飘地落在了台阶上。她本就不爱骑射，顿时失去了兴致，把漆角弓交给宫婢，转身回殿。

崔氏今天打扮得潇洒，穿小袖衫，半臂，腰间系着武人的裤褶，石榴色的。拂林犬自红丝毯上一跃而起,从阶下叼回了小箭,丢在崔氏脚下。崔氏弯腰把拂林犬抱起来,揉了揉,笑道:"这是鄂国公征高昌时带回来的种,会牵马绳,衔烛台,聪明极了。"

皇甫南说:"是婕妤调教得好。"

"猫儿、狗儿就跟人一样,再珍奇漂亮的种,不调教怎么行?"

宫婢把金盘放在案上,里头是艾灰汁泡过的黄米角黍[1],粉团碧绿。崔氏拣了一个角黍,剥开层层菰叶,递到了皇甫南面前,一股浓郁的香气溢出。

皇甫南辞了:"婕妤先请。"她解释了一句,"以前益州不吃角黍,吃蒸饼,打李子。"

"益州出美人,以前宫里有个韦妃是益州的,后来病死了。"崔氏说完,把阮咸抱在怀里,随便拨弄了几下琴弦。她个性散漫,骑射、乐器都不精,但脸上不时露出明艳的笑容。

有个宫婢走进来,说:"陛下今天在麟德殿设宴,请西蕃使者欣赏乐舞,还赐了一部龟兹乐和一部金刚经给西蕃。"

崔氏不置可否,继续跟皇甫南说道:"陛下不喜欢益州,自从圣武末那年,听到这个字就要生气。"她总是一语惊人,见皇甫南脸上有惊讶,就更得意了,"蜀王的才能也不见得多么出众,还有吴王、晋王、齐王……"

---

[1] 类似粽子。

崔氏在提到这些藩王时，表情很漠然。晚上在皇帝的枕头上，不知她吹的风是向着哪家的，但肯定不是蜀王。

皇甫南摇头："伯父在京都十多年，不怎么跟藩王打交道。"

崔氏不信皇甫南的鬼话，低头理着琴弦："皇甫相公是个聪明人，知道宝不能押得太早。"

又有人进来了，是宫婢领着两个内侍，抬着沉重的箱子。崔氏对赏赐和进献的各种奇珍异宝早看腻了，随口问："都有什么？"

内侍将箱子掀开，一箱是厚实光滑的黑狐皮和银鼠皮，一箱是金银器，还有一口乌木匣子。崔氏看也没看，站起身，用手指拨了拨。内侍从袖子里取出单子，禀报说："安息香、零陵香、毗梨勒、阿摩罗，统共十斤，龙脑十枚，麝香二十囊，还有乳香、蔷薇水十来盅……"

"送两盅蔷薇水给皇甫娘子，别的收起来。"崔氏放下阮咸，起身送客了。

到了殿外，崔氏止住了步子。内苑的桃花谢了，庭前有石榴树，花朵灼灼得像火一样。崔氏把伸到鬓边的花枝推开，在私底下，她不怎么摆架子，像对着自己姊妹那样闲话家常："叫你几回都叫不来，你怕我吗？"

皇甫南稍一沉吟，直率地说："我不怕婕妤，只是不知道婕妤到底想要我做什么。"

121

"你以为我在宫里过得很快活吗？陛下已经六十岁了。"崔氏淡淡一笑，用手指抬起皇甫南的下颔，注视了她一会儿，"你长得像我妹子。"

皇甫南鸦羽般的睫毛微微颤了颤，那股浓郁的香气又扑面而来，崔氏尖利的指甲抵着脖子，并不舒服，她后退了一步。

崔氏笑了："你认我做义母吧。"

皇甫南一怔，这回是真的意外。

"你觉得我只比你大十岁，年纪不匹配吗？"崔氏笑道，"我也可以认你当义妹，只怕皇甫相公不敢。"

皇甫南忍着狐疑："小女不敢。"

"以后常来吧，别怕我。"崔氏恋恋不舍地嘱咐她，那副诚恳的样子，简直有点可怜。

晚上皇甫达奚骑马回家，夫人段氏已经在正堂等得不耐烦了。她一接过幞头就说："崔婕妤说要认九妹当女儿。"

皇甫达奚手抓着革带，动作一顿，然后摆摆手，叫侍婢们都退下去："九娘回来跟你说的吗？"

段氏点头："这孩子，心里很有数。"

西蕃人打劫的事瞒下去了，崔婕妤的命令却不好违逆。皇甫达奚皱眉捋着胡须，过了一会儿，徒然地抱怨了一句："崔婕妤她自己年龄也不大嘛。"

段氏说:"宫妃收养女儿,无非两个意思,一个是要拿九妹去进御……"

皇甫达奚忙摇头:"陛下年龄大了,又因为顽疾而胸怀不畅,在美色上头并不热衷,再说了,宫里的美人难道还少吗?"

段氏笑道:"哦,宫里又来美人了?都有谁?"

皇甫达奚扯着胡子瞥她一眼:"这我怎么知道?"他咳了一声,"这个不算,其二呢?"

"或者……"段氏有些拿不准,"朝廷议和,多数要联姻的,以前阳亭公主嫁到了突厥,高陵公主嫁到了回鹘,就算吐谷浑、薛延陀这些小汗国,也都结过男女婚姻,去年朝廷还打算封一位公主嫁到爨国,议论了几个月人选,西蕃主动提出议和,这事就搁置了。"

说着,她看了一眼皇甫达奚,皇甫达奚微微点头。

段氏接着说:"如果真的和西蕃议和,当然还要和亲,否则岂不是厚此薄彼?西蕃比起曾经的吐谷浑、薛延陀,兵马强盛好几倍。认了崔婕妤做母亲,就要封公主,那……"

皇甫达奚叹道:"如果是我们自己的女儿,陛下要把她嫁到西蕃,那我不会说什么,但……"他看着段氏,意思很明了——皇甫南是段家仅剩的血脉,把她送到西蕃,难道夫人忍心吗?这样又怎么对得起段平?

段氏也犯了愁："西蕃肯定是不能去，但送九妹离开京都，没准也是件好事。"

"六郎知道吗？"皇甫达奚突然问道。

"知道了，"段氏乜他一眼，"九妹来见我时，他也在场，都听见了。"

"他怎么说？"

"他能怎么说？靠他一个人，能灭了西蕃的二十万兵马吗？"段氏挑起的眉毛落下来，神色又缓和了，怕引发皇甫达奚的怒气，忙替皇甫佶辩解，"六郎没说什么，他从小就是识大体的。"

"朝廷和西蕃交战，此时还处在上风，就算和亲，也是施恩，不是乞降，嫁出去的公主不会受亏待的。"皇甫达奚话头一转，"既然你不愿意，陛下那里我会想办法回绝。"

皇甫达奚这是一锤定音了，段氏来解革带，他把金鱼袋往案上一撂："正好也借这事提点提点六郎。你不要以为他像表面上那么听话。"

皇甫达奚解开衣领，岔开腿坐在榻边，刚啜了一口茶，阁房的人来禀报："有客求见。"

在政事堂说了一天的话，早就口干舌燥，回来还要应付一拨拨来谒见的芝麻小官，皇甫达奚烦不胜烦："不见。"

僮仆迟疑着："这一位，不好不见呀……"

皇甫达奚在案上左右看:"名刺在哪里?"

"没有投名刺,"僮仆只好说了出来,"是蜀王府的人。"

皇甫达奚"哦"一声,端着茶盅沉默了一会儿:"六郎最近还跟蜀王府的三郎鬼混吗?"

"六郎没出门。蜀王府送了酪浆,六郎也没有收。"

还算明理。

皇甫达奚想,自己行得端,坐得正,怕甚?他重重地放下茶,说:"服侍我更衣。"

李灵钧被僮仆领进来,穿的素色袍,不配金,不饰玉,更衬得双目湛然,泰而不骄。皇甫达奚自有惜才之心,每每见到李灵钧都有种踌躇之念——这样固执地独善其身,是好事吗?

权势对朝臣的诱惑,正如美色对少年,他在魂梦之间也常徘徊不定。

李灵钧先拱手施礼,腰也弯了下去:"皇甫相公。"

皇甫达奚不露声色:"三郎,你这个时候来,"他望了望墙角的更漏,"是公事,还是私事呀?"

"我没有一官半职,有什么资格跟相公谈公事?"李灵钧很谦逊,对皇甫达奚露齿一笑,带着少年人的坦率,"相公,你不要担心,我是特意等天黑一个人骑马来的,谁都没有看到。"

"没有公事,咱们俩……"皇甫达奚在两人之间一指,"还有私事吗?"

"我倒想聆听相公的教诲,但相公每回见到我都跟见到豺狼虎豹一样。"李灵钧有点不解,"我虽然自幼在王府长大,受人追捧,但身边既无良师,也无益友,从益州到京都,真心结识的朋友只有府上的六郎一个。"他眸里的黯然一闪而过,快步走到皇甫达奚的榻前,又拱起了双手,语气诚恳,"我不明白自己哪里做错了,请相公教我,我一定改。"

皇甫达奚叹了一声:"灵钧郎君……"

"相公是怕我胡作非为,连累了六郎吗?"李灵钧截断了皇甫达奚的话,伸出自己的手掌,笑道,"相公你看,这是我为了练箭磨出的茧子。我小的时候略有些功夫,不可一世,比箭却输在了六郎的手下,为了赶上他,我没有睡觉,练了整整一夜的射箭。如果薛鄂公不弃,我愿意像六郎一样,去鄯州当个普通的士兵,而不是做尊贵的皇孙。可我不能违背君父……我对六郎,只有羡慕和敬重,怎么忍心害他一分?"

皇甫达奚无奈地听着:"你没有错处,但……"

"我有错,"李灵钧脸色也严肃了,"我不该叫六郎代替我去击球。"他苦笑了一下,"相公,我虽然天性不肯服输,但也知道自己资质鲁钝,如果真去和西蕃人比赛,输了,丢了自己的面子,不要紧,但如果因此助长了西蕃人的气焰,让他们以为咱们汉人赢弱无能，在议和一事上越发贪得无厌，岂不是徒费了相公这段时间四处奔走的辛苦？梨园宴上，陛下和王公们都在，叫他们都知道皇甫府有这样一位勇武过人的郎君，对六郎的前程不也有好处吗？"

这马屁拍得皇甫达奚很舒坦，他失笑："灵钧，你小小的年纪，从哪里想到这么多的由头？"

李灵钧直视着皇甫达奚，微笑道："相公，我十三岁就代父亲来到了陛下身边，如果什么都不想，不知道死了多少遍了……正因为这样，我不愿再失去六郎这个朋友。我认定的人，只要他不背弃我，我就会一辈子善待他。"

皇甫达奚心想：你一个少年人，说什么一辈子？他起身笑道："你身份贵重，怎么能独自在街上走？我叫两个会武的家人护送你回去。"他虽然不容置疑地赶客了，但是话音里多了点长者的关切。

李灵钧不再纠缠，也忙跟着起身，还将皇甫达奚拦在了堂前廊下："相公不用护送，人多口杂。"他把手指上的玉韘转了转，自信地笑道，"我的骑射虽然不如六郎，击杀一两个偷袭的小贼还是不在话下的。"

他的那股神采飞扬的爽朗之气，让皇甫达奚也暗自羡慕起来。

"慢走不送。"皇甫达奚负起手，目送李灵钧离开，半晌，"呵"一声笑了。

在夜里的枕畔上，他从夫人口中听说过李灵钧和皇甫南的桃色

绯闻，从前他只是一笑置之，今天却不由得思索起来。

"见人说人话，见鬼说鬼话，倒也是一对鬼灵精，"他心想，"只可惜……"良久，他摇了摇头，"嘻！"

（三）

天热了。皇甫南百无聊赖地挥舞着一截折断的柳枝，赶走眼前烦人的蝇子。

还是游人如织的曲江畔。纸鸢在碧空中飘荡，秋千架上也系了菖蒲，像一柄柄翠绿的小剑，直刺云霄。几只素白的手争夺着秋千绳，把菖蒲扯落了，踩在了各色丝履下。皇甫府的姊妹们打扮得也别致，发髻里别着钗符和艾虎，腰里悬着五毒香囊，秋千架摆起来，彩帛漫天乱飞。

石桥上守着皇甫家的部曲，把贩夫走卒都挡住了。

有姊妹叫了皇甫南的名字，皇甫南摇头。她怕热，宁愿躲在树荫里发呆。

"娘子，"红芍凑到她耳旁，"六郎叫你去。"皇甫南不解地看红芍一眼，红芍冲秋千架那头努努嘴，"叫你悄悄地一个人去，别让她们知道了。"

皇甫达奚前日才开了金口，解除了皇甫佶的禁足，这么快就不安分了？皇甫南不作声，从头顶拿下绿岫手里的团扇，摇了一摇。

"去吧，"红芍忍不住催她，"六郎该等得着急了。"

皇甫南起了身，嘱咐绿岫："跟她们说我回府了。"然后带着红芍悄悄离开江畔，拐进里坊的巷子里。

皇甫佶已经牵着马在石牌下等着了。他没想到皇甫南只穿着轻薄小衫和齐胸裙，连个遮脸的领巾也没有，不由得一愣："你回家戴个帷帽吧。"

"你真是啰唆。"皇甫南不以为然，拎起罗裙踩上马镫，侧坐在马背上，"我把脸藏在你胸前不就行了吗？"

"好吧。"皇甫佶犹豫着上了马，把缰绳捞在手里，跟红芍说，"你回吧。"

皇甫南已经两手抓住他的衣襟，把脸埋在了他胸前。他骑马比别人走路还稳，但他还是放缓了些，走走停停来到长兴里的寄附铺①。

楼上的竹帘一响，窗前的李灵钧急忙转身。他的眼睛亮了一下，不耐烦的神色也消失了，嘴上抱怨道："你们来得真慢。"

皇甫南脚步停住，双眸在皇甫佶和李灵钧身上来回打了个转，明白是皇甫达奚对蜀王府的态度松动了。不知道李灵钧在皇甫达奚跟前说了什么花言巧语……她琢磨着，淡淡一笑，对皇甫佶说："阿兄，你又要惹伯父生气了，可别带上我。"说完转身就要走。

"在碧鸡山劫持你的西蕃人，你要放过他吗？"李灵钧忽然问

①当铺。

道，盯着皇甫南的面庞，清朗的眉毛微微拧着。他腰间悬着剑，缺胯袍下露出一点皮甲，显然不是来胡闹的。

皇甫南心里一动，嘴上却说："他是西蕃赞普的使者，我还能怎么样？"已然放下竹帘转身，"再说，他偷袭的是我，又不是你，用得着你出头吗？"

李灵钧眉头一展，笑道："他偷袭的是你，冲的却是我和六郎，如果不报复回去，岂不是显得我们两个太没用了？"

皇甫佶那个表情，也是深以为然。见皇甫南在桌前落座，不打算走了，他快步到了窗前，和李灵钧望着对面的礼宾院。

李灵钧已经盯了几天，说："有几个西蕃人露面，但不知道是哪个在碧鸡山作乱。"

皇甫南嘀咕："你偷袭我，我偷袭你，没有完了吗？"

李灵钧不假思索道："得罪了我，怎么能完？"

看他们那副深恶痛绝的样子，好似她在西蕃人手里受了何等屈辱。皇甫南该得意的，但她只是嘴角稍稍一牵，拿起扇子，事不关己地摇着。桌上摆了酒注子，还有盅子，是雄黄酒的味道。她把目光移开，望着墙上挂的泼墨山水画。

李灵钧又对皇甫佶说道："当初击球，这个人就在西蕃的队伍里吗？不如先把他捆上来拷打一番。"

"不是他。"皇甫南的声音在身后响起。

她已经悄然无声地走了过来，就立在皇甫佶和李灵钧中间，咬着殷红的嘴唇凝望了一会儿，忽又说道："是那个头戴黑巾的，还有他旁边的，叫赤都。"

"是他，击球时挨了我一杖。"皇甫佶也留意到了戴黑巾的青年，"他叫芒赞，父亲是西蕃大相，他身手不错，为人很傲慢。"

"别碰他。"见李灵钧抓起了剑柄，皇甫南用团扇在他手臂上轻轻一拍，"他身份不同，万一受了伤，碧鸡山狩猎时陛下肯定要问，到时查下来，怕要连累伯父。"

李灵钧不甘心："难道就放过他们？"

皇甫南当然不肯："咱们狠狠教训一次赤都，就当杀鸡儆猴。你看这个赤都，走到哪里都带着酒囊，要是喝酒闹事被人打伤，也怪不到别人头上了吧？"

他们正说着，赤都牵着马离开了礼宾院，李灵钧跟皇甫佶眼神一对："追上他。"转而对皇甫南道，"你快去换男人的衣裳。"

皇甫南笑盈盈地退了一步，摇头："你们男人打架，可不要拉上我。"

李灵钧笑着一把擒住她的手腕："咱们已经是一条绳上的蚂蚱了，你还想逃？"

皇甫南只略微挣了一下，便故作勉强道："好吧。"然后把团扇放在桌上，走到屏风后头去了。

李灵钧将团扇拿起来转了转,见扇面上也是绣的蜈蚣、蝎子之类的毒物,栩栩如生,不禁笑了起来:"你这个扇子绣得真好。"

皇甫南在屏风后"哼"了一声,说:"这是我的婢女非要绣的。我最讨厌蜈蚣和蝎子,一想到就浑身不舒服。"她又提高了一点声音,"阿兄,你把我的扇子收好,可不要给人拾走了。"

李灵钧只好将团扇交给皇甫佶。见皇甫佶伸出手来,手腕上缠着和皇甫南一式的五色缕,李灵钧没有作声,眉头却又皱起来,眼睛望向窗外,催促道:"快点,赤都要看不见了。"

屏风后是李灵钧提早备好的干净衣裳,皇甫南飞快地换好了,一边走出屏风,一边把木簪别进发髻里,摇身一变,成了个昂首挺胸的黄衫奴,只是身量纤细些。

"走!"皇甫佶抢先一步,闪身到了竹帘外头。

三人借了寄附铺的马,一路尾随赤都到了崇济寺,然后将马交给知客僧,做出是来赏玩佛寺壁画的样子,沿着粉墙负手徜徉。

皇甫南声音极小:"他一个西蕃人,到崇济寺来干什么?"

李灵钧说道:"陛下要赐给西蕃的金刚经就供奉在崇济寺,难道他是提前来瞻仰佛宝的?"

皇甫佶摇头:"你看他和芒赞都是戴的黑巾,西蕃的权臣多数信的是黑教[①],赞普信佛。"

[①] 苯教。

"他故意冒犯皇甫家,难道真的是为了和赞普作对?"李灵钧嗤了一声,"这样的国君,真是没用。"

"据说赞普并不是上一任西蕃国君亲生的儿子。"

"阿弥陀佛。"

一声悠长的吟诵让三人愕然,忙刹住了步子,只见一个雪白眉毛的和尚站在面前。他们只顾着说话,险些踩在和尚的木屐上。

李灵钧认得这是寺里的法空和尚。法空已自愿跟随使者到西蕃为赞普讲授金刚经,皇帝赐了他紫衣和银鱼袋,最近风头很盛。李灵钧彬彬有礼地双掌合十:"法空师傅。"

法空也不生气,笑眯眯道:"三位檀越这是要往哪里走呀?我的头上可没有壁画。"

皇甫南眼睛一眨,说:"我来拜佛。"她先一步跨过了大殿的门槛,见释迦牟尼佛端坐在宝殿上,案上香烟缭绕,堆的纸金铤有半人高,黄经幡绣满偈语,梁檐绘着蔓草莲花纹,看得眼都花了。

乌孱的萨萨也痴迷阿嵯耶,但她的供奉总是很随意的,大多是从山上摘的一把花或一捧果子,没有这里的菩萨富贵和显赫。

皇甫南拈一炷香拜了拜,从怀里取出金梳篦和白玉钗,毫不犹豫地放在铜盘上。

法空说:"唉,你不信佛,不要破费啦。"

皇甫南一愣,旁边的李灵钧和皇甫佶也刚好捏起了香。

法空瞥到皇甫佶，如获至宝，大有不能将皇甫佶当场按倒剃度的遗憾："这位檀越鼻隆额宽，目蕴仁光，有佛相！"又转向李灵钧，矜持微笑，"陛下信佛，李檀越当然也信佛，可惜，信的不多。"

皇甫南不服："师傅，佛有三十二相，八十种好，只凭长相就判断人有没有向佛之心，太偏颇了吧？"

"阿弥陀佛。众生恩者，即无始来，一切众生轮转五道经百千劫，于多生中互为父母。以互为父母故，一切男子即是慈父，一切女人即是悲母，由此修成大菩提心。你无慈父，也无悲母，更无己身，怎么可能还有佛心呢？"法空说得冷酷，语气却颇温和，"看你面相，日月角低陷，父母缘分淡薄，没用，没用！就算烧香拜佛，也是虚应故事而已。"

李灵钧和皇甫佶一脸惊讶，皇甫南却把嘴一撇，反唇相讥道："师傅，你说这话好像个招摇撞骗的江湖术士，天竺来的和尚就比你厉害，又会剖肚子，又会割舌头。"

法空摇头笑道："自残躯体，我可实在不会。"

李灵钧突然道："师傅，原来你会看相吗？"他迫不及待，"那你替我也看一看。"

法空问道："你想看什么呢？"

见李灵钧沉吟不语，法空笑道："你不敢说，我不敢说，何必问？何必看？"他把梳篦和玉钗还给皇甫南，便到一旁敲木鱼去了。

皇甫南和李灵钧还在各自琢磨着,皇甫佶忽然道:"赤都!"

赤都握着两只拳头,由知客僧围着往殿里走来,口中嚷嚷道:"和尚,我要和你辩一辩佛法!"

李灵钧回过神来,忙对皇甫佶说:"你护着法空师傅。"然后将皇甫南一扯,往经幡后躲去。

赤都抓住法空,一通胡搅蛮缠。他的嗓门大,拳头也大,因为是西蕃的使者,众僧不敢伤他,只能七嘴八舌地跟他辩论,双方都誓要将黑教与佛教分出个优劣。

皇甫南在经幡后觉得有些无聊,忽觉一股淡淡酒气袭来——李灵钧好清爽,从不熏香,只依照宫里的习惯把雄黄酒抹在额头和脖子上,用来驱虫辟邪。他稍稍将脸一偏,嘴唇险些碰到皇甫南的耳朵:"你拜佛,想求什么?"

皇甫南扬起睫毛,将下颔微微一抬,说:"我想问法空,整天对着这些金铤和锦缎,怎么能静下心来敲木鱼的。"

李灵钧道:"他是和尚,天生就敲木鱼的,有什么奇怪?"

皇甫南轻轻叹气,自言自语:"对呀,他已经当了几十年和尚了,和我又怎么能一样?"

李灵钧满腹疑窦,带了点笑:"你问这个,难道你要当尼姑了,发愁要天天敲木鱼吗?"

"我是要当尼姑了呀。"

"什么?"李灵钧一怔,在经幡后转过身来,所幸外头吵吵嚷嚷的,没人留意。

皇甫南眼波一动,对他微笑道:"崔婕好想叫我进宫去给她当女儿,伯父担心陛下要送我去西蕃和亲,宁愿叫我去当尼姑。"

李灵钧的表情也沉静下来,冷冷一哂:"没有和亲。崔氏这个女人是唯恐天下不乱,你不要理她。"

"陛下宠爱崔婕好,是你说了算,还是陛下说了算?"

"没有和亲,我说了算。"李灵钧断然道,泄愤似的拔出剑,虚虚地劈了一下两人身边围绕的经幡,拧起眉,"战场上打不赢,难道送女人和金银过去就能让他们心服口服吗?"

皇甫南说道:"你不用亲自去战场上历险,说这话也没什么意思。"经幡被李灵钧斩断一截,两人的脚都露了出来,皇甫南说完就转身从侧门出去了。

李灵钧也随后出殿,二人一前一后走着,手不时擦过对方的袖子。皇甫南换了男装,却没有摘手腕上的五色缕。李灵钧心不在焉,隔了会儿,说:"我也想像皇甫佶一样去鄯州,可陛下不答应。"

"刚才还说陛下说了不算,你说了算呢。"是嘲笑,但她那语气里带了点娇嗔的意思,之后又显得迟疑,"但……你还是不要去了吧,"她顿了顿,"千金之子,坐不垂堂。"

李灵钧没来由地说了一句:"你的婢女手很巧吗?又会绣辟瘟

扇，又会编五色缕。"

皇甫南狡猾地说："她叫绿岫，你看中的话，送给蜀王府做奴婢好了。"

"我只是觉得这五色缕编得鲜艳雅致，也不用把人都送过来吧？"李灵钧这话在心里憋了半晌，还是忍不住说了出来，"怎么皇甫佶和你都有，我没有？"

皇甫南这才装作恍然大悟，宽大的袖子滑下来，她把雪白的手腕抬到他眼前："原来是这个吗？"她嫣然一笑，"这两条是我在家随便编的，怎么好给你？让蜀王府的人笑话？"不等李灵钧发脾气，她好似脑后长了眼睛，立即转身，"阿兄来了。"

皇甫佶才从赤都和法空漫无边际的辩论中逃出来，耳朵还在"嗡嗡"作响，他抓住二人的胳膊，有些后怕地说："快走。"

"你真的有佛心吗？"李灵钧笑话了一句，随着皇甫佶飞也似的来到寺外，解下马缰。

皇甫南却不肯再跟他们去打架，只悄然跟皇甫佶说："阿兄，你抓到赤都，别忘了拿一件他身上的信物。"皇甫佶从来和她心灵相通，也不追问，只点点头。皇甫南折了根柳枝，催马往皇甫府去了，没有再看李灵钧一眼。

李灵钧懒洋洋地骑马回了寄附铺。他自幼唯我独尊，稍微有点不痛快都挂在脸上。寄附铺的昆仑奴来接过马缰时，将他腰间一指，

眉开眼笑道:"郎君福寿绵长!"

李灵钧低头一看,不知何时,皇甫南的五色缕被悄悄地系在了他的剑鞘上。

(四)

"你去寺里住一段时间也好。"段氏脸色凝重地说。

皇甫南答"是",见皇甫佶走进来了,两人不约而同地止住话头。皇甫南把手从段氏掌心收回来,起身时,眸光顺势在他身上一扫——袍子有些皱了,没有沾血,脸上的表情很轻松自如。

皇甫佶在进门前就把五色缕往袖子里掖了掖,再同段氏行礼。

段氏说:"正好,你不要急着走。"皇帝要往碧鸡山狩猎,因为和西蕃对阵击球时大出风头,皇甫佶也被点名伴驾,段氏从婢女手里把新裁的窄袖袍展开,"你这就试一试。"

"伯娘,我回去了。"皇甫南退到一旁。

皇甫佶解剑的时候,跟她使了个眼色,她默不作声,跟段氏屈了屈膝就退出了寝房。

来到庭院的芭蕉丛前,皇甫南对红芍努了下嘴,不必吩咐,红芍便拎着灯笼往角门上去了。皇甫南手指在肥绿的芭蕉叶上划了划,听见脚步声,转过身,微笑着叫了声:"六兄。"

皇甫佶左右瞧了瞧,也走到芭蕉的阴影里,低声笑道:"我们在波斯邸①截到他,装作不留意,洒了他满身的酒,然后趁他走夜路回礼宾院时,一刀鞘把他敲晕了。"

皇甫南"扑哧"一声笑出来:"从马上跌下来了吗?那准得嗑得头破血流。"

"灯笼被箭射灭了,没怎么看清。"皇甫佶端详着皇甫南的脸,"你……"

皇甫南忽然皱眉,后退了半步:"你身上怎么有股臭味?"

皇甫佶抬起衣袖闻了闻,脸上热了,幸好这里暗,看得不分明。他解释说:"三郎胡闹,非要把他丢进粪坑……兴许是身上溅了一点。"刚才试新袍时,段氏都没有察觉,皇甫佶懊恼道,"你的鼻子也太灵了。"

皇甫南逃得更远了,手掩着鼻子:"你赶紧回去洗一洗吧。"

"别急,"皇甫佶从怀里掏出一物,"这是我从赤都手臂上扯下来的。"

"你扔过来。"皇甫南仍不肯靠近他。

皇甫佶抬手一抛,那物件正好落进皇甫南的怀里。她借着角门上昏暗的光看清楚了,是一块鎏金银牌,背后錾有四天王狩猎图,前面嵌有绿松石。

皇甫佶也走了过来,和皇甫南并头看着银牌:"这是西蕃官员

---

①波斯人开的商铺。

的告身①，鎏金银牌，赤都的身份不低。"

"身份不低？那最好。"皇甫南手掌一翻，将银牌攥在掌心，新月如钩，她的笑容异常皎洁，"阿兄，我要叫芒赞亲口来求我。"

果然对芒赞还是记恨在心，却在李灵钧面前表现得那么宽宏大量。皇甫佶意味深长地看她一眼："跟三郎说吗？"

"别告诉他。"皇甫南淡淡道，"他是蜀王的儿子，陛下的皇孙，跟咱们怎么能一样？"

"真热。"皇甫佶好似为打破这异样的沉默自语了一句。瞥着她微蹙的眉尖，皇甫佶折片芭蕉叶扇了扇，蕉叶紧紧蜷曲，藏住了蕉心。

芭蕉不展丁香结，同向春风各自愁。

突然想到一句女儿诗，皇甫佶下定了决心，说："我以后不再见李灵钧了。"

"不要。"皇甫南脱口而出，嘟了下嘴，这是她年幼时惯常做的动作，有点撒娇的味道，"后天碧鸡山狩猎，你们不还得碰面吗？你不要每次光说，却做不到。"

"也对。"皇甫佶无奈地说。

"阿兄，"皇甫南踯躅着，这念头在心里兜兜转转许多天，此时终于吐露了出来，"云南王世子也在京都吗？"

---

① 官员凭信。

皇甫佶半晌没说出话来。

看他的神情,皇甫南懂了,低头摆弄着手里的辟瘟扇,有点烦恼的样子。

皇甫佶先问:"你在哪里看见他了吗?"

皇甫南沉默了一会儿,摇头:"我只是想,既然西蕃人来觐见,兴许乌爨也会有人来。"

"如果他来,你怎么样?"

皇甫南轻哼一声:"不怎么样。这些年,他肯定长得又粗又丑,我认不出他,他也认不出我。"

皇甫佶在梨园宴时见到了阿普笃慕。当时在马上的他有瞬间手足无措,可很快就镇定下来。自离开太和城那天,他就告诉自己,这世上再没有段遗南,只有皇甫南,况且阿普笃慕并不是皇甫南口中那个乌蛮野小子的模样,她变了,阿普笃慕也变了。

端阳之后,皇帝率众到碧鸡山狩猎。与其说是狩猎,不如说是踏青。铺天盖地的黄麾仗,还有丽妆艳服的宫人和香车络绎不绝,把整个山林都塞满了。连向来怠于游幸的皇后也换上了胡服,被女官们簇拥着,在苍松翠柏间徜徉。

崔婕妤不肯去奉承皇后,只能被甩到了队尾,皇甫南骑着一匹枣红小牝马,慢吞吞地跟在崔氏后头。听到远处鸣金振鼓,两人勒住了马缰。等林子里的烟尘散了，崔氏眺望着前方，问："陛下身边都是谁？"

宫婢道："皇后带了内命妇，男的有几位宰相相公，年轻的只有那个西蕃人。"

崔氏虽在宫里，但消息很灵通："是叫芒赞的吗？"

"是，刚才就是他猎了一头麂子献给了陛下。陛下还说，如果他愿意待在京都，就选他进翊卫①。"

崔氏对此并不艳羡，只悻悻道："又轮到西蕃人出风头了。"

皇帝策马奔腾的兴致并不高，因此战鼓和号角只是稀稀拉拉地响了一两声，偶然有惊慌失途的动物，侍卫们也只是懒懒散散地举一举弛弓，就放它过去了。

崔氏也作势挽了几次弓，均无所获。她嚷嚷着胳膊酸，便将两匹马交由宫婢牵着，招呼皇甫南在山坡上落坐歇脚。皇甫南把帔子挂在树梢上，视线越过层层林叶，见山峰清瘦，白云漫卷。她摘了片柳叶，在指尖转了转。

崔氏忽然幽幽地叹了一声，说："陛下一年不如一年了。"

这话属于大逆不道，皇甫南没有马上回应。思量了一会儿，她才说："听说陛下信佛，所以不愿意轻易杀生。"

崔氏嘴角翘起一丝嘲讽的笑容，挽了下鬓发，转过头来。被山

———
①皇家禁卫。

林的苍郁之气衬托着,她觉得皇甫南的面孔有种逼人的清艳。

"知道陛下为什么宠爱我吗?"

皇甫南随口说:"婕妤年轻貌美,善解人意。"

"不对,"崔氏淡淡笑着,"因为我膝下没有子女。"她那善于流转的眼波也凝滞了,"皇后不用提,淑妃、德妃、贤妃,最少也都有一个公主了,我进御十年,还没有……"她看着皇甫南,"陛下宠爱我,因为我是个孤苦无依的人。如果我也有个儿子,陛下就不会再亲近我了……可我宁愿有一个儿子。"

皇甫南敷衍地说了一句:"婕妤年轻,迟早会有的。"

崔氏凄然地摇头。

皇甫南把柳叶含在唇瓣间,轻轻地吹起来,那尖细的声音在山谷间悠远地回荡。崔氏像个烦恼一扫而空的姑娘,"咯咯"笑起来:"皇甫娘子,你不像一个普通汉人家的女儿。"

皇甫南面不改色:"跟京都比起来,益州本来就是乡野地方。"

"你和皇甫家的人不像……"

崔氏的话音未落,宫婢找了过来,说:"陛下猎了只灰兔,叫人送来给婕妤玩。"

"皇后殿下呢?"

"皇后说累了,和淑妃她们都去行宫里歇息了。"

崔氏脸上露出得意的笑容,慵懒地起身:"走吧。"

狩猎的队伍已经鸣金收兵,山林里各处都设着罗帷绣幕。崔氏走进帐篷,把灰兔抱在怀里逗了一会儿。外头传旨说皇帝到了,她把灰兔交给皇甫南,叮嘱道:"替它洗一洗,身上都是草叶和泥。"

皇甫南绕到屏风后头,轻轻搅着铜匜①里的热水,听见外头金玉碰得丁零响,是崔氏在替皇帝更衣。那个微微滞重的呼吸,是皇帝的……这时,一个黄衣内侍走进来,说:"皇甫相公来了。"

皇帝安稳地落坐,也不屏退崔氏:"叫他进来。"

皇甫达奚躬身走了进来,拜见过皇帝后,领了个蒲团席地而坐。见皇帝面色不虞,他关切道:"陛下又头疼了吗?"

皇帝摆了摆手:"我刚才在狩猎的时候,心里还一直在想和西蕃议和的事情。这事也听你们议了几个月了,却始终决断不下。"

皇甫达奚知道,皇帝这样说,其实是已经有主意了,便忙洗耳恭听。

皇帝望着外头列戟的禁卫,说:"这些日子,薛厚接连上了许多封奏疏,说他已经击退了积河石口的西蕃守兵,随时可以进驻乌海,并且已经和回鹘相约,会对西蕃进行合围。此刻兵力优势在我,如果趁议和的机会麻痹敌人的意志,一举攻入乌海,收复失地,驱赶番虏,就指日可待了。"

皇甫达奚"啊"了一声:"如果真是这样,那……"

---

①盛水的容器。

皇帝沉浸在思绪中，没有理会他："好些年没有松活松活筋骨了，我刚才在纵马疾驰时，一时也激发了少年时的豪情，觉得薛厚说得很对。"

"是，不过……"

"不过，我们虽想着毕其功于一役，但万一这一战不胜，又怎么面对朝臣和百姓呢？"皇帝很颓然，"我日夜不能安睡，并不是怕葬送了祖宗的基业，而是怕兵戈不止。为了李氏的江山，多少百姓要流离失所，白骨露野。"

皇甫达奚心里震动，颤声叫道："陛下！"他在地上叩首，"不论是为西蕃战事，还是为百姓立命，陛下都须以保重身体为要！"

"不错。"皇帝突然释然了，拉过崔婕好的手拍了拍，"后来再想，我也不过是偶发豪情，根本无力为继。我老昏聩了，不想连累百姓受苦，收复失地，驱赶番房这种宏业，就留给后来的人吧。"

皇甫达奚暗暗松了口气，忙再叩首："陛下英明。"他心里却在想，皇帝瞻前顾后几个月，终于下定决心，不知是否崔氏的枕头风卓有功效。

稍一走神，他又语重心长地说："议和当然是朝臣和百姓们心之所向，但陛下也要思虑清楚，一旦议和，少不了要叙功论赏。若非在边疆征战多年的将士，又哪有和可议？虽然鄂国公一力主战，但陛下封赏时，仍然应当以鄂国公为首功，才不至于寒了边疆战士们的心。"

"这是当然。"皇帝拿定了主意,脸上的表情也轻松了,他携起崔氏的手,突然又来了兴头,"我来教你打猎。"

皇帝刚和崔氏骑到马上,禁卫队伍里一阵骚乱。千牛将军忙招来人问了情况,禀报皇帝:"是行宫兽苑的侍卫把老虎和猎豹也带了来,有只老虎在兽苑一直都好好的,不知怎么,一进林子就有点发狂,把一个侍卫也咬伤了。"

皇帝道:"既然会伤人,就叫人拿弓箭把它射死吧。"

众侍卫跃跃欲试。

李灵钧刚才见芒赞耀武扬威的,正不服气,立即驱马上前,朗声道:"陛下,让我去,我不怕老虎。"

"不要!"崔氏忽然转身扑进皇帝怀里,娇躯微微颤抖。

千牛将军还当她怕老虎发狂,忙说:"婕妤不用怕,老虎还拴着缰绳的。"

崔氏却凝望着皇帝,婉转地哀求道:"陛下说了不再杀生,就饶了它吧。"

"那就……"皇帝稍一迟疑,"多上几个人,把它制伏,不要伤它性命。"

"我去!"李灵钧生怕崔婕妤再阻挠,不待皇帝点头,纵马跃了出去,一只手抽出箭来。

听到李灵钧的声音，皇甫南也抱着灰兔悄悄走出了帐篷，挤在宫婢中张望。林子里挤满了持刀枪剑戟的侍卫，有人牵着猞猁，有人胳膊上架着鹰，把耸身低吼的老虎围在中央。他们停止了说笑，都盯着正张弓搭箭的李灵钧。

"阿姹！"耳畔石破天惊的一声，皇甫南手一抖，灰兔也挣脱了她的怀抱，撒腿逃进了林子。

皇甫南茫然四顾，没人留意，仿佛刚才那声只是山鬼的呓语。

是她幻听了？

（五）

老虎被松开了缰绳，正烦躁地甩头摆尾。

李灵钧拉开了架势，心里却在踌躇：要射哪里才能一击即中，又不至于惹得这畜生狂性大发，暴起伤人？

这时，皇甫佶也挤到了李灵钧身边，轻声提醒道："别看它的眼睛，射双腿。"

李灵钧不假思索，将弓拉满，正要放箭，皇甫佶惊道："小心。"李灵钧的手臂被他一推，箭也射偏了，"嗡"的一声钻进了林子深处。

两人诧异地看着一个身穿朱袍的武士突然从人堆里窜了出来，在众人惊呼声中，单膝跪在老虎跟前，抓住它的耳朵揉了揉，又用手臂揽了揽它的脖子。老虎也奇异地温顺下来，一人一虎，亲昵地依偎在一起。

李灵钧陡然不快，说："这人好大的胆子，叫他闪开。"说着就要重新抽出一支箭来。

皇甫佶把他的手按住了："算了吧。"

他皱起了眉，心不在焉地盯着这名安抚老虎的年轻人。

兽苑的看守早用车运来了兽笼，那年轻人把老虎推了推，老虎似乎不情愿，却乖乖地退入了兽笼里。除李灵钧外，其他人可算是把提着的心放下了。皇帝也被千牛卫环绕着，缓缓策马而来，疑惑地打量着这个年轻人。见他也饰有武士的蹀躞带[①]、豹韬胡禄[②]、仪刀班剑，装束得很齐备，皇帝问："你是哪个卫的？我怎么没有见过你。"

那年轻人先把刀剑弓矢依次取下来，放在地上，才趋前跪伏在皇帝的马前，低头答道："臣叫阿普笃慕，在朔府任左郎将。"

这名字特别，皇帝"哦"了一声，想起来了："你父亲是……乌蛮国主。两年前册封云南王世子时，我召见过你一次。"见阿普笃慕口齿清楚，声音洪亮，皇帝惊奇道，"那时你还不怎么会说汉语，现在汉语说得很好啊。"

"是，臣做了两年的国子学生，读过四书和五经，习过六艺。"大约汉人的文化他只学到皮毛，所以用词也不很谦虚。

[①]悬挂七种物事的男性腰带。
[②]弓箭袋。

皇帝见他一个异族人不卑不亢，仪态大方，很高兴，说："不过两年，你已然判若两人，要不是阿普笃慕这个名字，我还当你是哪个朝臣家的公子。可见你非常聪敏，"皇帝的视线掠过地上的刀剑弓矢，"也很知礼。"

阿普笃慕斯文地说："谢陛下。"又叩了首，拾起装备，退回翊卫的队伍中。

皇帝却又说："你的刀卸下来给我看一看。"

阿普笃慕一怔，把佩刀卸下来，双手呈给皇帝："刀开了刃，陛下小心。"

禁宫侍卫佩戴的仪刀都是用桃木刻成的，表面饰有龙凤彩绘和金银钿，这把刀落手却很沉。皇帝掂量了一下，又用指腹试了试乌青湛然的锋刃，摇头说："这不是内府兵器库锻造出来的。"

阿普笃慕回道："刀剑都是臣从乌爨带来的。爨人有个习俗，家里如果有男丁降生，自出生那刻，父亲就会找铁匠铺的师傅选一块好铁，反复烹炼，锻造出一把好兵刃，等儿子成年之后，赐给他。这柄刀千锤百炼，有十八年了。"

"爨国有三宝，铎鞘、郁刃和浪剑，宫里也常年有进贡，但似乎都不如你这一柄，可见父母爱子女之心，就是天皇老子来，也比不上。"

阿普笃慕怕皇帝厚着脸皮讨要他这把刀，谨慎地没有开口。

皇帝却毫不在意地把刀抛回给了他,笑道:"汉人崇文,爨人尚武,比起好勇斗狠,汉人的确跟你们差远了。"

阿普笃慕道:"爨人不知礼,不懂得教化百姓,只会逞匹夫之勇,算不上仁道。"他神态自然,"臣的父亲前两天还写信来,祈望陛下施恩,赐他一个汉人的名字,也好向族人彰示礼乐教化。"

"他姓各……"皇帝稍一思忖,"就叫葛崇礼好了。"

阿普笃慕立即向皇帝叩谢。

皇帝对他饶有兴致,又问:"我听说你们爨人还有个习俗,家里如果有两个儿子,长子幼年时就会被送去寺庙修行,成年后,由六部推举为大鬼主①,掌管鬼神祭祀、部族纷争;次子则继承国主之位,统领大军将和四军苴子,又有清平官和六曹辅佐庶务。"

见阿普笃慕点头,皇帝笑了笑,说:"这样很好,长幼都有职责所在,谁也不碍着谁,不至于手足相残,祸起萧墙。"

皇帝陷入了沉思,四野阒然,朝臣们都不敢吱声,只有阿普笃慕仿佛毫无所觉,很坦荡地答了句:"陛下说的是。"

皇帝瞥了一眼兽笼里的老虎,这畜生正静静地伏在笼中,像只猫一样温顺,两只眼睛恋恋不舍地望着阿普笃慕。皇帝心里一动,说:"总听闻爨人生长于山林之间,善识百草,与百兽为伴,大鬼主更是通天地之灵,像你那个出家人的兄弟,要是我请他到京都来

---

① 部落酋长,有宗教性质。

替我解答一些疑惑，不知道他愿不愿意？"

阿普笃慕顿了顿，为难地说道："臣的兄长自幼就远游在外，和家里没有怎么通过音信。"

"原来如此。"皇帝显然有些失望，随即又笑道，"乌爨和我朝交好多年，像兄弟一样，你进京两年，我却没有好好招待过你，鸿胪卿疏忽了。"当即下诏，"赐云南王阿嵯耶尊者佛像一座，金印一方，锦袍一领，并加封云南王世子为少卿，阳瓜州刺史。"又对阿普笃慕道，"你既然已经在翊府了，正好来我身边做个亲卫吧，准许你在御前佩刀行走。"

阿普笃慕只好再次叩首谢恩。

千牛将军刚才见李灵钧的箭去势甚急，怕误伤了宫人，叫侍卫去寻箭。侍卫适时地拎着一只雉鸡走了回来，笑道："陛下慈悲，这只雉鸡却自己撞在了咱们的箭下，真是意外之喜。"

皇帝也笑了，说道："三郎勇武，也不在飞将军、孙仲谋之下，到北衙领一支飞骑吧。"

"谢陛下。"李灵钧朗声道，瞟了一眼阿普笃慕，退了回去。

芒赞见皇帝对自己至多算是口惠，一转头却对阿普笃慕和李灵钧大加封赏，明白这是一种施威的伎俩。他微微冷笑一声，见阿普笃慕走过来，便将头一扭，踱到了人群外。

"你还要继续遮着脸吗？"皇帝垂眸，对蜷缩在他怀里的崔婕

好笑道。

崔婕好放下双手,见众人都面带笑容,只有气息奄奄的雉鸡被千牛卫拎在手里,盈盈一笑:"幸好不见血,不然我的脚都要软了。"她被两名宫婢扶下马,小鸟依人地靠在皇帝身旁,转身往帐篷里走时,却对皇帝附耳道,"西蕃人没有得赏,不高兴了。"

"这个……"皇帝思索着,"我要好好想一想。"

阿普笃慕若无其事地走在队伍中,皇帝随口问道:"刚才看到白虎时,似乎听到你高呼了一声阿喳,这是你们爨人驯虎的口令?"

阿普笃慕面露茫然:"臣没有叫阿喳。"

皇帝也不怎么在意:"那是我听错了。"皇帝正要走进青布帐篷,一道灰影窜了出来,险些撞到皇帝的乌靴上。

众人都吃了一惊,还是阿普笃慕最敏捷,手如闪电,将灰影抓住。是只野兔,被他揪住耳朵,正在空中拼命地挣扎,脖子上还系着五彩璎珞。

崔婕好掩嘴笑道:"这是陛下赐给我的兔子,皇甫娘子看守不力,叫它逃走了。"

阿普笃慕左右张望了一下,瞥见躲在宫婢里的皇甫南,他眉头微微一挑,攥着野兔的耳朵晃了晃。野兔徒劳地蹬着两只后腿,直翻白眼。

皇甫南只好硬着头皮走出来,轻声说:"婕好恕罪。"

没等她伸出手，阿普笃慕的手一松，野兔被丢进了她怀里。兔子很肥，她控制不住，倒退了好几步。

"这回可别叫它跑了。"崔婕好笑睨皇甫南一眼，随皇帝进了帐篷，侍卫和宫婢们都留在了外头。

这野兔也发了疯，死死咬住皇甫南的帔子不松口，皇甫南忍着不耐烦，小心翼翼地将它抱起来。见李灵钧在帐篷的一侧对她递眼色，她转过身，刚一抬脚，就听见有人说了一个"贼"字。

皇甫南秀眉一蹙，倏地瞪住了身后的阿普笃慕："什么？"

阿普笃慕弯腰，从地上把灰兔挣断的璎珞拾起来："我说贼。"他走近皇甫南，盯着她的眼睛，清清楚楚地说，"偷我匕首的贼。"说完就把璎珞往灰兔脑袋上一放，扬长而去。

御驾自碧鸡山回銮，浩荡的队伍已经瞧不见了。皇甫佶和皇甫南各自骑着马，一前一后地走着。到了漓河畔，潺潺河水好像被如血的残阳烧成了一锅沸腾的金汤，皇甫南忽然叹了口气："我不知道崔婕好到底想干什么。"

皇甫佶沉默地看向皇甫南的侧脸，低头琢磨起心事。

皇甫南又叹道："我不想去做尼姑。"

皇甫佶也不愿意皇甫南去庙里，但这会儿突然觉得远离宫苑是个好主意："陛下要牵制西蕃，还会对云南王格外加恩，"他审视着皇甫南的神色,"如果云南王得知消息,跟陛下告状……"

皇甫南烦恼地甩了下头,阿普笃慕的那句指责让她心里很乱,但她嘴硬不肯承认:"他不认识我。"

皇甫佶讪笑:"他不是你的……表兄吗?"

皇甫南难得有点忸怩:"他以前对我不好。"不愿在这个话题上再盘桓,她犹豫着,"陛下一心打算议和,可如果乌蛮私下结交西蕃……"

"那西蕃就在诈降,兴许会趁我军不备,偷袭积河石口,薛公早有这样的疑虑了。"皇甫佶回想着碧鸡山的情景,但他当时只全神贯注盯着阿普笃慕,完全忘记了芒赞,不禁有些懊恼,"你在云南王府待过,他们跟西蕃私下有往来吗?"

皇甫南把鞭子投进河里,随手搅动着碎金般的水波,帏帽下的头摇了摇:"没有。"

身后一阵"噼啪"鞭响,两人转过身去,见一个沙弥骑着驴子急匆匆地过了桥,苍茫的暮鼓声在间巷间回荡着。皇甫佶认得那是崇济寺的沙弥,把他叫住,好心提醒:"马上到宵禁了,你赶快回寺里,不要在外头走了。"

沙弥忙说:"阿弥陀佛。皇甫檀越,我要赶去公廨报案,我师傅今天圆寂了!"

皇甫佶惊讶地叫道:"是法空师傅吗?"

"正是,还有件怪事……"暮鼓响得更急了,沙弥来不及分说,跟皇甫佶拱了拱手,便慌张地走了。

红芍和绿岫躲在远处的槐树下捉蚕虫玩,走过来张望着沙弥的背影:"他赶着奔丧吗?差点把娘子撞到河里去。"

皇甫佶兄妹对视一眼,都在猜测那所谓的"怪事"是什么。

"没事,宵禁了,"皇甫佶叫皇甫南先上马,"咱们也回吧。"

皇甫南在帷帐里翻了个身,取出匣子里的鎏金银牌,纱帐透进来的光把上头錾刻的纹路照得很清楚。

屏风外头,绿岫翻动着筻筻上晒干的蚕虫,红芍在理衣裳。红芍家在东市,回府前特意跑到崇济寺外去看了热闹,她神神秘秘地跟绿岫说道:"听说沙弥进去时,法空师傅已经圆寂了,不知怎么,身上的衣裳却剥了个干净。"

绿岫"嘻"一声笑出来,忙用双手捂着脸颊,只露出一双瞪大的眼睛:"不是说他当神仙了吗?难道神仙都不爱穿衣裳?"

红芍的声音低了:"还有,说有人用锅底灰在他胸前画着八瓣莲花,背后画着八副金轮,头顶一个卐字,你说奇不奇?"

绿岫也疑惑起来:"是寺里的沙弥恶作剧吗?"

"京兆府也派人了,说陛下要查……"

皇甫南掀开帷帐,低头寻找如意靴,乌缎似的头发自肩头垂下来:"时候不早了。"

红芍忙止住话头,把衣裳用锦袱包起来。

皇甫南见绿岫把灰白的蚕虫自篾箩上扫下来,收集在瓦罐里,不由得露出厌恶的表情:"攒着这个做什么?"

绿岫说:"山里虫蚁多,把槐蚕捣成粉做药,能止痒的。"她把那瓦罐也当宝贝似的包起来,走到外头,见红芍吩咐僮仆去备车,把红芍袖子一拉,"别张罗了,今天肯定骑马。"

红芍不解:"日头快出来了,不晒吗?"

"待会儿你就知道啦……"听见皇甫南的脚步声,绿岫只好把话憋了回去。

上回遭过劫,这次皇甫夫人吃了教训,一用过朝食,就急急地打发皇甫南出门。果然皇甫南叫部曲去牵马,那马被安了新的鞍子,朱漆鞍袱,上头绘着繁丽的凤凰鹦鹉纹,赤金鞍桥,锦澜胸带,四周缀着艳丽的大红缨子。

"你看,这包片上刻着个琼①字呢,"绿岫揭破了谜底,"李三郎从内库选的,昨天晚上叫人送来,说是给六郎的,今天早上就在娘子的马上啦……"

"嘘。"红芍知道皇甫南脸皮薄,忙忍住笑,和绿岫各自爬上一头健壮的青驴。

---

① 内库,包括琼林库和大盈库等。

才出坊门,见皇甫佶迎着朝阳而来,人在马上低头思索,红芍忙挥手把他叫住:"郎君,要撞上啦!"

皇甫佶有些蒙地抬头,见皇甫南含笑骑在马上,赤金的鞍桥被日头照得灿然生辉。他毫不介怀地一笑,知道皇甫南逢月中要去私庙:"我送你出城。"来回也要耽误大半日的工夫,他说得好像吃顿饭那么简单,"反正闲着也是闲着。"

一行人走上朱雀大道,皇甫南余光一瞥,绿岫和红芍很懂事地往后落了一段。皇甫南问皇甫佶:"你去崇济寺了?"

皇甫佶点头:"还去了京兆府。"他一副意料之中的表情,"西蕃人捣的鬼。那个图样画的是魏摩隆仁[①],黑教的天国圣城。"

"也不见得是西蕃人呀。"皇甫南挽着细细的马缰,透过帷帽的纱幕,隐约可见她脸上的狡黠,"咱们的朝廷里,和西蕃一样,有人想议和,也有人不想……"

皇甫佶英挺的眉头一蹙,毫不犹豫道:"肯定不是薛相公。"

皇甫南思索了一会儿,漫不经心地说:"反正赤都和芒赞是跑不掉。"她把鎏金银牌一抛,皇甫佶接住,揣进了怀里。

"我给薛相公报信了,"皇甫佶隔着纱幕望向皇甫南的脸,"如果议和不成,我要回鄜州,你……"

"怕西蕃人偷袭积石河吗?"皇甫南红艳艳的嘴角一弯,"还

[①] 苯教圣城。

是怕伯娘要给你和荥阳郑家定亲，你想逃之夭夭？"

皇甫佶沉默了一会儿，说："我不会逃。"

皇甫南的声音突然柔和下来："阿兄，你不用送了，这次芒赞肯定不会再来偷袭。"她也凝望着皇甫佶，似怜悯，又似黯然，"去日苦多，别为了一些不值得的事浪费光阴。"

皇甫佶仿佛没听见她的嗟叹，反而笑道："你怎么知道芒赞不会再来？难道你对西蕃人也了如指掌吗？"

"我不了解西蕃人，不过……"知道皇甫佶的心思也颇敏锐，皇甫南莞尔道，"我猜的。"

她掀起帷帽，看着忽然浓云蔽日的天，暑天午后多雷雨。

绿岫赶着驴子追了上来："郎君回吧，小心有雨被困在城外。"

皇甫佶每天要去南衙应卯，就和皇甫南在山道上分手，折返回城。天色一暗，进出城的车马也稀少了，行人戴着斗笠，脚步加快。

阿普笃慕把马留在碧鸡山下，来到行宫兽苑。他最近混在禁卫中，常来碧鸡山跑马打猎，又有皇帝的旨意，可以佩刀在御前行走，因此行宫看守也不阻拦，任他披着蓑衣挎着刀进了兽苑。

兽苑里垒着山石，地形崎岖，阿普笃慕连脚下的道也不用低头看，一路东张西望，到了虎园，纵身跃过去，跪蹲在铁笼前。

皮毛雪白的滇虎打了个滚，爬起来，走到了阿普笃慕面前。

"阿姹。"阿普笃慕低声叫它的名字。

它耳朵微微耸动着,可怜地呜咽一声。

"你真笨哪。"阿普笃慕责备道,在碧鸡山看到白虎时的那种错愕和难受到现在都还未消散。两年前,他奉召进京宿卫,白虎却突然失踪,他还当它逃回了苍山和百兽为伍。

"牙齿和爪子都没劲的吗?又叫他们捉住了。"抱住这幼时玩伴的脖子,他嘟囔了几句,放开它,把蓑衣解开扔在地上。

他借着几次来兽苑转悠的机会,藏了不少火绒和干芦苇在山石缝隙里。他动作飞快,把火绒和芦苇揉在一起,绕着兽苑洒了一圈,拔开火折,使劲吹了一口后扔在芦苇堆里。见火苗陡然迸出来了,他奔回虎园,一刀劈开了锁链。白虎迫不及待地扑到了他身上,把鼻子在他伸出去的手背上亲昵地顶了顶。

"去吧,回乌蛮。"阿普笃慕依依不舍地捏了捏它的耳朵,又用脸颊贴了贴它的脑袋。

火势大了,有宫人杂乱的呼唤和脚步声响起。

"还不走?"阿普笃慕迅速拔刀,露出雪亮的锋刃,威胁似的在白虎面前晃了晃。白虎这才一步三退,掉头窜了出去。

天边炸开了一个惊雷,兽苑里四处飘散浓烟,阿普笃慕连蓑衣也投进火里,然后把刀归鞘,挤过慌乱的人群,离开了行宫。

黄豆大的雨点砸在地上，天色暗沉沉的，红芍把油灯点着。皇甫南已经换了干爽的白衫青裙，放下头发，伏在案前抄起佛经。红芍和绿岫搬了胡床，并排坐在廊下看雨。

皇甫家和荥阳郑家议亲的消息已经在府里不胫而走了，红芍扭头望去，金妆银裹的马鞍已经被小心地收到了柜顶。她又转而望了望皇甫南，终于忍不住心里的好奇，问道："娘子，你觉得六郎好呢，还是三郎好？"

绿岫嘴巴快，抢着说："六郎是咱们自己家人，三郎是皇孙，在外头，自然是三郎好，可咱们在家里，娘子一定会说六郎好。"

"不说自家人，假如娘子是薛娘子，或是郑娘子，要选郎君的话，你说是六郎好呢，还是三郎好？"

绿岫用手指划脸羞红芍："原来你想嫁男人了，还想嫁给六郎和三郎，好大的胆子。"

红芍脸也红透了，揉绿岫一把："我是问娘子，又不是自己想。"

绿岫自顾自道："你肯定是想嫁六郎，可六郎是咱们自家人，怎么能行？所以我替娘子选了，就是李三郎，"她托着腮憧憬，"以后兴许还能封妃子，当皇后。"

红芍不高兴，转过头来催皇甫南："娘子，你说呀，选哪个？"

换作平时，皇甫南肯定要骂她俩说梦话。不过此刻在庙里，四下无人，皇甫南也停下笔，饶有兴致道："他俩哪里好，值得你们吵得不可开交？"

绿岫："三郎人品俊秀，身份尊贵，天下还有比他更好的郎君？"

红芍："六郎温柔体贴，情深义重。易求无价宝，难得有情郎！"

"难道三郎无情？看看那马鞍，说是给六郎的，谁还不知道其实是给娘子的？"

皇甫南摇头："今天看你好，对你温柔体贴，明天也能对别人温柔体贴，一副马鞍，更不值什么了。我看崔婕妤也没有过得多快活，你们说的，简直不值一提。"

绿岫和红芍一起转过头来，愕然地望着窗里的皇甫南："难道娘子觉得还有别人更好吗？"

"六兄和三郎都很好，"皇甫南将笔杆抵着下颔，也陷入了沉思，见两个婢子眼睛都直勾勾的，她轻笑一声，秀眉微扬，"女儿的一颗心，多么重要，怎能轻易就托付给一个男人？譬如你们，就算看中了谁，也不能随便就说出来呀。毕竟在这世上，你唯一能掌控和倚仗的，就只有自己的心。"

红芍若有所思，绿岫却似懂非懂。

这时，苍头戴着斗笠匆匆来到廊下，说："有客借宿，住持说

要来请娘子的示下。是个男客，还带着刀。"

皇甫南很警惕，立即道："不许留，叫他走。"

"是。"雷声隆隆的，苍头老眼觑着天色，"这个时候，城门是进不去了，天气也不好，"他嘀咕着，"好像是个做官的，唉，不要得罪他才好。"

皇甫南抬起头："他姓什么？"

"他说叫阿普，没有姓。"苍头说完，见皇甫南怔怔地定在那里，还当她不高兴，"我去叫他走。"

"我不管。"皇甫南却莫名改了主意，"叫住持自己看着办吧。"她把佛经收起来，离开了窗畔。

过了一会儿，皇甫南走回来。疾风骤雨已经停歇了，窗外重新亮起来，山后的天幕中拖曳着丝丝缕缕金红的霞光。绿岫还坐在廊下打盹儿，红芍把衣裳晾在外头，替她捣起了蚕虫，嘴里说着："这个季节，天气说变就变，还好咱们出城早。听说打雷的时候碧鸡山起了火，有猛兽走失，武侯在山下搜呢。"

皇甫南望了一会儿她的脸，忽然问："来借宿的那个人呢？"

"前头僧房被部曲住满了，住持留他在对面庑房安置了。"

皇甫南来到廊下，叫了声红芍，刚抬起脚，又说："你忙吧，绿岫跟我来。"

"天晴了？"绿岫揉着眼睛，浑浑噩噩地起身，跟着皇甫南到了西庑。

后院外人鲜至，只有被雨打落的皂荚和槐叶零零落落地在木廊上，虫鸣唧唧的。快到庑房门口，见一件湿淋淋的外袍被随便搭在栏上，皇甫南停下步子，命令绿岫："你去悄悄看一看他在干什么。"

绿岫不明所以，到了庑房的窗前探头一看，说："娘子，他在禅床上睡觉，刀也解下来了。"

皇甫南手指在唇边比了比，放轻脚步走过去，又说："你仔细看看，他长得什么样？"

绿岫两手扶着窗框，张嘴看了半晌后，用袖子掩着嘴"扑哧"一笑，有种意外之喜的神气，然后凑到皇甫南耳边："眉毛黑黑的，眼毛密密的，鼻子高高的，娘子，很俊呢！"俨然有种意外之喜的神气，不等皇甫南催促，她又把脑袋伸过去，喃喃道："耳朵上还有个珊瑚串儿，是个女人吧？女扮男装。"

皇甫南撇了下嘴："你看不出来他是个南蛮吗？"

"咦，看不出来呀。"绿岫听皇甫南说过，南蛮都是文身绣面的，可这人脸和手上都很干净。绿岫正在琢磨，忽然矮身一蹲，和皇甫南大眼瞪小眼了一瞬，又起身凑到窗前一看，然后拍拍胸口，轻声跟皇甫南示意："嘴巴动了，说梦话呢。"

皇甫南镇定下来，走过去侧身站在窗前，微微歪着脑袋，盯着禅床上的人看了一会儿。

她推了绿岫一把:"你进去,听听他在说什么。"

绿岫缩脖子:"我不敢。"

皇甫南急了,瞪她一眼:"怕什么?"

"娘子你说的,南蛮人的牙比老虎的还利,专门咬人的嘴巴和鼻子。"

"他又没醒。"皇甫南跺脚,"还不去?"

绿岫嘟着嘴,只好蹑手蹑脚地推开门,走进庑房,在禅床前盘桓了一会儿,又把耳朵凑到阿普笃慕嘴边,听清了,跑回来跟皇甫南禀报:"他说马,捉马,"她两眼茫然,"有人要捉他的马?"

皇甫南顿悟:"叫人把他的马牵回马厩去!"

"啊?"

"快去!"皇甫南斥道。

绿岫撒腿跑了。

皇甫南在廊下心绪不宁地站了一阵,隔墙听见外头武侯的吆喝,还有刀剑的撞击声。武侯们没有闯进来,只在附近转了转,人声就远去了。皇甫南暗自松了口气,刚一扭头就愣住了——禅床上的人不见踪影。

背后有声响,皇甫南忙转身,见只穿着交领中衣的阿普笃慕从僧舍的矮墙上跳下来。这场雨把碧鸡山都浇透了,他两脚踩着湿漉漉的靴子,倒是精神抖擞,两眼发亮。

走到皇甫南面前,阿普笃慕上上下下地打量着她。

早从苍头口中知道这是皇甫家的私庙,他见到皇甫南,一点惊讶也没有。

"鬼鬼祟祟的贼。"他又说了一句。显然皇甫南和绿岫在窗外的话都落进了他的耳朵,他故意冷笑一声,目不斜视地回了庑房。

皇甫南一阵风似的走回房里,一屁股坐在榻边,把嘴唇咬得要滴血。

他以前有这么警觉吗?那时候,她嫌他挤,故意把呼噜打得像滚雷也没把他吵醒呀!

暮色渐至。自武侯离去后,寺里就好似古井一样,没再起一丝涟漪。

没有皇甫家那些烦琐的规矩,漏壶的箭标也下沉得格外缓慢。红芍捧着五足香炉,放在案上,见皇甫南手里握着一粒黄杨棋子沉思,棋盘上却空无一子。

是她和绿岫关于六郎、三郎之争,让娘子心也乱了吗?红芍胡乱揣测着。

"吱呀"一声,绿岫推开门,捧着托盘进来,却往对面庑房张望。皇甫南瞭了她一眼,但没有开口,知道绿岫肚子里藏不住话。

果然,绿岫刚放下托盘就说:"那个人真怪。"

红芍也直起腰去看："哪里怪？"

冷淡的月色下，只看见廊下坐着一个人，正在低头摆弄着什么。

"从头到脚一点看不出是南蛮呀。"绿岫念叨。她借着煎水熬茶的机会在西廊庑打了好几转。

黄昏时，阿普笃慕把靴子晾在一旁，赤脚坐在那里削竹箭，还用弹弓打了几片鸟毛下来。天黑了，他又摆弄起一支笛子，笛声不怎么脆，"呜呜"的。

常居京都的年轻郎君最爱的消遣是看斗鸡走狗，玩蟋蟀鹦鹉，看见貌美的婢女都要嬉皮笑脸，不像他，安安静静，旁若无人。

他真有一副白森森的牙齿，能一口把人的鼻子咬掉吗？

"真怪。"绿岫又说。

见有萤火虫自半开的门扉里溜进来，红芍忙用拂尘把帐子里的飞虫赶出去，顺手合上了门，并在绿岫耳朵上拧了一记："别老盯着蛮子看，你忘了那些西蕃人吗？"

绿岫对那匹血水横流的马记忆犹深，忙答应一声，来替皇甫南梳头。她刚拿起梳篦，皇甫南倏地起身，走到帷帐后，不知从哪里翻出从不离身的双耳刀，然后"哐"的一声拉开门，手一扬，双耳刀被远远地抛出去，落在了阿普笃慕的脚下。

"你们谁都别去捡。"皇甫南说道，使劲上了门闩，走回帷帐后。

再睁眼时,已经晨光熹微,庭院里浮着薄薄的雾气,皇甫南推开门扉,满山青绿涌入眼中。前头佛堂里的和尚正在唱晨钟偈,鼓声"嗡嗡",对面廊下晾的袍子和靴子都不见了,一把双耳刀还躺在湿润的青石板上,泛着黄铜的光泽。

绿岫依偎着红芍在外头看山景:"这山里的清气真好闻。"

红芍还在奇怪碧鸡山那场仿佛天降的山火,还有那个突然出现又突然消失的南蛮,"好像做梦一样。"

崇济寺的诡案,让皇帝发了好一通脾气。法空才被赐了紫衣鱼袋,要奉旨入蕃,他那近乎儿戏的遗容,简直是对皇帝明目张胆的挑衅。汉蕃两朝的气氛又陡然紧张起来。

芒赞牵着马,满心戒备地走在街上。出门之前,他特意把黑巾也解去了,装饰了珊瑚和绿松石的发辫像姑娘似的散在肩头——近来在京都汉人的口中,黑教的信徒都成了寝人皮枕人骨的恶魔。

芒赞并不在乎汉人的想法,但法空在装殓时,沙弥摸到了他掌心紧攥的一枚西蕃告身,案子查到了礼宾院,刁钻的大理寺卿命所有西蕃使臣将告身交出来,只有赤都的告身丢失了。

因为身份特殊,赤都暂时还没有被下狱,但已经被锁在了礼宾院的庑房……不知道皇帝是否会借此机会跟西蕃寻衅?

芒赞心烦意乱地到了波斯邸,把一块金饼撂在了桌上。他叫胡

奴过来:"那天喝醉了酒,和西蕃人在这里打架的人,你看清了?"

胡奴道:"不记得了。"

"是汉人吗?"

胡奴仍是摇头。

芒赞很失望,把金饼丢到了胡奴怀里。这一块金子,足够寻常人家吃用几年,但他毫不在乎。他又把自己的告身向胡奴亮了亮,那是一块嵌红玛瑙的金牌,背后錾刻着独特的卷草莲花纹:"我要刻这么一块鎏金银牌,嵌绿松石,哪家银匠手艺好?三天就要。"

胡奴一看金牌就说:"金市有个回鹘人卖这样的令牌。"他往外头一指,"回鹘人就在那里,黄头发那个。"

芒赞顿时心生疑窦,揣起金牌走了出去,见外头的大槐树下,一个黄头回鹘和一个紫髯胡奴正在地上对坐握槊①。芒赞冷眼望了一会儿,走过去,傲然对回鹘人道:"听说你会刻西蕃官员的告身?伪造告身,可是重罪,你不怕死吗?"

回鹘人抬头将芒赞一打量,慢吞吞地说:"什么是告身?我可不懂。"

芒赞将自己的金牌递到他眼前:"告身,你不认识?"

回鹘人定睛一看,笑道:"这个我可不会刻,但我家人前几天去茅厕里掏大粪,掏出了一块银牌。咦,这不是?"他把嵌绿松石

---

① 赌博游戏。

的鎏金银牌从袖子里掏出来,在芒赞眼前飞快地一晃,又塞回去了,得逞地笑着,"你要买吗?"

芒赞认出那是赤都的告身,急忙说:"私藏告身,也是死罪!"

回鹘人又拾起棋子,思索了半晌才满不在乎地瞥他一眼,嗤道:"那是你们西蕃的律法,管不到我的头上!敢在京都撒野,先看看是不是自身难保吧!"

芒赞握紧刀柄,好一会儿才克制住脾气,淡淡道:"你不是要卖吗?我买。多少钱?"他抬手就去解囊袋。

回鹘人却笑道:"这银牌是我随手捡的,又没有花钱,也不要你用钱来买。"

芒赞眼睛一亮:"那……"

回鹘人却反手将身后的茅厕一指,笑嘻嘻道:"你也跟我一样,从粪坑里爬一遭,我就把银牌送给你,怎么样?"

芒赞冷笑道:"你耍我?"他稍一冷静,"这告身只有一枚,在大理寺,你这枚是假的,西蕃人一看就知,要它也没用。"说完转身就要走。

"我敢说大理寺那枚是假的,我这枚是真的。"回鹘人很狡猾,"就算你能侥幸回到西蕃,丢失告身,也是大罪吧?"见芒赞身形僵住了,他得意地笑起来,心知爬粪坑对芒赞来说绝不可能答应。

他推开棋盘,往周围一看,大槐树背后是乐棚,伎人正在上面跳浑脱舞，扮狮子郎。他说："你们西蕃人会做泼寒胡戏，你去登台演一场戏，我将银牌奉上。"

泼寒胡戏要当街赤身露体，芒赞还在犹豫。自乐棚抛过来一个兽面具，他将面具抓在手里，冷声道："你说话算话。"见回鹘人点了头，他便退去里衣和外袍，袒露着精赤健壮的上身。刚一跃进乐棚，一斛冷水兜头浇了下来，他浑身一个激灵，使劲甩了甩头发，伸展出双臂，余光盯着回鹘人，生怕对方趁机逃走，还要提防被人暗箭偷袭。胡乱踏了几下舞步，他跳出乐棚，奔到回鹘人面前。

他已经浑身湿透，狼狈极了，伸手道："银牌。"

回鹘人拍了几下巴掌，赞道："跳得好。"在袖子里一掏，又浑身一摸，露出无奈的表情，"告身给我那朋友摸走了。"

芒赞忙往人群里一扫，紫髯胡奴早不见踪影了。他顿时大怒，当街把刀拔出来："亮兵器，我和你比试，生死不论。"

回鹘人笑着摇头："生死不论这种话，从一个光溜溜的男人嘴里说出来，也没有那么吓人嘛。"

芒赞慢慢将回鹘人又打量一番，醒悟了，脸色变得铁青："你是李灵钧，还是皇甫佶？"

回鹘人将黄发和络腮胡都扯了下来，正是皇甫佶。他也从棋盘底下拔刀出来，像青松般屹立着。知道芒赞在记恨梨园那一仗，他打定主意要和芒赞光明正大地比一场，叫芒赞说不出话来："男人的仇,在女人身上报,不算好汉,你不是要找我吗?来吧!"

波斯邸楼上,皇甫南拨起帘幔,见大槐树下,芒赞的刀被皇甫佶击落。她轻轻一笑,快步跑下楼,绕到侧门,刚要闪身出去,却脚步一滞。

阿普笃慕走了出来,横刀挡住皇甫南的去路。他从南衙溜出来的,穿着暗花织锦的翻领白袍,黑色幞头,耳朵上的珊瑚串儿取下来了,比起在碧鸡山那副狼狈逃窜的样子,现在可斯文潇洒多了。

皇甫南下意识摸了摸嘴边的短髯,稳住身形没有后退。

阿普笃慕得意地一笑,说:"你们有句话,螳螂捕蝉,黄雀在后,你说,谁是黄雀?"

皇甫南急忙转身,阿普笃慕脚步飞快地一动,又把她拦住了。他伸出手:"银牌拿来。"

"什么银牌?"皇甫南瞪他一眼,把眼前的手挥开。

阿普笃慕却立即将手伸进了她的囊袋,动作又快又准。

眼见囊袋要被他拽走,皇甫南心里一急,隔着袖子就要咬,却被他左手把下颌捏住了,右手把囊袋里的银牌摸了出来。

"软绵绵的,一点力气也没有。"他嘲笑了她一句,把银牌在手上掂了掂,揣进怀里,还顺手把她嘴边的短髯撕掉了。

皇甫南一生气就忍不住咬嘴唇,这是自小的习惯——近在咫尺地盯了她一瞬,阿普笃慕把她推开了。

抑制住勃然的怒气，皇甫南冷笑道："和西蕃人混在一起，你活得不耐烦了。"

阿普笃慕漫不经心："你去跟蜀王的儿子告状好了。"

皇甫南一跺脚，转身就走。

阿普笃慕望着她的背影——他无数次想开口，又竭力忍住了，但躺在榻上时，又整夜地翻来覆去。

终究不甘心，他追上去急声道："你跟谁走的？皇甫佶还是李灵钧？"

见皇甫南沉默不语，他又往她身后走近一步，歪头看着她的侧脸，声音轻了，带了点质问和埋怨："你现在跟李灵钧好吗？"

"你胡说什么？"皇甫南轻叱，蹙眉睨了他一眼。那是一种疏离的眼神，好似根本没有认出他来。

"怪人。"她嘀咕了一句，见皇甫佶和芒赞前后走进邸店，毫不留情地推了阿普笃慕一把，将脑袋一低，从侧门跑了出去。

（六）

皇甫达奚站在龙尾道上，望着碧瓦般的天空发呆。

自圣武朝起，这场仗已经断断续续打了二十多年，终于能够喘口气了，却还有那些小人使出各种鬼蜮伎俩，把一件原本该额手称庆的事情搞得一波三折……

"相公，歇会儿吗？"后头的绿袍小官殷勤地搀扶了他一把。

"啊，不用。"皇甫达奚这才惊觉自己在龙尾道上停滞太久，把后头朝臣的队伍都给压住了。

当初太子被废，御史台历数其百来条罪状，其中就有一条：每次上朝经过龙尾道，总是左顾右盼，反复踯躅，显出一种"睥睨凶逆"的仪态——皇甫达奚一惊，忙拎起袍子，躬身垂首，提着一口气爬上含元殿。

朝堂上，皇帝问起了崇济寺案。大理寺卿仓促地步出了百官的行列，答道："已经查实了，法空身无外伤，确实是寿终正寝。"

皇帝有些不耐烦："法空是老死的，那他身上那些乱七八糟的图画，也是他自己抹的吗？"

大理寺卿一窒。这案子棘手，事涉两国关系，查也不是，不查也不是，这恶作剧的人，简直可恨至极。被皇帝一逼问，他慌了，嗫嚅道："这一节尚未查实，但坊间流传是幸饶米沃画的……"

幸饶米沃是西蕃人信奉的黑教祖神。

皇甫达奚心想：蠢东西！

他使劲咳了一声，打断大理寺卿："既然未经查实，就不要乱猜了。朝堂之上，勿语怪力乱神！"

"是。"大理寺卿战战兢兢地退了回去。

皇帝却不肯放过："坊间这么传是什么意思？"他眉头锁紧，

质问大理寺卿,"朕赐佛宝,选派高僧到西蕃传授佛法,难道得罪了西蕃百姓和他们的祖先,要引致神灵降罪?"

大理寺卿冷汗涔涔,"扑通"一声跪倒在地,不断叩首:"臣再查,再查。"

又有朝臣自队伍里奔了出来:"陛下,法空遗容受损,并非鬼神,而是人为。前段时间皇甫相公家的女眷出游,在城外被西蕃人所掳。之后碧鸡山突然又起山火,武侯事后查验,御苑里还有未燃尽的火绒,更说明并非天灾,而是人祸。西蕃人假借议和之名屡屡挑衅,恐怕意在积石河城,陛下不得不防!"

"胡说、胡说,"司天监也不甘示弱地跪倒在御座前,"碧鸡山的山火确实是天雷所致。山火前夜,司天台夜观星象,陇西方向有白气经天,此乃妖星,叫作蚩尤旗,天下将再生兵灾,没有兵灾,也有大丧。陛下要速速停战,让百姓安居乐业,休养生息,还要斋戒祭天,才能消弭灾祸呀!"

皇帝的脸色也变了:"不是兵灾,就是大丧?你是说,朕要死了吗?"

"呃,臣不敢……"司天监也知道说错了话,忙把司天台记录的册子呈给皇帝,"但妖星现世确有其事,史书上也有记载。陛下,今年不宜再动兵戈啊!"

"咝。"皇帝痛苦地按住额角,群臣都不敢再吱声。

半晌，皇帝疲惫地挥了挥手："再说吧。"从御座上起了身，他又想起什么来，对皇甫达奚道，"你的六子在鄂国公帐下，听说常和西蕃人打交道？叫他来见朕。"

皇甫达奚有些迷惑："他年轻无知，并不懂……"

"你们这些人就是太懂了。"皇帝斥道，"朕正想找个不懂事的人，听听他怎么说。"

"是。"皇甫达奚挤在一群朱紫袍服中，心事重重地出了含元殿，往政事堂走去。

内侍早已把皇甫佶叫了来，李灵钧则穿着禁卫服，站在月华门下往这边张望。

众目睽睽之下，皇甫达奚并没有对李灵钧表现得很热络，只把皇甫佶叫到一旁，冷着脸嘱咐道："陛下已经打定了主意要议和，到了御前，你可不要把鄂国公那一套又搬出来。朝政你不懂，就聪明点，多听，少说！"

皇甫佶乖乖地答道："知道了。"

"要是说错了话，小心我打掉你的狗头！"皇甫达奚乜他一眼，"去吧。"

到底牵挂着年幼的儿子，在政事堂时，皇甫达奚也时不时撇下叽叽喳喳的朝臣们走到堂外望一眼，总算等到一个黄衣内侍一溜小跑地来了。

"皇甫小郎君回仗院了,叫奴来跟相公禀报。"

算他有心。

皇甫达奚微笑着捋了捋胡子:"陛下都问了他什么?"

"郎君说,陛下先问了疏勒、焉耆等镇的兵力,"内侍面露不解,"之后,陛下又问了许多鬼神之事。"

"鬼神之事?"皇甫达奚心里一沉,对内侍道,"知道了,你去吧。"

皇帝心性甚谨密,老了也不至于太昏聩,但心思已经全然不在朝政上了。即使这样,也不肯将朝政交给储君吗?

皇甫达奚手下一重,把胡须也揪掉了几根,让他心痛无比。

皇甫偡和李灵钧并肩走着。李灵钧颇有分寸,没有去打听皇帝的心思,皇甫偡也不提。在北衙这段时间,李灵钧褪去了少年时秀致的容貌,晒黑了一点,肩膀也宽了,负手微笑时,已经有了种少年将领的气势。

出了宫墙,经过金吾卫仗院,院门大敞,里头有马蹄踏地的声音,还有箭支破空的锐鸣。二人好奇地张望了一下,见一群南衙侍卫正在比试骑射,倒也不算剑拔弩张,还有说有笑的。

李灵钧驻足看了一会儿,忽然问道:"那个人的箭术,跟你比起来,谁更强一点?"

他盯的是阿普笃慕。

皇甫佶在南衙也会和阿普笃慕狭路相逢，对方都是一副若无其事的样子，偶尔还跟他点个头，拍个肩膀。

皇甫佶眼神也有点复杂，望着阿普笃慕在马上张弓的身影，老实地说："说不上来。"

"哦？"李灵钧脸色淡了，摩挲着悬在腰间的刀柄，那上头鲜艳的五色缕还在随着他的脚步微微飘动。皇甫佶可不是个妄自菲薄的人，这样说，起码两个人在伯仲之间。

他"哼"了一声："他胆子很大。"

"走吧。"见阿普笃慕敏锐地转过头来，皇甫佶将李灵钧的胳膊一拽。二人走过御街，接过僮仆手里的马缰，并辔出了宫城。

途经波斯邸对面的乐棚，棚里在斗鸡，人头涌动。皇甫佶想到了芒赞。看今天皇甫达奚拉长的老脸，他猜自己和芒赞当街斗殴的事情已经传进了皇甫达奚的耳朵，今晚估计又逃不了一顿罚，皇甫南最近也不怎么高兴……皇甫佶有点心烦。

不如回鄢州。他心里想着，深深吸了口气。

"翁师傅？"李灵钧意外地叫了一声，跳下马，从人堆里揪住一个衣领，把那个戴幞头穿青袍的人拽了出来。

对方才看中了一只青翎铁爪的鸡王，还没来得及下注，不耐烦地转过头来，顿时眉头舒展，推开李灵钧的手，掸了掸衣襟，笑道：

"灵钧小郎君，别来无恙？"

"翁师傅。"皇甫佶也很意外在京都见到翁公孺，对他拱了拱手，再没有了话。他牵着马，把头扭到了一旁。

"翁师傅，是薛相公命你进京的吗？"李灵钧问。

"不是……"翁公孺有点窘迫，瞟了一眼皇甫佶，索性说了出来，"我因为在差事上出了点差错，前年就叫鄂公免职了，本想赴京再参加明经，不过嘛，呵呵……"

李灵钧懂了，翁公孺做功曹参军，如果说出了差错，莫过于徇私贪墨之类，他在陇右多年，京都也没什么权贵可倚仗，要参加明经，简直是试图海里捞金，机会渺茫，怨不得他窘迫，皇甫佶冷淡。

李灵钧不以为意地一笑，说："翁师傅，你有旷世之才，还用得着考科举吗？等我给父亲修书一封，请他在京都替你谋个职，不知道你愿不愿意？"

翁公孺暗喜，表面却略一踌躇才矜持地说道："这样也好，麻烦郎君了。"

李灵钧看他的样子，估计也是囊中羞涩："翁师傅去蜀王府下榻吧，正好我有事请教你。"

"多谢。"翁公孺也不客气，将李灵钧的服色一端详，"郎君在御前很得陛下的器重吧？"

李灵钧将乌鞭的柄在掌心拍打着，笑道："陛下叫我领了一支飞骑。"

"禁军吗？恭喜郎君……"翁公孺停顿了一下，欲言又止。

一直沉默的皇甫佶突然勒住了马缰："我先回家了。"他同翁公孺彬彬有礼地拱了拱手，掉转马头，往皇甫家的方向而去。

"六郎性子直，翁师傅不要见怪。"李灵钧见翁公孺望着皇甫佶的背影，替他婉言了一句。

翁公孺摇头："皇甫佶可不笨，我做过他几年的师父，郎君不要小看了他。"他也骑上马，转过头来对李灵钧淡淡一笑，"郎君还记得当年我去益州谒见蜀王吗？我正是因为私下结交蜀王才得罪了鄂公，搞得现在如同丧家之犬。"他盯着李灵钧，"郎君现在年纪还小，可以和他交朋友，以后你们也不是没有可能兵戈相见呀。"

李灵钧脸沉了下来，垂着头把鞭子在胳膊上缠了几道，终于露出微笑："这个我懂得。翁师傅，外头人多眼杂，咱们回去细说。"

回到蜀王府，翁公孺舒舒服服地洗了个澡，等婢女退下后，他环顾四周的彩槛雕楹、银屏翠帷，想起当年益州之行，还真有点感慨。稍坐了一会儿，不见李灵钧来，他想，这郎君倒沉得住气，便重新挽起发髻，寻到了中堂，见李灵钧正对着远处的箭靶微微眯起双眼，将弓弦绷得极紧。

翁公孺暗自一笑，心想：真是本性难移。

等李灵钧一箭正中靶心，在旁边观战的翁公孺喝了一声彩后才说："在北衙领兵，可要小心了。"

李灵钧不置可否地"哦"了一声。

"在御前行走，有些事，当时你只以为寻常，事后察觉真相，往往让人惊出一身冷汗哪。"翁公孺年龄不大，对宫廷秘闻却是了如指掌。

见李灵钧果然来了兴趣，略微侧过头来，是聆听的姿势，翁公孺又接着说："昭德十三年废太子，那时郎君还小，没有听蜀王说过内情吧？当时也不过是朝臣进宫谒见时，发现监门卫换了几张陌生的面孔，陛下当机立断，悄悄将监门卫将军拿下，又派北衙禁军连夜包围了几位宰执的府邸，软禁了一半的京官，次日当朝宣布废太子，才不至于引得朝野大乱。"

李灵钧想象着那一夜的腥风血雨，不禁把弓也握紧了。

翁公孺把射偏的箭拾回来，呈给李灵钧，说："陛下是不信任南衙的卫府军的，你进北衙，是好事，可又焉知陛下不是以此来考验蜀王殿下呢？"

李灵钧又抽出一支箭，瞄着箭靶，沉声道："我知道，伴君如伴虎，陛下多疑，但废太子有凶逆之举，也怨不得陛下。"

"冰冻三尺，非一日之寒啊。"翁公孺叹息了一声，"那揭发监门卫叛乱的朝臣你当是谁？就是梁国公。也幸得他参与废黜太子有功，才免除了受段平案的牵连。"

"段平？"李灵钧的心一跳。

翁公孺睨他："段平曾经就是南衙卫府的将领，郎君知道吗？"

李灵钧放下了弓箭，目不转睛地看着翁公孺。

翁公孺得意地笑了，他也蓄了胡须，仍是一张精悍狡诈的脸："你从小就好奇吧？废太子案在大理寺和刑狱的卷宗里是找不到只言片语的，你就是跑断腿也问不出究竟，只有蜀王、鄂公这些人身边的亲信才知道零星的内情。"

他那副表情很有卖弄的意思，李灵钧觉得这人有点讨厌，忍着脾气笑道："我是很好奇，翁师傅，能据实以告吗？"

翁公孺却顾左右而言他："今天看见皇甫佶，叫我想起了皇甫……南吧？那位小娘子，许配了哪家？"

李灵钧轻咳一声："她还没许配人家。"

翁公孺暗暗观察李灵钧的神情，顿觉麻烦来了，口气也不怎么好："年纪也不小了，怎么还不嫁人？"

李灵钧皱眉催促："翁师傅，还没讲段平的事呢。"

"这……"翁公孺眼睛一翻，拈了拈短髯，"郎君，要是我告诉你，你能保证不传入第三人的耳中吗？"

李灵钧望着他沉吟了一会儿，回道："好，我答应你。"

"那你仔细听我讲。"翁公孺凑过来，声音低了。

李灵钧接过御赐的禳毒酒，抿了一口，乘人不备，把剩下的大半瓯都倒在了袖子里。

他酒量不好，酒液刚入喉，脸上就泛了红，引来许多宫婢侧目。

"谢陛下。"他混在禁军中胡乱谢了恩，然后装作踉踉跄跄的样子，挤过聚饮歌舞的人群，离开紫云殿。

芙蓉苑在昭德初年时御赐给了东宫，自太子被废黜后，这座宫苑就闲置了。皇帝偶尔驾幸，随扈的武备也并不怎么严密。李灵钧一路出了苑门，这会儿刚自小暑入伏，是农闲的时候，御街边的槐树下有人摇着蒲扇，懒懒散散地躺着乘凉。

找到曲江畔，李灵钧看见了皇甫家的凉棚。今天是满朝休沐的日子，皇甫佶嘴里叼着草，席地而卧，旁边是十来个家里的兄弟。瞥见李灵钧的身影，他坐起身，似乎要来迎，可随后又改了主意，一声不吭地卧了回去。他似乎笑了一下，那笑容还有点惬意。

翁公孺那番话在李灵钧心里留下的阴影稍微淡了，他也咧嘴对皇甫佶一笑，钻进莲池深处。

碧波荡漾，花杆窸窣地摇动着，偶尔有小舟露个角，又划走了。李灵钧张望了一会儿，学皇甫佶叫了声"九妹"。须臾，水声潺潺，有张脸从花叶的缝隙钻出来，是绿岫，随后红芍也探出了脑袋。

两人没有应声，只相视一笑，把头扭过去，轻声道："是蜀王府的三郎。"

"怎么是他？"这声音清脆柔和，有点诧异，有点慵懒，显得不大尊敬。

李灵钧却听得心神一荡，索性解下刀来，蹲坐在池畔，笑道："六郎在凉棚底下打盹儿。这里没别人，你躲起来干什么？"

"谁躲了？"话音未落，有双手拨开碧卷的荷叶，小舟慢悠悠地往岸边靠了过来。

李灵钧看清了，皇甫南穿白绢小袖衫、黄罗银泥裙，手里拿着个捞鱼网子，绿岫捧钵，红芍摇橹，几枝粉紫的藕花随便放在船头。

昨天夜里皇帝往莲池里放生了一千尾红鲤，皇甫南来得晚了，只捞着两条。她有点气馁，埋怨道："刚才有一条都进网子里了，被你一喊，又逃走了。"

"不就是鱼吗？"李灵钧作势要脱靴，"我跳下去捞十条八条赔给你。"

皇甫南也不阻拦，折下一片荷叶当扇子慢慢扇着，微笑看着他。

李灵钧这话纯属兴之所至，其实他根本不习水性。把靴子在池畔磕了磕，他又穿上了，笑道："算了，我还是去叫几个飞骑的人来把这些花和叶子全拔掉，让你随便捞，怎么样？"

皇甫南嘴微微一撇："这种煞风景的事，还是别招人骂了。"她的嗅觉极其灵敏，察觉李灵钧呼吸间还有淡淡的酒气，便吩咐红芍把一个三彩双鱼榼抱过来，倒了半瓯饮子给他。

李灵钧不假思索,一口就喝了:"嘴里凉凉的,这是什么?"

"枸杞饮子,有薄荷和金银花。"

李灵钧道了谢,皇甫南伸手来接瓯子。李灵钧见她绢袖松松地挽到胳膊上,袖管里幽幽吐芳,额头还有点细汗,头发是梳的低鬟,鬓边一只金梳篦,上头嵌着莹莹澄澈光华流转的猫眼石,更衬得双眸明亮。他目光随意在荷池一掠:"风景是不错,嗯,让我想起一句诗。"他一顿,望着皇甫南笑道,"美人一双闲且都,朱唇翠眉映明矑。"

皇甫南惊讶地左右一看:"美人一双?哪里有一双?"她将绿岫和红芍一指,"是她俩吗?"

绿岫和红芍吃吃笑着,背过身去把头凑到一起,佯装在船尾看风景。

李灵钧也摘了片荷叶扇着,酒后的醉红已经退了,他的面孔被蔽日的荷叶映衬得颇显俊秀。他想了一会儿,说:"还有一句,你听好了。"他慢慢吟道,"属玉双飞水满塘,菰蒲深处浴鸳鸯。"怕皇甫南又要嘲笑,他随即将池畔啄食菰米的两只杂毛鸭子一指,"那不就是一对鸳鸯?我没说错吧?"

皇甫南定睛一看,"扑哧"笑出声:"哪是鸳鸯,根本就是旱鸭子。"

李灵钧也不和她争辩:"好吧,两只旱鸭子,你一只,我一只。"

皇甫南在船里随意挽了一下鬓发，没有反驳。

"听说皇甫家想和荥阳郑家结亲？"李灵钧打量着她，有点好奇和探究，"是娶……还是嫁？"

"这种事我怎么能知道？"皇甫南不大在乎的语气，瞥了他一眼，"家里有六兄八姊十妹，年纪都相当，谁都有可能。你想知道，去问伯父嘛。"

李灵钧无奈："我怕去了，被皇甫相公用大棒子打出来。"他的目光在皇甫南脸上盘旋了一会儿，没看出端倪，只好将话题转开，鼻子嗅了嗅，"你熏的什么香？我在母亲那儿也没闻到过。"

"崔婕妤赐的蔷薇露。"皇甫南留意着李灵钧的神色，见他不以为意，准备再要开口时，听见脚步声响。

是皇甫佶走了过来，李灵钧脸色端正了，拂着袍子起身。

皇甫佶走近，目光往船里一扫，然后往莲池另一头抬了抬下巴，示意李灵钧看过去："有几个南衙的人过来了。"

说笑声近了，是随扈的禁卫。

李灵钧一眼就看见了阿普笃慕和旁人勾肩搭背的，他皱起了眉——这些人刚在紫云殿饮了酒，一群少年侍卫，醉酒打架闹事，往池里溺尿的都有。李灵钧有点不高兴，抓起刀，和皇甫佶一前一后地走过去，喝道："这里有皇甫相公家的女眷，你们离远一点。"

南衙翊卫都是官宦子弟，对李灵钧这个皇孙还是有些忌惮。阿

185

普笃慕却莫名执拗起来，谁也拉不住："我要洗把脸。"

听到那个声音，皇甫南一怔，不及细想，忙用荷叶遮住了脸，跟红芍轻声道："咱们快划走吧，去找八姊。"

红芍把小舟荡回池子深处，听岸边闹哄哄的，已经斗起嘴来。绿岫好奇，小心地撑着船帮，起身张望了几眼。

"扑通"一声，船头被砸得水花四溅，三人慌忙探身看去。

"好像是咱们在庙里收留的那个人，他的刀被三郎撞飞，落进水里了。"对阿普笃慕这个少言寡语的南蛮印象深刻，绿岫满心惊讶地往对岸望着，"娘子，他会不会淹死呀？"

皇甫南冷冷道："别管他。"

被皇甫南一催促，愣神的红芍又拾起双橹，才摇两下，周围碧叶猛然一晃，船身也随之一荡，皇甫南险些跌倒在船里。水声"哗啦"轻响，有张脸从水里钻了出来，漆黑的眉眼上挂满了滚动的水珠。阿普笃慕扶在船舷上的手一推，扁舟被池水摇曳着漂远了一点。他抓着从淤泥里摸出来的刀，微微喘着气。

绿岫吓了一跳，怕他即刻要变水鬼，忙扑到船尾，叫道："这水很深，你赶快往岸上游。"还把红芍的橹抢过来，伸出去给他做援手。

皇甫南的绿纱帔子像团水草，轻盈地漂浮在水面上。阿普笃慕把它拂开了，没有去抓绿岫的橹，只是抹了把脸上的水，然后用那种诘责似的倔强眼神盯了皇甫南一会儿，慢慢倒退，转身游走了。

到了岸边，阿普笃慕一屁股坐在地上，把外袍脱下来拧干。中衣湿漉漉地贴在身上，显出了他挺直的脊梁和劲瘦的腰身。他才要抓着刀起身，一个雪亮的刃尖对准了他的胸口。

阿普笃慕抬头，对上了李灵钧的脸。

李灵钧拧着眉，是种被冒犯的傲然表情："你大胆。"

阿普笃慕毫不退缩地瞪着他，反问："我怎么啦？"

李灵钧知道他也是从紫云殿偷溜出来的，蛮横地说："你敢在芙蓉苑到处乱走，冲撞乘舆，喧哗宫禁？"

"你能来，我不能来？"阿普笃慕眼睛翻了一下，对朝廷的弯弯绕绕竟然很懂，"芙蓉苑不是陛下赐给东宫的吗？什么时候成了蜀王府的私产？"

李灵钧心中一凛，脸上浮起微笑："当然不是我的私产，但这是汉庭皇室的地盘，我自姓李，你姓什么？"

"我没有姓。"阿普笃慕冷冷地撇下一句，推开李灵钧的刀尖，起身就走。

李灵钧凝视着阿普笃慕的背影，把刀送回刀鞘。他能感觉这个人对自己有种没来由的敌意，在皇帝面前的恭谨大概也只是表面功夫。琢磨了半晌，他转身问皇甫佶："要是西蕃勾结乌蛮，鄂国公有什么良策吗？"

皇甫佶见皇甫南三人已经离船上岸，回到凉棚里去了，他也收起兵器，慢慢往前走着，说："分而治之，先内后外，先稳后攻，先弱后强。"

在皇甫家的凉棚里盘桓了半晌，等到日暮，要打道回府了，李灵钧拉住皇甫佶："我送你。"

皇甫佶知道他向来没有这样的热情，根本是醉翁之意不在酒，也就默许了。皇甫南的青壁车在队尾，两人也并辔在车旁，慢慢悠悠跟着。

"赤都的告身找到了，从礼宾院放了出来。"李灵钧甩着鞭子。

"哦？"皇甫佶含混地应了一声。知道皇甫南隔着车壁在听，他心里也在揣摩，皇甫南最近的异状是跟阿普笃慕有关吗？

"陛下还是决定要议和，所以法空的案子也就草草结了。"

早在那日御前应对，皇甫佶就猜到了，此刻听了这话也不惊讶，只是鄂国公知道怕会大失所望。他问："那碧鸡山山火的事？"

"陛下听了司天监的话，要去明德门外祭天。"李灵钧对皇甫佶说着，心思却飘到了皇甫南身上。望着车壁犹豫了会儿，他把目光移开，淡淡道："陛下近来常神思不属，早就有意飨天地神祇，以报夙心了。"

皇甫佶对鬼神之事不以为然，也就没有作声。

皇甫家的乌头门在望了，李灵钧从沉思中惊醒，正要告辞，车上的竹帘忽然卷了起来，露出皇甫南的脸："等等。"

她那双眼是望着李灵钧的。皇甫佶稍一顿，催马疾行，径自往家去了。李灵钧一怔，缓缓来到皇甫南面前，感觉她发鬓和领口的香气简直催人欲醉。

"崔婕妤……"皇甫南一开口，让李灵钧意想不到。

她斟酌了一下才又说："她那里有许多西域来的珍奇，我在皇后和王妃殿里都没有见过。"她对李灵钧略微颔首，"小心她勾结外臣，在陛下面前进谗言。"

"哪个外臣？"李灵钧眉头如利剑，追问了一句。

皇甫南和李灵钧目光一撞——会是西蕃人吗？还是……

这话说出来要横生多少波澜？她谨慎地摇摇头，露出迷惑的表情："我也不知道。"

（七）

阿普笃慕挤在禁卫中，出了明德门南两里，随皇帝在圜丘祭天。

每年冬至伏日两次祭礼，阵仗非常浩大，除本朝百官外，各邦使臣们也被鸿胪卿带领着在坛外观礼。

阿普笃慕瞟见了芒赞。

自从赤都卷入崇济寺案，自己比试武艺又败给了皇甫佶后，芒赞就安分多了。他在人群里百无聊赖地站着，碰到阿普笃慕的视线。阿普笃慕还对他挑了挑眉，那是质问的意思——皇帝给予阿普笃慕的格外青睐和恩遇让西蕃人感到了威胁。

阿普笃慕没有理会芒赞，把目光移开了。天上没有一丝风，恢宏的礼乐奏了起来，把聒噪的蝉鸣都盖过了。阿普笃慕不再担心皇帝突然问话，尽情地琢磨起自己的心事。

眼前又出现了那片莲池，粉紫带露的藕花，浓绿水草似的帔子缠在白玉似的手臂上……

黄色的衮衣微微一动，是皇帝走下了御幄，阿普笃慕立即收敛起思绪。周围卫士们的朱袍革带和班刀仪剑互相擦挨着，骑马列队，浩荡逶迤地通过了明德门。

沿朱雀大道进了内城，经过务本坊，皇帝叩了叩扶手，叫车舆停下。他侧耳聆听着登歌的乐音，饶有兴致地问："国子监也在办释奠礼吗？"

听到内侍答"是"，皇帝又转而问阿普笃慕："你在国子学两年，参加过释奠吗？"

释奠是汉人儒生拜孔子，还要延请有名气的道士和沙门凑在一起辩论经义，阿普笃慕只觉得像千百只苍蝇聚集，吵得人耳朵"嗡嗡"响。他诚实地摇头，说："臣那时汉文还不好，听不大懂，只远远地瞧过几眼。"

"去国子学看看。"

皇帝下令,车舆便往东拐进了国子监的大门。上百儒僧道名士"呼啦"一下跪伏在地,齐声呼唤"陛下"。皇帝自崇济寺案后就阴云密布的脸上总算有了点欣慰的意思,见京兆府和内教坊的人鱼贯出入,都在忙着预备饭食和乐舞,便转身登上台阶:"找个清静地方坐一坐。"

皇帝礼佛,孔庙旁也有一座小小的佛堂,刺目的日光被门扉挡在外头。刚一踏进堂内,皇帝微笑的脸色陡然黯淡下来,从僧人手里接过香,凝望着帷幄后眉眼低垂的塑像,呢喃道:"佛祖慈悲,恕我罪过。"然后将香插入铜炉,深深地拜了下去。

比起此时的恭谨,皇帝在圜丘祭天时的神态就显得敷衍了。

奉过香后,皇帝在堂上稍作歇息,目光在随侍的众人中一睃,问道:"芒赞在哪里?"

"拜见陛下。"芒赞被内侍领进来,叩了首,有些茫然地起身。

"我前段时间听皇甫佶讲了一些西蕃的风俗,"皇帝徐徐开口,很和气,可芒赞暗自警惕起来,屏气凝神,"黑教的教义虽然和汉人的儒、僧、道三教都不同,但细究起来也有些道理。"

芒赞疑惑地应了一声"是",见皇帝没有问罪的意思,又补充道:"苯教国土,君臣贤惠,庶民安宁,恩情重,寿命长,行善安乐,胜神护守。"

"你听说过龙树大师和德吉桑布的故事？"皇帝没来由地问。

这故事芒赞已经耳熟能详了，他答道："曾有术士以幻术作恶，令百姓痛苦迷惑，德吉桑布化身为龙树大师指尖的大粒念珠，杀死了术士，挽救了百姓。"

皇帝对这个显然不感兴趣，迫不及待地追问："龙树大师如何教德吉桑布赎杀生之罪呢？术士虽恶，也是一条生灵嘛。"

芒赞回道："在雪域高原，有一具名为'成就者'的如意宝尸，如果把它背回来，就可以使德吉桑布增加寿命，消除杀孽，但是途中要默念密咒，才能使如意宝尸听从德吉桑布的驱使。"

"这个密咒……"

芒赞摇头："是龙树大师用密音传授给德吉桑布的，世人就不知道了。"

皇帝久久沉吟，很浅淡地一笑，掩饰失望似的。他又转向阿普笃慕："我听说乌蠻的毕摩会念一种指路经，也类似于驱鬼之术。"

阿普笃慕正在揣摩皇帝的心思，闻言便接过话来："是招魂，替鬼魂指点认祖归宗的道路。有的毕摩也会驱使亡灵披甲执戟，扬鞭策马，就是戏里说的阴兵。"

"毕摩只会指乌蠻的路吗？如果京都有迷途的亡灵，能替他们指明阴路，把它们都驱赶出去吗？"

"这个臣也说不好。"

皇帝没再深究："你也信佛吗？对了，你那个兄长，阿苏拉则，他在佛寺里修行，你应该也信佛。"

听到阿苏拉则的名字，阿普笃慕掩饰着诧异："是，乌爨人信阿嵯耶。"

"阿嵯耶也就是汉人说的观音菩萨。"皇帝对各种语言的佛经都很精通，闲适地负起手在廊下踱步。

务本坊清静，国子监隔壁就是进奏院和水泽禅院。皇帝往墙那头指了指，扭头对阿普笃慕说道："水泽禅院有观音道场，你听不懂汉人的经义，可以去转一转。"

"谢陛下。"

皇帝似不经意又提了起来："朕想要封阿苏拉则为国师，进京传授佛法，有什么办法能把他召来吗？"

阿普笃慕的心狠狠一沉，攥紧了手心，笼统地应承道："臣写信问问父亲。"

"外失辅车唇齿之援，内有毛羽零落之渐，做这个天子，和孤鸿寡鹄有什么区别呢？"皇帝的声音低沉轻微到让人简直听不清，他的目光穿过嘈杂的人群，仿佛在望着如烟尘般缥缈的往事，"如果阿苏拉则的指路经真的能让亡灵安息，那我晚上也就能安枕了。"

阿普笃慕"哐"的一声把刀掼到地上，跪在皇帝面前："陛下是挂念故人，晚上才不能安枕吗？"

皇帝有些飘忽的眼神垂下来，望着他："不错，朕也有不得不分离的故人……"

阿普笃慕脸上是一种少年人未经世事的纯澈和坚定："智者知幻即离！陛下精通佛理，怎么参不透？臣小时候养了只老虎，是很要好很要好的玩伴，后来它走丢了，我怎么都找不到，我以为自己要伤心一辈子，可后来阿塔又替我捉了只豹子，才不到三个月，我就把老虎忘了个一干二净。"他神情很疑惑，"陛下无所不有，怎么还要为过去事过去人而伤心？牵挂你的人，当然希望你天天都高兴，随便就离开你的人，也不值得为了他伤心！"

"我像你这么年轻的时候，也以为自己无所不有，岂知衣不如新，人不如故哪……"皇帝慨叹了一声，也不再在这个话题上盘桓，叫阿普笃慕起来，往台上看去，"热闹起来了。"

皇帝的心情终于畅快了点，外头彩袖翻飞，排起了六佾舞，内教坊的伶人也演起了最拿手的把戏，扛鼎爬竿，舞剑跳丸，瞧得人眼花缭乱。人们忘了礼仪，急着往前凑，阿普笃慕的肩膀忽然被人撞了一下，是芒赞。

芒赞故意落在了人后，脸对着台上，低低的嗓音却传进了阿普笃慕的耳朵，是一种幸灾乐祸的语气："一个质子还不够，你们甘愿整个乌爨都被人捏在手心吗？"

阿普笃慕眼尾平静地将他一瞥："你不看戏？"

一个梳小髻、绑抹额的红影子，双脚在绳索上轻轻一点，就颤颤巍巍地登上了幢顶，一连翻了十几个惊险到让人骇叫的跟头，然后展开双臂，像只轻盈的燕儿稳稳落在地上。在群臣的惊呼声中，她奔到廊下，投入了皇帝的怀抱，笑道："陛下恕罪。"

崔婕妤是内教坊出身，多年没见过她演杂技了，皇帝在诧异之余被柔软的身躯依偎着，也不好摆出一张冷脸，只能拍拍她的肩膀，说："不要胡闹。"

崔婕妤的笑颜明艳得耀目："皇后在芙蓉苑赏花，我望见陛下的车舆，就溜了过来。"当着群臣的面，她悄悄牵起皇帝的手往殿里走，"陛下说要教我写字，怎么最近一直不来？"那声音里带着幽怨和娇嗔，"人不如故，那为什么陛下让新来的波斯美人绊住了脚？"

侍从们退了出来，挎刀执戟，在廊下守着。皇帝和崔婕妤在殿内待的时间久了，群臣和伶人们也就知趣地散了。

日影悄然移动，阿普笃慕直挺挺地站着，心里在想阿苏拉则，眉头渐渐皱起。有环佩叮当，他余光往殿门口一扫，又看见了皇甫南。总在崔婕妤的身边看见她。宰相家的女儿也要进宫当婢女吗？还是她为了来和李灵钧私会？

再盯着她看，就露行迹了。阿普笃慕默默地把目光移开。

崔婕妤吩咐宫婢们送冰山和饮子给廊下的侍卫们，刚才还幽怨

的嗓音瞬间又变得快活了，还带了点慵懒的暗哑。

跟崔氏比起来，皇甫南的声音很清澈，还透着点甜。她的话不多，偶尔吐出一两个字，很小心谨慎。

冰山被摆在了廊下，还冒着森森的白气，乌梅饮子也有，但没分到他手上，皇甫南就抱着银壶走了。

"我怎么没有？"阿普笃慕鲁莽地质问了一句。

"没有了。"皇甫南瞥他一眼，理直气壮的，还给他摇了摇银壶，里头是空的。然后她就回殿里躲阴凉去了，没再露面。

阿普笃慕进翊卫没几个月，还不习惯穿着厚重的绢甲，木头桩子似的站着。乌爨丛林遍布也没有这样燥热。他有些不耐烦起来，但换岗的时候，他坚持着没有动——他要看看是不是那么巧，李灵钧也"刚好"来了国子监。

"陛下，三牲备好了。"胡子花白的国子祭酒亲自来了殿外，扯着嗓子喊了一句，要正式献祭了。

阿普笃慕的思绪被打乱了，他转过身，见妖娆的崔婕妤还像没骨头似的贴在皇帝身上，根本没理会祭酒老头话音里的不满。

阿普笃慕也趁这个机会审视了皇甫南。她今天在御前也没有打扮得很显眼，轻薄的花缬肉色衫子，烟粉色绫裙垂委在地，挽着简单的双髻，只别了一把碧玉钗，像藕花似的鲜嫩。

皇甫南乖巧地垂着眸子，等崔婕妤在皇帝耳畔低语了几句，就小心翼翼地跟在她身后，自廊庑拐出了角门。

阿普笃慕把目光收回来，随驾到了祭台前。台上供着香火，还拴着一头活牛。释奠行的是太牢之礼，皇帝是不杀生的，只上过香就回御幄了。阿普笃慕却拖着步子没有马上走，他有点好奇——待反应过来后，饶是他身手敏捷，立即握住了刀柄，也没能躲开——一股腥热的牛血喷涌而出，溅了他一身。

呸，倒霉！阿普笃慕忍着嫌恶抹了把脸。

"会弹阮咸吗？"崔婕妤问。

皇甫南摇头。

隔墙的登歌乐还没歇，震着人的耳朵。水泽禅寺的庭院里泼了净水，扎了彩绢，预备皇帝来休憩和礼佛，僧人也都去了大雄宝殿侯驾。这里是一座僻静的禅院，两侧廊庑掩映着花木，门扉上有乌木匾额，錾刻着圆融雄健的"披香"两个字，看那字迹，像是皇帝御笔题的。

皇甫南折身回来，绫裙裙摆无声地拂过浅绿釉莲纹地砖。她的视线正撞上堂里的佛龛。这里供的也是银背光金阿嵯耶立像，尺寸比皇帝赐给乌爨的要稍大一些，呈女相，戴花冠，袒身，纤细袅娜的腰身上缠绕着璎珞和花结。

这样一处古朴秀雅的禅院，不应该被人冷落。

"以前韦妃在这里清修过,她死了后,就没什么人来了。"崔婕妤好像看出了皇甫南的心思,也掀起帷幄,随意四处看着。

韦妃的名字,皇甫南没听说过,应该是皇帝讳莫如深的一个人,却被崔婕妤这样轻慢地挂在嘴上。

她口无遮拦,皇甫南不接话,但听得很留神。

"没人来,你放心吧!"崔婕妤也觉得这里比芙蓉苑自在,她轻吐了口气,扯下抹额往旁边一扔,坐在榻边,鞋尖在地上点了点,有种小孩子的俏皮情态。

她妩媚的双眼又看向了皇甫南,笑吟吟地继续自说自话:"那一年,这世上还没有你呢。"

皇甫南意识到了,她说的还是韦妃。圣武朝末,西蕃人入据京都,那也是个酷暑的夏日,西蕃人不堪暑热,不到半个月就引兵退回了关外。皇帝自益州回銮后,正式将年号改为了昭德。

皇甫南是昭德二年出生,刚生下来,各罗苏就找到了姚州,跟达惹"乞骨[1]"。

"人就埋在西岭,连个像样的墓碑也没有。"皇甫南听到这句,心弦不觉绷紧,崔婕妤却疏忽了,没有留意皇甫南的表情,她的笑容淡了点,似是怜悯,"谁让她得罪了太子呢?不死也得死了。"

"太子?"皇甫南轻声重复着,盯住了崔婕妤。

---

[1] 彝族的习俗:出嫁的女性所生的女儿,多嫁回舅舅家,视作"还骨"。

"废太子。"透露了一个极大的秘密给皇甫南,崔婕妤有点自得,双眸像猫眼,异常亮,轻声细语中,她冷诮地笑起来,"所以,就病死了。"

皇甫南克制着冲动,没有极力追问,只懵懵懂懂地松了口气:"恶人伏诛,也能告慰她在天之灵吧!"

崔婕妤越发笑得花枝乱颤,仿佛皇甫南说的这话多么好笑。她用手指拂去眼角的泪,推了皇甫南一把,嗔道:"好女儿,你真会装模作样。"

似乎也在吊皇甫南的胃口,半含半露地说到这里,崔婕妤又停了。望着外头晃动的花影,她若有所思:"你说,对男人来说,到底是新人好还是旧人好?"皇帝对阿普笃慕说的那几句话伤到她了。

皇甫南也不怎么委婉地开口:"新人有一天也会变成旧人。旧人死的比活的好。"

崔婕妤忍不住笑:"你怎么不学阮咸?"她舒展着腰肢起身,"我物色过许多女子,没有你这样聪明的,你稍一调教,准能精通。"

皇甫南咀嚼着"物色"和"调教"这两个词,随口道:"我不能吃苦,只学过一点箜篌。"

"龟兹人箜篌弹得好。"崔婕妤在宫里多年,也算很博闻强识了,她捞起皇甫南的双手摩挲了一下,又放下了,"你这手指太嫩了,的确是没吃过苦。韦妃的阮咸是绝技,"她兜兜转转,又绕回了韦

妃身上，"她从益州进御以后，宫里的伶人才开始时兴用拨子[①]。"

皇甫南的眸光透过纤长的睫毛，不着痕迹地观察着崔婕好。又是那股浓郁的麝香味道逼近，皇甫南下意识地屏住了呼吸。

"苦，我在教坊里吃够了，"崔婕好轻嗤一声，"也不想再去东施效颦。"

宫婢捧着托盘进来了，有煎的滚茶，还有冰镇的乌梅饮子。

皇甫南仍旧摇头："婕好自便。"

"茶不要，饮子也不要？难道你爱喝酒？"崔婕好觉得皇甫南守礼得奇怪，想到在宫里时皇甫南对黍角和粉团都是一概不碰，突然醒悟，了然地笑起来，"怕我下毒？你对谁都这么戒备吗？"

皇甫南没再否认，微笑道："婕好恕罪。"

"是我说得太多，吓着你了？"崔婕好失了兴致，为示清白，当着皇甫南的面把一大瓯饮子痛快地喝尽。似乎等得不耐烦了，她走到门边，墙那头登歌乐仅剩余音袅袅，"释奠还没完吗？"

宫婢的声音隔着花木传过来："陛下请婕好去正殿……"

"你在这里稍等。"崔婕好把皇甫南推了回去。

大概为了取悦皇帝，崔婕好命宫婢捧了铜镜来，对着镜子仔细理了理鬓发，把乐伎的短衫袴换成了宫裙，不紧不慢地走出禅房："哟，瞧这些飞虫儿，种那么多花树，鬼气森森的……"她轻声抱

[①]弹奏弦乐器的拨片。

怨,"去拿个香炉熏一熏,皇甫娘子的皮肉嫩。"

宫婢捧着一个绿釉莲瓣的蟠龙炉进来了,点的是端午时剩的缠香,掺了碾碎的干浮萍和雄黄,味道很清淡。御驾所至的地方,这些器物都很齐全。皇甫南把目光移开了,望着银背光的阿嵯耶,她脑子里反复回想的是崔婕好那几句话,韦妃、废太子,还有段平……

渐渐地,阿嵯耶的脸变成了萨萨。萨萨的房子里也常年熏着让她浑浑噩噩的香,廊下有孔雀来回踱步,石碾子辘辘滚动,还有小朴哨赤脚踩在石板上,像一阵疾雨,"噼里啪啦"地响……

皇甫南沉重的眼皮合上了。有人把她的花缬肉色衫子解开了,碧玉钗也拔了下来。那轻盈的气息,是崔氏,还是宫婢?她嘴唇翕动了一下,呼吸渐渐平缓了。

不多久,禅房的门扉被人推开。

阿普笃慕对带路的僧人道了声谢,张望着走进来。他先看见佛龛里的阿嵯耶,目光稍一停留,又遇到了旁边的紫檀木架,上头是赤金盆,案上还有个鎏金鸳鸯纹的银匜和一盒澡豆,都是皇帝盥洗用的。阿普笃慕才不在乎僭不僭越,反手合上门,把刀往案上一放,解开沾血的侍卫袍服,刚往金盆里伸出手就一怔——盆里的水是淡淡的绯色,上头漂着一层铅粉。

有女人!

阿普笃慕一惊,一把抓起刀和袍服,抬脚就往外走,到了门边,猛然又停住了。

他有一种动物般敏锐的直觉，盯了一会儿那扇屏风，握着刀，慢慢绕到了屏风后，一眼就看见了榻上的人——这个人，化成灰他也能认得。

阿普笃慕想到了皇帝意兴阑珊的样子。经过披香殿，皇帝踌躇着改了主意，只叫阿普笃慕随便找个庑房去更衣净面，就径自走了。

阿普笃慕愣神地站着，说不上心里是什么滋味，不敢置信？恍惚？失望？他闭着眼睛摇了摇头，一咬牙，转身离开。

没走出两步，他又掉头闯了回来，把刀和袍服往旁边抛去，往榻边一坐，别过头来，面无表情地盯着皇甫南。

是阿姹，又不是阿姹。眉眼和小时候一样，还有那爱嘟起的红嘴。以前的阿姹爱耍脾气，但不是这样的冷漠傲慢，目中无人。他甚至觉得这个"皇甫南"有点让人讨厌的做作。

怒从心头起，阿普伸手，毫不留情地在皇甫南的脸上拧了一下。

黑压压的睫毛盖着眼睛，没有反应，呼吸很细匀。是睡死了，还是被迷晕了？她以前不肯承认，但他记得她爱打呼噜。

阿普粗鲁地拍了拍她的脸："喂，你等的皇帝来了。"

没有醒。

他冷冷地换了一句："你的情郎李灵钧来了！"

还不醒。

阿普顿了顿，凑到她耳畔，学着小时候那种腔调轻声叫了几遍"阿姹"，还憋着点坏笑："到龙首关啦，阿普给蛇咬死了……"

皇甫南睫毛颤动着，眉头微蹙，勉强睁开迷蒙的双眼，辨认了他一会儿。她好像要伸手推开他，却只羸弱地动了动指尖。

她的脸蛋绯红，稍一移动，就露出了玉雪似的锁骨和肩膀。阿普的眼睛没往那些地方去一下，皱起眉："笨哪，中迷香了。"

他转头，掀开蟠龙炉，把里头没燃尽的缠香倒进金盆里，回来一看，皇甫南的意识清醒了些。她朦胧的目光定在他脸上，声音还很细弱，像在梦呓："你杀人了？"

阿普才想起自己还没来得及洗脸，冷笑："我把李灵钧杀了！"

阿姹剜了他一眼。以她现在弱不胜衣的姿态，就算要发怒，也只让人觉得楚楚可怜。

阿普笃慕注视了她一会儿，淡淡一笑，用湿手在脸上随便揉了一把，给她看："是牛血，不是人血。"这一揉，脸上的血迹更显狰狞了。

皇甫南没有力气起身，也不方便起身，索性闭上了眼不理他，一副冷漠傲慢的样子。

阿普这段时间来的不甘心终于找到机会宣泄出口，他用乌爨话低声催促她："你还不承认你是阿姹？"

皇甫南装作听不懂。

阿普继续逼问:"你是被骗走的,掳走的,还是……自己愿意跟他们走的?"

皇甫南仍然倔强地不作声,阿普怒了,拽了一把她散乱的乌发:"还不说话,我把你从榻上拖下来。"

他大概是想故技重施,用小时候打架的方法威胁她。皇甫南却担心自己衣衫不整,脸越发泛起了羞愤的桃花色,迫不得已地开口:"我是……"感觉到阿普笃慕的眸光凝在她的脸上,她反倒平静了,"我是自己愿意走的。"

长久的沉默,久到让皇甫南都有些忐忑。

阿普声音迷茫:"为什么?我对你不好吗?"

皇甫南心一横,一口气说完:"我不想嫁给你,你是野人!绣面文身的野人,你背上的老虎,我一看到就讨厌!你还不爱穿鞋,用弹弓打我,给我吃毒虫,还骗我……说要送我回姚州。"瞒着段平和达惹的死讯。怕眼泪滚出来,她睁大了眼睛,狠狠瞪着他。

这些话竟然没让阿普气得跳起来。盯了她半晌,他黑浓的眉头一挑:"你早就跟我结婚了,我是低贱的野蛮人,那你是什么?"

"我是皇甫南。"皇甫南决绝地把脸转到一边。

阿普突然绽放的笑容明亮得刺目。他是变了,比小时候能忍,也比小时候多了种不动声色的镇定:"差点忘了,"他蓦地起身,在屏风外的案上翻了一通,走回来,把沾了墨的毛笔在皇甫南眼前晃了晃,"我说过,等你长大了,也要给你文,"他把笔尖凑近皇甫南的脸,"就文在脸上。"

皇甫南下意识想惊叫,又怕引来外头的僧人,只得压低了嗓音,终于有了点哀求的意思:"不要。"

阿普在她额头和脸蛋上比了比:"还是文在背上吧。"

皇甫南慌得要往里侧逃,被他一把摁住了,又将她要来抓挠的双手也制住,翻乌龟似的,轻易地捏住她的后脖颈:"文个乌龟,"他兴致盎然地骑在她身上,"不,还是文头猪。"

冰凉的笔尖碰到皮肤,皇甫南顿时瑟缩起来,徒劳地挣扎着,白雪似的肌肤微微战栗。

"阿普之猪。"写下一行歪歪斜斜的乌爨字,阿普把毛笔凑到鼻子上闻了闻,又舔了一下笔尖,拧起眉,"糟了,是乌桕叶捣的汁,这下一辈子也洗不掉了。"他故意嘟囔着跳下榻,把皇甫南的手和肩膀松开了。

皇甫南把脸埋在臂弯,一点声音也没有。

"阿姹?"阿普迟疑着。她头发很稠密,披散下来,把玲珑的肩膀和侧脸都盖住了,薄如云烟的衫裙堆在腰间。

阿普有点不自在,只能专心盯着她的后脑勺。叫阿姹没有反应,阿普又换了个名字:"皇甫南?"他声音轻了,凑到了她耳畔,"你哭了吗?"

"你滚开!"皇甫南一脚把他的刀和袍服踢得老远,刀身脱离了刀鞘,"哐"的一声砸在地上。终于攒足了力气,皇甫南飞快抓起衫子裹在身上,头发也来不及挽,夺路就要走。

阿普拽住她的胳膊,一手把她的脸掰了过来,没有眼泪。

皇甫南不肯看他,别过脸冷斥道:"滚开,南蛮!"

"乌爨给了你骨血,苍山和洱海养育了你。"阿普面色也冷了下来,双眼乌沉沉的,里头有怒火,"小阿姹,你忘了自己的根。"

"我爷娘都死了,我没有根。"皇甫南用力把他推开。

阿普没有再追上去,见皇甫南要去推门,他忽然说道:"我不是来抓你回去结婚的。你爱嫁给李灵钧还是谁,都随便,但要离皇帝远一点,他老得快入土了。"

在宫里,一个小女子势单力薄的,会被撕成碎片。

皇甫南头也不回地跑了。

皇甫南来到了水泽禅寺的后院,这里是一畦没人照看的菜园,还有口荒芜的废井。崔婕妤和宫婢坐在井口翻花绳,任繁丽的罗裙垂在野地上。

皇甫南的头发已经用碧玉钗挽了起来,花缬衫子掩着纤细洁白的肩颈,裙摆也不见一丝凌乱。

崔婕妤笑着转过头来:"这么快?"她脱口而出,随即意识到这话太粗率,掩饰似的垂头,把彩绳慢慢缠在手指上,"我刚才去瞧,你睡着了。"她似有些羡慕地微笑,"真像我以前,被逼着起早贪黑地练功,恨不得在幡顶上就睡着。"

皇甫南没再跟她拐弯抹角,也笑了笑:"陛下没有来。"

"什么?"崔婕妤显然很意外。

"婕妤是想陛下去韦妃的故地吗?"皇甫南已经明白了崔氏的意图,因此面色很平静,"陛下没有来,一个人都没有来。婕妤还觉得'故人'的力量有那么大吗?"

崔婕妤寂寥地叹了口气:"我现在也是旧人了,还是个活着的旧人……"

皇甫南只是表面镇定,实际腿还在发抖,崔婕妤看出来了,关切地扶了她一把:"小心,别栽到井里去。"

那野井里漂浮着浓绿的陈年水藻,被崔婕妤顽皮地用树枝拨弄着,像水鬼伸出来的枯手,叫人看一眼就要生畏。皇甫南把手抽了出来,恭谨的态度里多了丝疏离:"婕妤,我帮不了你。"她又淡淡说了一句,"不管新人旧人,活着总比死了好。"

"做人上人才算活着。如果过得像猪狗一样,真比死了强吗?"崔婕妤的脸上头次露出怨恨的神情,语气果决,"皇甫娘子,你帮我,不也是帮你自己?三郎背着你和别人勾勾搭搭,前面有益州长史的女儿,后面还会有鄂国公、代国公、太原郡王,皇甫家也有八

娘子、十娘子，都是皇甫相公亲生的女儿，和蜀王府结亲，轮得上你吗？"她不通文墨，但精明，一双眼直勾勾地逼视着皇甫南，"就算你俩郎有情妾有意，能成好事，可以你这样的聪明美貌，难道甘心屈居什么薛娘子、王娘子之后？何况，"她"嗤"一声，"我就算在皇后之下，也还是陛下的婕妤，蜀王府的一个小儿子，算得了什么？陛下是不会立蜀王为东宫的。"这话，她说得很坚定。

崔婕妤知道的宫廷秘闻大概比谁都多。她这些念头，又何尝不是从皇帝私下的言行中揣摩出来的？

皇甫南应对得越发小心："婕妤，蜀王，还有蜀王府的人，是意在东宫，还是愿意安心做个守土的藩王，我都……"

"都不放在心上？"崔婕妤诧异地笑了，"那你为什么和三郎来往？是因为他长得俊，会说话吗？"

皇甫南还是不肯承认："我和蜀王府的三郎只是认识，没有常来往。"

"所以说你不笨，"崔婕妤不经意露出俗气刻薄的本性，"男人，一旦得了手，你就成了他们说的敝屣，巴不得甩得远远的。"

皇甫南只能微笑。

崔婕妤把皇甫南的脸转过来，用她自己说的那样，用一种"物色猎物"的眼神审视着皇甫南，冷不丁问道："皇甫娘子，你尝过权力的滋味吗？"

皇甫南说："没有。"看她那懵懂的样子，也不怎么向往。

崔婕妤骄矜地笑了："今天回去，只要我在陛下耳边说一句，明天陛下就会下旨封你做公主，去西蕃和亲。你猜皇甫相公敢不敢反对？当初，皇甫夫人的亲兄弟犯了掉脑袋的罪，他可是一句求情的话也没敢说呀。"

皇甫南狠狠一抽，心仿佛被人攥紧了，一言不发地望着崔氏。

崔氏很得意，艳眸里闪动着微笑的涟漪："就算皇甫达奚这老东西狡猾，找个借口推了，你大概也只有两条路可以选，去庙里做尼姑，或是随便找个远离京都的人家嫁了。你再猜，三郎会不会为了你去找陛下的不痛快？我看，他一点也不比你笨。"

她替皇甫南掸了掸衣襟，那里沾了一滴可疑的乌桕汁，她没放在心上，以一副胜利者的姿态对皇甫南展开笑容："这就是权力的滋味，对我，比蜜还甜，对你，大概跟黄连一样苦吧？"

皇甫南似乎被她说动了，或者说是吓住了，为难地摇头："我没有婕妤这样灵巧活泼，陛下不会喜欢。"

"要他喜欢干什么？"崔氏脸上露出悍然不顾的表情，连对皇帝都是直呼"他"，嘴唇凑到皇甫南的耳畔，终于吐露出了那筹谋许久的事，"他现在已经不济了，但我跟道士求了丹药……你还年轻，也许一两次就能怀孕，我自有办法叫他封你的孩子做太子，到时候，你太子生母的身份，加上我的手段……"崔氏直起身，笑得

恣意,"能自己扶幼子,当太后,掌握天下的权柄,干什么还要去捧那什么晋王、蜀王的臭脚?"

饶是皇甫南,也被这个念头镇住了。她匪夷所思地笑道:"有晋王、蜀王这些成年的皇子在,陛下怎么会立一个襁褓中的孩子做太子?"

"为什么不会?你真以为皇帝是什么圣人或龙神?一个半截身子入土的老头子而已,早昏聩了。"崔氏面上带着不屑,"只有襁褓中的孩子才没有威胁,还能让他安心当几年皇帝,再加上几句道士和尚的鬼话,他会答应的。"她提防地左右看了看,贴在皇甫南耳畔的声音越发低了,"他这几年每天都在求神拜佛……太子之位,是他许给韦妃的,如果违誓,会被厉鬼缠身而死!"还嫌皇甫南不够惊愕,她又揭穿了一个谜底,"我早已借法空的口告诉他你是韦妃转世,可惜他还半信半疑,法空就死了……"

所以法空才当着李灵钧和皇甫偙的面说皇甫南无父无母无己身,是一缕孤魂?

皇甫南脸色渐渐淡了,越发白得像雪。须臾,她就回过神:"就算陛下信了法空的话,立我的孩子为东宫,可朝臣们会答应吗?"

崔氏胸有成竹地冲她微笑:"你是皇甫家的人,难道皇甫达奚会反对?再加上薛厚在陇右手握重兵,谁又敢说个不字?圣武年西蕃人占了京都,把他们的胆都吓破了!哼,男人……"

薛厚……

皇甫南默念着这个名字,手指揉起额头,眼里又迷蒙了:"婕好,我头疼……"

两人成了共谋,崔婕好这会儿对她是真的关切,叫宫婢去隔壁国子监瞧一瞧:"皇甫六郎在不在?送娘子回去。"

"不了,我能骑马。"皇甫南拒绝了,她想趁这个机会平复一下心头的波澜,做出一副浑浑噩噩的样子,牵过了宫婢送来的马缰。

皇甫南睫毛上挂着水珠,在氤氲的水雾中发呆。

窸窣的脚步声往屏风后来了,皇甫南猛然回神,"哗啦"一下缩回水里。她今天有点一惊一乍的,红芍杵在浴斛前,不知道该进还是退:"娘子,我替你擦一擦身上?"

"不要,你出去,"皇甫南若无其事,"把镜子拿给我。"

红芍觑了她几眼,拿了一面缠枝葡萄纹的铜镜来。

等闭门的声音响起,皇甫南艰难地举起铜镜照了照。原本白璧无瑕的背上多了被故意写得歪七扭八的一行字,从肩膀到腰窝,张牙舞爪,黑得醒目。皮都搓红了,字迹一点也没淡。

阿普之猪……你才是猪,最坏!最蠢!该剁手的猪!

皇甫南恨得咬牙,扯过巾子狠狠往水里一砸,又挥舞胳膊在水面上泄愤似的拍打了几下。怕红芍听到动静,她把铜镜丢开,伏在

浴斛的边上，脸往臂弯里一埋，哭了。

红芍再次轻手轻脚地摸进来，见皇甫南已经钻进了帷帐里，满地湿漉漉的。红芍还在纳闷，皇甫南忽然出了声："我还要镜子。"

还醒着？怎么里头一点声音也没有？红芍把铜镜递进帐中。

皇甫南反手把它压在枕头下，抱着膀子坐在榻上，还在生闷气。

红芍留意着她的脸色，眼皮是红的，两颊也被热水蒸得如同赤霞。她虽然自负美貌，但还不至于从早到晚地顾影自怜。

红芍把她的异状都归结到了崔婕妤身上："下回崔婕妤召，不想去的话，就不去了吧？"

皇甫南不胜烦恼："她是陛下宠爱的婕妤，我抗命，陛下不会怪罪伯父吗？"

"也太跋扈了。"红芍大着胆子抱怨了一句。

皇甫南在想崔婕妤的话。这就是权力的滋味，手握权柄的人，甜如蜜；被权力摆布的人，只有苦涩，甚至家破人亡。

"三郎今天来了，听说你被崔婕妤叫走，好像有点不高兴……"红芍细声说，为了让皇甫南高兴，她把案头新添的一个琉璃盏捧过来，捻亮了灯芯，昏黄的光投进盆里，几尾红鲤游得更欢了，"你看，这是他送的，多好看。"

皇甫南举着烛台，"咦"了一声，里头两尾是她在曲江莲池里捞的："怎么还多了一个？"

"说是三郎亲手从蓬莱池捞的,连盆一起送给了六郎。"还是这套老掉牙的说辞,红芍忍着笑。

皇甫南嘴角稍微一弯,心里这才畅快了些。她拔下鬓边的玉钗碰了碰鱼尾,那红鲤受了惊,溅起一片小水花,险些从琉璃盏里蹦出来。

"就是这盏子小了,得换个大点的盆。"

"放园子的池里养吧。"

红芍见皇甫南脸上露出了笑容才说:"三郎也算有心,他为什么不……"她不像绿岫心直口快,话说到这里,暗示的意思已经呼之欲出了。

皇甫南垂眸,她那睫毛像一排蝶翅,掩藏着许多心事。放下玉钗,她瞟了红芍一眼,开始顾左右而言他:"明知道这鱼是从蓬莱放生池里偷来的,你还敢收?"

红芍惊奇道:"陛下和皇后殿下宠爱三郎,总不会为了这点小事怪罪他吧?"

"是呀,"皇甫南一副理所当然的语气,"一条鱼,还不至于失了二圣的宠爱。"

天刚蒙蒙亮,红芍骑上青驴,被阿耶送出了坊门。通衢大道上还是空荡荡的,邸店的东门西廒也闭得紧紧的。荐福寺门口的商贩已经架起了竹皮蒸笼,水雾茫茫,万年县廨门口执戟的守卫却还点着脑袋打盹儿。

今天皇甫夫人要带娘子们去蜀王府,红芍轻轻抽打着鞭子,青驴小跑起来。经过皇甫宅的乌头门,柿子树下有人牵了马来回踱着,着圆领侍卫袍,挂着蹀躞带,穿乌合靴,长胳膊长腿的,身形很矫健,是碧鸡山庙里的"南蛮"。

红芍骑在驴上,扭头望着他,他也盯着她琢磨了一会儿,认了出来:"喂。"

红芍左右看着,指着自己的鼻子,露出询问的表情。

阿普笃慕招了招手:"就是你,过来。"

红芍心里还是有点怕他的,他上回在曲江莲池和三郎打了起来,她觉得他有点放肆。旁边角门"吱呀"一声响,有苍头探出脑袋来,红芍略微放了心,从青驴背上跳下来。

晨钟的声响还在薄雾里回荡,天际一缕亮光漏了下来。红芍走近阿普笃慕,看清了,他大概从天不亮就在树下等,露水把肩膀都打湿了。他二话不说,把一包东西放在红芍怀里:"给你们娘子。"

触手不软不硬,不是金银,也非锦绣。红芍张着嘴,还没来得及回绝他就翻身上马,经过小石桥,往天街的方向去了。

红芍来到府里时,皇甫南还在梳洗,趁绿岫出去的空当,红芍把藏在怀里的东西取出来给皇甫南看:"那个南蛮子守在府外,说要把这个给你。"

皇甫南脸登时拉下来了，看也不看，将身体转向另一边："拿去丢掉。"

红芍嘴上答应着，却背着皇甫南将布袋掀开，不禁"咦"了一声："娘子，你看。"

皇甫南到底没按捺住心里的好奇，握着垂在胸前的一把头发凑过来。案上摆着一包新剥的无患子皮，红芍可没见过这东西，用手指拨着那黄澄澄的皮："这东西用来干吗呢？"她也觉得阿普古怪，送这么一包东西，不能吃也不能玩，看样子大概也不值钱。这算是在碧鸡山收留他的谢礼吗？

无患子，乌蠻人叫苦枝子，也叫鬼见愁。皇甫南告诉她："南边人用它洗身上和头发，比澡豆和皂角洗得干净，还能祛毒驱虫。"想到背上被乌桕汁染的鬼画符，她心里余怒未消，把一片无患子皮丢回去，"哼"了一声。

看她那脸色，大概是不用丢掉了，红芍把无患子收起来，打算一会儿就去捣碎。她仍觉得稀奇："比澡豆和皂角还好用，哪儿来的呢？"

皇甫南知道荐福寺有一棵无患子树，僧人们挖了果核做菩提念珠。这个季节，树上才刚挂果，夜里和尚还在睡觉，寺门上锁，准是他跳墙进去用棍子偷打的。

皇甫南嘴角不易察觉地翘了一下，坐回妆台前，把一支钿头钗从奁盒里拣出来，在鬓边比了比。

绿岫捧着空的琉璃盏回来了，她把红鲤倒进了鱼池，还喂了食："咱们那几尾鱼初来乍到，晕头转向的，被别的鱼一挤，食都抢不到嘴里。"她还纳闷，"都说蓬莱放生池里的鲤鱼能化龙，我看怎么笨呆呆的？"

"晴空观鸟，活水养鱼，让它们抢吧。"皇甫南毫无同情心，临出门时才想起来叮嘱绿岫，"叫人搭个凉棚，遮一遮鱼池。"

绿岫有点犯懒："还真怕它化成龙飞走呀？"

"蠢婢子，"皇甫南垂头理着折枝花缬的鹅黄帔子，"伏暑太阳烈，鱼爱浮头，会中热毒，要半遮半露的才好。把陛下亲手放生的鱼养死，你不要命了？"

"三郎真是吃饱撑的，弄那么难养的鱼干吗呀……"绿岫忍不住嘀咕起来。

蜀王妃的筵席迎来了皇后的凤驾，诸位嫔御和命妇们把显眼的位置都占了，皇甫南和姊妹们坐在角落里，正好可以尽情交头接耳。

席上有渤海的蛤蜊、乌溪的紫蟹、高昌的乳酥、乌爨的弓鱼，还有只高脚银盘，上头堆着松瓤、石蜜之类的零嘴，也有槟榔。贵妇们鲜少去碰，吃不惯，还怕它染红了洁白如玉的贝齿。

旁边的姊妹送了一块石蜜来，说："甜的。"

皇甫南摇头，余光瞟到皇甫夫人。她和国子祭酒家坐在一席，祭酒夫人是荥阳郑氏的本家，兴许是她保的媒？

姊妹们也在窃窃私语。这种事，没人好意思去明目张胆地打听，但私下都议论得起劲。

"怪不得六兄今天不来。"

"怎么见的是六兄？兴许是八姊！听说他家有个儿子，刚二十，未娶……"

八姊不知是羞的还是气的，立马板起脸来："荥阳？那么远，我才不去。"

"嘘，皇后举杯了。"

皇后用膳，照例要奏祥乐，大家不敢再说话，称贺之后，都把杯箸静静放下。突然，有一抹影子被宫婢簇拥着闯到席上来，一直走到皇后面前，略微地拜了拜，打断了钟磬悠扬的乐声："妾来迟了，殿下恕罪。"

说是请罪，但打扮得一点也不低调。大家的目光齐刷刷望过去，只见崔婕好梳了高髻，簪了芙蓉，裙衫上银泥金线，稠密地绣着花枝和流云，比谁都绚丽，也比谁都笑得开怀。

昨天皇帝刚赐了崔婕好的父亲长乐伯爵位，官拜刺史，食邑五百户。一个瓦匠，有这样的恩遇，崔婕好的锋芒自然更盛了。

皇后被她闹得脸色不好："来晚了，就赶紧坐下吧。"

崔婕妤施施然地坐下，眸光在席上一扫，立即揪出了混在人群中的皇甫南。她拿起金瓯，对着皇甫南举了举。

自从在水泽禅寺把话说开，她对和皇甫南的那桩计划有了种势在必得的自信，这个举杯的动作，颇有种男人的潇洒。

皇甫南对她颔首微笑了一下。知道皇甫夫人都在看着，皇甫南把眼睛垂下来了。

崔婕妤对满席的珍馐不感兴趣，她是个急性子，更懂得趁热打铁、一鼓作气的道理。金瓯一放下，她便扭头对皇后道："趁殿下和皇甫夫人都在，妾想求一件事……"

皇甫南猛地看过去，险些打落象牙箸，袖子里的指甲掐住了手掌心。

"妾膝下没有子女，在宫里住得很寂寞，想收皇甫娘子做女儿进宫来陪着妾，殿下准许吗？"

皇后给她闹了个措手不及，皱眉道："那么多的宫婢女官们给你作伴，还不够，要拆散人家骨肉做什么？皇甫娘子的年龄也不合宜住在宫里了。"

崔婕妤立刻看向皇甫夫人，咄咄逼人："夫人不舍得吗？"

皇甫夫人对这个妖娆的女人很厌恶，淡淡回道："全凭皇后殿下做主。"

皇后的语气却缓和了："收义女也不是小事，还是要问一句梁国公。"

崔婕妤脸上露出骄傲的笑容："妾昨日跟陛下提过，陛下已经答应了。"

座上一片寂静。皇后是不高兴，但也不好说什么，便把头转到一旁，径自和别的嫔御们说起话来。

崔婕妤离开坐席，款款来到皇甫南面前，携起她的手，笑道："你现在该叫我一声娘亲了吧？"

皇甫南既不欣喜若狂，也没有惊慌失措，只是甚为平静地叫了声"母亲"，声音不高，但席上的人都听得清楚。

崔婕妤得逞了，拉着皇甫南就要离席："跟我走……"

皇甫夫人见这简直是明火执仗地抢人，脸上也有了怒容："既然婕妤有了陛下的允诺，那咱们就等着陛下的旨意。"

崔婕妤眼波一横："好，那咱们就等着，陛下可不会食言。"她是强横，不是鲁莽，说完就撒开手，回到自己的席上去了。

被许多目光盯着，皇甫南不至于如坐针毡，但也毫无兴致了。

皇甫夫人的眼色递过来时，她推开杯箸："我去更衣。"裙裾一旋，出了大殿。

蜀王府皇甫南是来过的，殿侧就有一株高大的乌桕树，到秋天时，红叶累累，这会儿绿荫正浓，枝叶都伸到了廊下。皇甫南看见乌桕叶，浑身不自在，脚步顿时停了，只在廊下徘徊。

红芍找了出来，附耳道："夫人让咱们先在府里躲一躲，等相

公回来再说。"

皇甫南倒比她泰然："等会儿再走。"

有婢女迎了上来："娘子更衣吗？"

皇甫南颔首，叫她领路，到了树下的庑房。这是蜀王妃日常闲居的阁子，屏风帷幄、几案坐榻都很齐全。案头摆着西蕃人进贡又被皇帝下赐的金盘，墙上挂着一柄小弓，贵重的紫檀螺钿棋盘上还有几道被匕首胡乱划过的陈年痕迹。

蜀王妃膝下还有两子，年纪都比李灵钧长得多，早已拜官赐爵了，这些痕迹自然是李灵钧留下的。那年他跟着蜀王妃回京都，还是个盛气凌人、动辄冷脸的讨厌鬼。

皇甫南把架子上的书册翻开。李灵钧小时候也习过《字林》，字迹尚稚嫩，但已经有了铁画银钩的架势。

外头似乎婢女轻唤了声"郎君"，红芍一看皇甫南，正要开口，皇甫南手指在唇边一比，隔着纱帷说："是谁？我在更衣，别进来。"

李灵钧手刚叩在门上，听她这样说，倒不好莽撞地跑进去了。可傻愣着站在廊下，被蜀王妃身边的人看到，更没法解释……他正犹豫，见有婢女远远过来，索性闪身躲进庑房："我待一会儿就走。"

门闭了，纱帷却纹丝未动，李灵钧老实地在阁子外头站着。皇甫南放下心来，随口道："外头在摆筵席，你跑进来干什么？"

那轻微的窸窣声令人心猿意马，也分不清是在翻书页还是理衣裙。这情境太暧昧了，李灵钧实在不想走，也就装得若无其事地笑着反问她："殿里头也在摆筵席，你出来干什么？"

皇甫南没作声，李灵钧顿悟："你那两个婢女也在帘子里吗？"

红芍只得应声："是，郎君。"

李灵钧道："你去廊下守着。"

红芍去看皇甫南的神色，皇甫南好似没听到，只饶有兴致地翻着那些旧书册。她便轻轻掀起纱帷，出去了。

夏日的纱帐很薄，皇甫南的身形隐约可见，李灵钧掉转目光，心不在焉地欣赏着屏风上的青绿山水，说："阁房的苍头说在给你备车，怎么刚来就要走？"

"你的耳报神倒不少。"

李灵钧也没否认："耳报神有，只报要紧的事。"

纱帷里没动静，也许这话太露骨了。李灵钧不禁轻声催促："说呀，怎么还没见面就要走了？"怕皇甫南羞赧，他又画蛇添足地加了一句，"你和六郎都不在，这宴席也没什么意思。"

皇甫南声音里带了点笑："你有耳报神，怎么不知道陛下答应了崔婕妤要我进宫给她做女儿？"

李灵钧目光一凝，转向薄如蝉翼的纱帷："真的要和亲？"

"不是和亲，是她怕自己沦为旧人，所以先招徕个新人邀宠。"

李灵钧也不顾唐突，一脚踏进了阁子，纱帷瞬间被挥得飘飞起来，见皇甫南侧身站在书架前，衫裙和发髻丝毫不乱，脸上也不见一丝惊慌。

旖旎的气氛瞬间烟消云散。

"你说真的，还是玩笑？"李灵钧不信，因为皇甫南太镇定了。

皇甫南之前眉头微微蹙着，这才露出一点愁容，还有点嗔怨："这种事怎么好拿来开玩笑？"

李灵钧沉默不语，死盯着皇甫南的侧脸，脑子已经极快地转了起来。

崔氏这个女人不好安心，他早就察觉了，陛下也年老糊涂了。把皇甫南献给一个胡子花白的老头子，那种情景，他连想都不肯去想！他也不信崔婕好的诡计能得逞，皇甫南不是什么教坊的伶人或平民家的女儿，言官们肯定会一窝蜂地反对。

心定了……

唯一让他疑惑的，是皇甫南。晴天霹雳般的消息，她简直不当一回事。李灵钧走到书架旁，两人离得那样近，连彼此的气息都清晰落在耳侧了。

"崔婕好发疯了，你这么机灵的人，也放任她胡来吗？"

皇甫南合上书册，抬眼微笑："她是陛下的婕妤，就算要我的命，我能说什么做什么？当着所有人的面发疯、撒泼，还是打滚？"她一向柔声细语，这会儿和他四目相对，也有了针锋相对的意味，

222

"不想听她说胡话,我该回家哭着求伯父,或进宫跪着求陛下,还是求神拜佛?"她冷笑了一声,"可惜连菩萨都觉得我是个无情无义的孤魂野鬼,吝于施舍我一点仁慈心呢!"

这一通发泄似的嘲讽和抱怨,李灵钧都承受了,他心里反倒略微妥帖了:"你真的不想进宫吗?"他忽然一笑,一双黑眸原本还透着认真,这会儿却揶揄起来,"你以前在益州就说要给陛下当嫔妃,也许崔婕好的主意,正合你的心思了。"

皇甫南脸冷了:"小孩子的话也能当真?"

"那时候兴许是玩笑话,但你早知道崔氏心怀叵测,为什么还整天让她招之即来?"李灵钧扯着嘴笑,也有些不痛快,"反正我知道,你心里想要的东西是从来不肯明说出来的。"

"你知道我想要什么?"皇甫南淡淡地睨他一眼后,越过他往外走。

"别走。"李灵钧一把将她的手腕攥住了。

隔着衣袖,肌肤贴在一起,两人鲜有这样亲近的时候,皇甫南轻微地挣了一下,也就任他去了。

李灵钧道:"你不想进宫,这事好办。"

皇甫南诧异地看他一眼:"怎么办?"

李灵钧微微侧过头,对着她的耳畔:"就跟陛下说你已经有婚配了,而且是个门第很贵重的人家,陛下总不好意思跟臣子抢吧?"

皇甫南失笑:"许配给谁了?我怎么不知道?"

李灵钧观察着她的神情，仿佛很随便地说了出来："譬如说，蜀王府，怎么样？"

皇甫南脸颊上浮起一抹浅浅的红色，人还是清醒的："伯父不会同意，而且，我的身份……"

皇甫南的生父是段平，兴许哪天就被揭出来了，到时候陛下怎么看蜀王府？这才是李灵钧藏在心底，让他始终迟疑不决的根由。可这样一截柔软玲珑的腕子紧握在手里，又实在不想放，他沉吟着："我可以明天就去求皇后殿下，就说我和你情投意合，私下也有了许诺。殿下顶多骂我两句荒唐，但准会替我做主，到时我父亲和皇甫相公也不好说什么。至于你的身份，你不说，我不说，谁知道？"

"你是说，私订终身？"

是这个打算。李灵钧腮边发热，见皇甫南低头不语，似乎有默许的意思，不禁笑得粲然。他稍一使劲，把皇甫南拽到面前。他的衣饰向来鲜亮华贵，连翻领上都绣着栩栩如生的鹦鹉衔葡萄纹，那底下心跳得略急。

"这法子可以吧？"他声音低了，带了点亲昵。她那微噘的嘴生得诱人，李灵钧不是个浪荡的人，但也不自禁地俯下脸来。

本来静静任他握在胸前的手忽然挣开，李灵钧不防备，险些被她猛地推个趔趄。

"什么烂主意？"皇甫南似笑非笑，那含羞带怯的表情也瞬间消失了,"你是让我做妻,还是做妾?"

这话把李灵钧问住了,老实说,他没想过。他不是那种朝秦暮楚的人,和皇甫南自幼相交,他喜欢她的机敏和娇俏,但她这种逼问的语气让他有些不快,好像被她拿捏,被她嘲笑了。

李灵钧的眉头也拧起来:"我只想叫别人不要来打你的主意。"他直截了当地反问皇甫南,"你在这儿等我,是为了等我这个人,还是为了叫我替你去对付崔氏?"

皇甫南眼神淡了,摇头:"不用你,我也有法子。"

"是去找皇甫佶吗?"李灵钧脱口而出,没忍住愠怒,连六郎都不肯再叫,"你心里有我,就明白地说,别再耍我。"他蛮横起来,还有点懊恼,"忽冷忽热的,我受不了!"

皇甫南冲他微笑:"如果你真的下定决心,现在就到陛下面前说那些话,我还能说个不字吗?"她绕过他,纱帷无声飘落,身影消失在门外。

阁子里寂然无声,似乎还有点皇甫南衣袖里的蔷薇香气在浮动。李灵钧站了半晌,回过神来,见皇甫南翻开的书册还摆在案上。那上头是旧日孩童时的字迹,言辞狂妄,除了他自己,还没人窥见过。

——提三尺剑,正一四海,西蕃南蛮,袭我衣冠,殊方异类,为我臣吏!

被这行字提醒,李灵钧也来了气,将书册合起,重重拍在案上。

李灵钧回到席上时，翁公孺正在和人觥筹交错。满座的紫红两色袍服，就他一个布衣，他倒也毫不退缩，新收的名刺揣了满怀，看样子，谋官这事不用蜀王再赘言。

　　翁公孺喝得脸色发红，余光一瞟，李灵钧已经去而复返。他盘腿坐在酒案前，默默盯着金瓯里荡漾的酒液，别人来敬酒也浑然不理，好像灵魂出了窍。少年人鬼鬼祟祟失魂落魄，还能是为了什么？自己可是亲眼瞧见了皇甫家的马车在阖房外的。

　　翁公孺暗自叹息，倾身问李灵钧："郎君，在想什么？"

　　"没什么。"李灵钧摇头，灌了一大口酒，剑眉锁得更紧了。

　　翁公孺笑了笑，按住李灵钧的金瓯，没有量的人，喝醉了酒要露丑的。他声音温和，带了点调侃："你是不是在想，女人心，海底针呢？"

　　"翁师傅，你放心，"李灵钧把翁公孺的手推开，有内侍经过，他要了一盏饮子，"我不会喝醉。"

　　他很能自持，一盏沁凉的三勒浆下肚，压住了那翻涌的心绪。他转过头来对着翁公孺，翁公孺在朝廷和蜀王府都是个微不足道的局外人，他不怕在翁公孺面前直抒胸臆："翁师傅，我只是觉得女人真麻烦。"

　　皇甫南，那可是个麻烦至极的女人！

翁公孺讪笑:"郎君何须气馁?以你的地位、气度和相貌,难道还会有女人看不中你?即便她嘴上说看不中,那也一定是口是心非,扭捏作态而已。"

李灵钧望着空荡的杯底,沉默不语,半晌,顽皮地一笑,说:"你好大年纪了都没有成婚,说的话也做不得准。"

翁公孺"哈哈"大笑:"我正是觉得女人麻烦才没有娶,但我敢说,我见识过、打过交道的女人,比你只多不少。"为防流言,他侧过身子,把那些窥探的目光都挡住了,"假如你心里想的这个人是我知道的那个人,那我可知道她最会巧言令色,把人耍得团团转!"

李灵钧桀骜地扬眉:"你知道是谁?"

翁公孺笑着捻须:"就是你从益州带回来的那个无父无母的小女子啰。"

李灵钧心里对翁公孺多了一分佩服,嘴上却不肯承认:"不是她。"随即又追问,"心里有我,却忽冷忽热,时而拒人于千里之外,是为什么?"李灵钧想起刚刚皇甫南推开自己的动作,很懊恼。

原来如此。翁公孺暗笑,怕惹得李灵钧没面子,又忍住了:"郎君常打猎吗?"

"有时去。"

"那怎么还不明白?"翁公孺用牙箸在金瓯边缘敲得"叮"一声轻响,"会打猎的人都知道,不见兔子,怎好撒鹰呢?"他慢悠

悠地横李灵钧一眼,"她想要什么,你给她了吗?能给她吗?"

还有句话他憋着没有说出口:知道给不了,就趁早撒手!

不过,看李灵钧那样子,也是色令智昏。翁公孺不禁又叹口气。

果然,李灵钧思索良久,坚定地摇头:"你说得不对。"

翁公孺"哦"一声,摆出个愿闻其详的姿势。

李灵钧却警觉地闭上了嘴,吝于再透露自己的心思了。

耳畔忽然一片哗然,是众官共同举起金瓯,要遥祝陛下圣安。李灵钧也立刻满面笑容地举起杯来,那副收放自如的样子,让翁公孺暗自心惊起来。

(八)

夜深人静,偌大的阁子,侍婢们都退下了,只有皇甫夫人坐在榻边,让皇甫南伏在膝头,替她仔细地篦头发。

"每日千栉,血流不滞,容颜不衰。"皇甫夫人轻声说着,爱不释手地抚摸那一把顺滑如水的青丝,"这么好的头发,我可不舍得全剪了。"

皇甫南仰头望着皇甫夫人悲悯的面容,不禁叫了声:"姑母。"

皇甫夫人颔首,默认了这个禁忌的称呼。

昏黄的光晕笼着两个人,皇甫夫人抬起皇甫南的下颌,看着看着,忆起了往事:"昭德十年,你阿耶带你来京都,你才那么大一点,梳着两个丫髻,跑得又快,胆子也大,顽皮话儿一串串的。我就跟你姑父说,这是个美人坯子,也是个磨人精。"

皇甫南听着,含羞地笑了。提及童年,她也出了神。

"跟你比起来,你六兄都显得笨拙了,被你支使得团团转。"皇甫夫人声音越发柔和,没有嗔怪的意思,"我跟你阿耶说,不如就把你嫁到皇甫家。"

皇甫南一怔,皇甫夫人也一声叹息:"可惜你娘不同意。我那才知道,他们爨人有个乞骨的习俗……"

皇甫南等不及插嘴:"我阿耶……"

皇甫夫人安抚地在她肩膀上拍了拍:"你耶耶也答应了,一来是不想和云南王交恶,二来……"皇甫夫人犹豫着,一桩生离死别的惨案想想就难受,还可能祸及皇甫家,她实在不愿提。

皇甫南屏声静气地等了半晌,皇甫夫人才凑到她耳边悄声道:"陛下那时候已经下定决心要清算太子多年的恶行,你姑父也是冒着杀头的危险透露消息给了你耶耶。也幸好你耶耶狠了心,把你送到了乌爨,不然,咱们段家可就一线血脉也没有了……"

皇甫南一把握住皇甫夫人冰冷的手,哀求地望着她:"姑母,我耶耶在姚州十年,从来没有和废太子有过牵扯。"

"他那是惹了祸事,被贬到姚州的。"皇甫夫人面色冷淡,"要不是西蕃人作乱,十多年前他就该死了。"宰相夫人见多了朝廷里的惊涛骇浪，提到一个死字，已经很漠然了，"天家骨肉相残，总得有人去死。连太子都被废黜赐了自尽，你耶耶又算得了什么？他不去死，难道要叫陛下背上失德的罪名吗？"

皇甫南面色雪白地跪坐着，皇甫夫人叫她起来挽头发，她梗着脖子不动，皇甫夫人也动了气："你别怪我，我自嫁进皇甫家，就姓皇甫了，本以为这辈子都见不着你了，谁知道你六兄那么大的胆子，把你又偷偷带回来。阴错阳差地，你现在也姓了皇甫，'段'这个字，是再也不能提了，就像'遗南'这两个字一样。你把以前在姚州和乌爨的事都忘了吧！"

忘不了，在西岭刻墓碑时，"遗南"这两个字就刻在她心里了。她温驯地说："是，伯娘。"被皇甫夫人一拽，她也顺势起了身。

皇甫夫人替她挽头发，尖利的玉簪划过头皮，皇甫南岿然不动地望着铜镜里的脸。

把玉簪别进发髻里后，皇甫夫人和气地说："崔婕妤那事，你不要怕，我和你伯父已经有主意了。"她意味深长地瞥了一眼镜子里的皇甫南，"切记，你得听我的话，别自作聪明。"

皇甫南眼也不眨，应了声"是"。

皇甫夫人这精明人看了只觉得敷衍，冷笑一声："毕竟不是我生的，隔着一层。我知道你向来有主意，不像你八姊她们，嘴上咋咋呼呼的，可我叫她们往东，谁也不敢往西。"她透出几分威严，喝道,"你要是做出忤逆的事,可不要怪我不认你。"

皇甫南柔声道:"伯娘,你放心。"

"还有件事,"皇甫夫人踌躇着,"你伯父怕这两年陇右不太平,想让你六兄待在京都,他非闹着要回鄯州,你劝一劝他。"

陇右不太平,是因为蚩尤旗那耸人听闻的传言吗?皇甫南琢磨着,听到外头婢女轻呼:"相公回来了。"大概是听说皇甫南在阁子里,皇甫达奚在屏风外头咳嗽了一声,皇甫南忙起身。

这个时辰才回府……皇甫夫人瞅了一眼烛台,上头落满了灯花,她心头不觉一跳:"又出什么事了?"

"侄女也在?"皇甫达奚穿着紫服,挂着鱼袋,走进阁子,见皇甫南要告辞,他神色有些莫测地看她一眼,"你也坐着。"

皇甫南和皇甫夫人对视一眼,仍旧回月凳上坐。

"真是怪事,"皇甫达奚扯着胡须,话是对皇甫夫人说的,余光却往皇甫南脸上一扫,"秘书监火急燎地上了几道奏疏,把崔婕妤狠狠参了一通。"

"婕妤?"皇甫夫人也很意外,随即将嘴一撇,"你没看见今天在蜀王府上她那个没骨头的样子,哼,一个瓦匠,又封爵又赐食邑,也不怕别人笑话!"

崔婕妤父亲封爵,说起来,皇甫达奚这个宰相也面上无光。他清了清嗓子:"秘书监参的是崔氏私通西蕃。"

231

"私通西蕃？"皇甫夫人惊叫起来，"她有这么大的胆子吗？"

"不管她私通的是西蕃、南蛮，还是谁……陛下宠爱的女人，手头收受的重贿不会少，经不起查。"皇甫达奚"呵呵"笑，"这么大一个罪名压下来，就算长乐伯那爵位不好马上讨回来，陛下怎么也得冷落崔氏几天啦，正好够咱们办事……"

皇甫夫人忙把他打断："她怎么得罪了秘书监？"

"天知道！"皇甫达奚对嫔妃和亲王们那些烂摊子事从不肯去深究，用拂尘"啪啪"拍打着衣摆上的灰，哼笑道，"秘书监和蜀王府的来往可不少。"他还逗趣似的问皇甫南，"侄女，你说这事怪不怪？"

原想皇甫南肯定要一通瞎话糊弄过去，谁知她眼珠一转，笑道："伯父行得正，坐得直，从不藏祸心，当然觉得怪！"说完对皇甫达奚袅娜地一拜，就退出去了。

夫妻二人面面相觑。

皇甫夫人气笑了："你看她那没轻没重的样子。"

皇甫达奚"唔"一声："这事准是九娘撺掇李三郎的。崔氏没少在陛下面前给蜀王使绊子，也是那瓦匠封爵惹人眼红，恰好撞上了。"说到这里，皇甫达奚心里又一动，"李三时机倒看得准，真闹起来……"他攒眉望天，想了一会儿，幸灾乐祸地摇头——反正倒霉的也不是我，我自行得正，坐得直，怕甚？

他突然想起要紧事，转头："六郎……"

皇甫夫人忙说道："我叫九妹也去劝一劝，你还不知道，那是个倔驴。"

"何止是倔！"皇甫达奚勃然变色，猛地拍案，"还胆大包天！"

"怎么了？"皇甫夫人被他吓了一跳。

皇甫达奚吞了口口水，把烛台移开，倾身到皇甫夫人面前，泄露了政事堂机密："薛厚自陇右给陛下上了道奏疏，说西蕃与乌蛮秘密勾连多年，图谋不轨。"

皇甫夫人慌了："这……是真的吗？"

皇甫达奚回想着在御前偶遇过的云南王世子，是个和皇甫佶年龄相仿的年轻人，没有李灵钧那样锋芒毕露，人看上去也赤诚单纯一点，呢喃着："看不出来。"他心情不虞地摇头，"再被秘书监一搅和，议和这事，一时半会儿是不行啦。"

皇甫夫人只惦记着皇甫佶："这和六郎有什么干系？"

皇甫达奚哂笑一声："你当他在京都和薛厚通风报信的时候还少吗？"他沉着声，"我就知道，阳奉阴违，他是个好手！"

皇甫夫人怔怔地看着他，忽又想起什么，迟疑地说："当初是六郎从乌蛮把九妹领走的，如果被乌蛮的人认出他来，把这事揭发……"想到段平，她不禁打了一个寒战。

"不要慌，"皇甫达奚可比妇道人家镇定多了，"事情还没查

实，陛下不会轻易打草惊蛇。各罗苏只有两个儿子，这个在京城做质子，想他也不敢轻举妄动。"

皇甫夫人还在忧虑："这个乌蛮王子也在南衙，两个都年轻气盛的，抬头不见低头见，万一……"

皇甫达奚扶案起身，疲惫地解开革带："趁还有点时间，赶紧把那事办了吧。"

皇甫南轻轻吐了口气，伸出湿漉漉的胳膊，把案上一个斑犀钿花盒子拖过来，里头是胡桃大的澡豆，淡淡的绿色，用水化开，幽香扑鼻。她惊奇道："这是什么？好香。"

这两天皇甫南突然转了性，沐浴的时候不许人靠近，婢女的身影隔着屏风晃动着。绿岫答道："是红芍拿回来的那包菩提子皮呀，我怕那东西会臭，掺了好几样香料进去，"她掰着指头数起来，"有白芷、白蔹、白芨、白茯苓、白术、沉香、麝香、鹿角胶、绿豆面，你数数！谁这么促狭，尽送些乡下东西，浪费好香料去配它。"

皇甫南"扑哧"一声笑出来，湿润的睫毛扇动着："是山里的野人。"

"我进来了？"红芍捧着铜匜进来，把茶麸水在皇甫南头发上慢慢浇着。皇甫南肩膀一缩，沉到了水里，乌黑的头发像打湿的绸缎漂浮在水上。

红芍满心好奇,听外头脚步声静了,轻声问:"娘子,三郎今天在阁子里跟你说什么了?"

皇甫南不作声,红芍越发凑近了:"是不是蜀王府要跟咱们府上提亲?"她一颗心"扑通"跳,比自己要嫁人还紧张,"你答应了?"

皇甫南想了想,反问:"红芍,你是良籍,如果内教坊选你去做伶人,或者有当官的人家要娶你去做妾,那人权势很大,以后兴许有数不清的人来巴结你,讨好你,你愿不愿意?"

红芍立即道:"我不愿意!"

皇甫南微笑,有点轻蔑的意思:"连你都不愿意。"

红芍怔住:"三郎想……"

"什么都不用想,"皇甫南断然道,"伯父不会答应的。"

红芍还站着不动,皇甫南推她一把:"你快出去。"

把人都打发走了,皇甫南拿起铜镜照后背,乌桕叶汁的痕迹似乎淡了。

泡完澡,皇甫南精神振奋了不少,穿上寝衣坐在榻边,红芍和绿岫围着她转,一个擦头发,一个在背后的青帐里熏香。

皇甫南突发奇想:"有阮咸吗?"

"没有,有琵琶。"红芍不解地看着她,她以前可没有半夜弹琵琶的兴致。

"拿过来。"

红芍把琵琶抱了过来，皇甫南捡起拨子，胡乱地挑弄了会儿琴弦，那声音，是折断了珊瑚鞭，倾泻了玉盘，听得两个婢子都痴了。月色自疏朗的窗棂投进来，皇甫南低头凝视着手里的拨子，洁白的手指轻缓地画了个"盈"字。

大盈库！

她倏地按住了琴弦，琵琶发出一声锐鸣。

阿普枕头下的红牙拨，是本该埋葬在西岭的韦氏遗物吗？

佛堂里灯火辉煌，那一捻蜂腰和清瘦的面庞被照得细腻油润，手结妙音天印，赤双足，这是阿普笃慕最熟悉的阿撦耶。

小时候，萨萨常打发他去佛堂擦一擦净瓶，换一把野花，他根本不放在心上。在这汉人的地盘里，他反而成了个虔诚的信徒，跪倒在蒲团上，躬身拜了拜。

芒赞站在旁边看着，笑道："我们黑教看万物生灵都为神迹，你们信奉的菩萨却是个袒胸露乳的女人，这可说不过去啊。"

阿普笃慕不以为然："阿嵯耶有三十三相，你心里想的什么，看到的就是什么。"

芒赞信以为真，又仔细看了两眼："我看来看去，还是个光身子的女人。"等阿普笃慕奉了香，他胳膊随便地搭在阿普的肩膀上，脑袋也歪了过来,"你看她是什么?"

阿普笃慕望着阿嵯耶秀美的眉目,琢磨了一会儿,说:"我看好像也是女人。"

芒赞没憋住,笑出了声。

两人走出水泽禅院,芒赞把一个桃木兽面具扣在脸上。外头乐棚里是龟兹伶人在演婆罗遮舞,他正好混在遮面的舞伎中,大摇大摆地逛盂兰盆会。

满城的寺庙都被送供盆的人挤满了。远处的宫门轰然洞开,辂车驶出来了,上头拉着巨大的盂兰盆,装点了金银珠翠,堆满了御赐的香花灯珠、茶食果蔬,送盆官人被浩荡的仪卫们簇拥着,一路伴着鼓瑟、香霭,把那花费百万的供盆送到了慈恩寺。

皇帝御驾要到乐游原登高望月,还允许百姓随行,自朱雀街到升平坊的间巷里,车马塞得水泄不通。芒赞见走不动了,招呼阿普笃慕进了波斯邸,楼上的人"呼啦"一下冲了出来,芒赞立马握紧了腰刀,退到一旁,戒备地盯着熙攘的街景,问阿普笃慕:"你有没有觉得最近总有人跟着我们?"

"没觉得。"比起他的紧张,阿普笃慕显得满不在乎。

二人来到楼上,扶栏一看,才到日暮,从天街到东西市、各坊、曲、巷,凡有人踪处,都挂上了绵延不绝的灯笼和彩绢,一眼望去,既像星海,也像炼狱。"砰"的一下,眼前一团光炸开了,是天街

上在烧灯，熊熊的火舌越来越高，快舔到了夜空，到处喷薄着香气。

芒赞抽了抽鼻子："是沉香木。"他望着那快高到屋顶的沉香木堆，咋舌，"真繁华，真奢靡。"篝火把街上照得亮如白昼，芒赞忽然一捅阿普笃慕的胳膊，示意他往楼下看，"李灵钧。"

是李灵钧，领飞骑的人，没有伴驾，反而故意拖拖拉拉骑马停在朱雀大街上。他一手勒着马缰，转过身去，微低着头，正对着青壁车里说话。车帘半掩，瞧不见里头的人。

芒赞问："你猜那车里的人是谁？准不是蜀王妃。"

阿普笃慕想也不想："不知道。"

芒赞慢吞吞地笑道："我猜，李灵钧这会儿看的菩萨，肯定也是个光身子的女人。"

有只洁白的手从车里伸出来，敏捷地掸了掸李灵钧的袖子，把上头飘落的火星拂去了。

阿普笃慕没有吭声。

"你看上那个女人了。"芒赞肯定地说，不再是上回城外那种玩笑的语气。

阿普笃慕没有再遮掩，盯着青壁车看了好一会儿，直到车马都缓缓移动起来了，他才很有自制力地解释一句："她是我的表妹。"

"表妹？"芒赞愕然，"那皇甫佶是你的……"

"我和皇甫家没有关系。"阿普笃慕立即回道，看着流光溢彩的队伍往乐游原的方向蜿蜒而去,"咱们也看热闹去。"

皇帝特意叫西蕃和乌爨的使臣们去观灯。芒赞索性把面具也丢在桌上,见阿普笃慕已经离开,忙追了上去。

自山下步行,反倒比车马要快。正是望月,到了山间,那淡白浑圆的月亮才从夜幕中凸显出来。一路人声鼎沸,香气和浮烟被夜风吹得很清淡,芒赞还想从阿普笃慕嘴里探出一些皇甫家的事,阿普笃慕却三缄其口。直到被列戟的卫府兵挡住,知道皇帝的御幄就在不远处,阿普笃慕开始在随行的车马堆里张望。

原上也设了神座,搭了乐棚。须臾,太原郡王被黄衣内侍领到御幄前,请皇帝到他的山间别馆去看百戏。

"去看百戏……"芒赞一扭头,背后的人没了,"表妹?"他环抱手臂冷笑一声,也懒得去找,晃着肩挤进人流,紧追着御幄去了。

不知不觉爬到了乐游原的最高处,外头人声杂乱。皇甫南留在青壁车里,掀起竹帘,遥望着山下渺渺的灯海。

绿岫伏在窗牖上,往南一指:"看曲江上那些船。"

红芍在车外把灯笼挑高了,说:"那是放的河灯吧?这里真高,我头都晕了。"

皇甫南叫她把灯笼挂在树梢。

红芍坐在车辕上,看着原上影影绰绰的人影:"怎么最近总不瞧见六郎?也不知道他在忙什么。"

李灵钧被叫回御前了，只有马还拴在旁边吃草。

"鄯州的事吧。"皇甫南解开帔子，拿起扇子扑了扑撞进车里的流萤。皓月已经升高了，这一天皇帝叫放夜，全城都不施行宵禁，可以通宵达旦地作乐。皇甫家的姊妹们携手下了车，专心地说着悄悄话。金纸裁的闹蛾、珍珠贴的花钿都荧荧发光，各色纱罗帔子和裙裾都铺散在碧草上，随便人去踩。

有人吹起箫来了。

"哟。"红芍掩嘴轻呼一声，伸长脖子去看。

不知谁家的灯笼自树梢上摔下来了，一团火球滚过去，把窃窃私语的姊妹们都惊得跳了起来。

"准是哪个坏人用弹弓打的。"绿岫说着，见扑流萤的扇子掉了，正要去叫红芍，却止住话音，声音轻了，"娘子，那个人把你扇子拾走了。"

皇甫南掀帘望出去："是谁？"

"南蛮。"

是阿普笃慕。借着昏暗的光，他随意看了一眼团扇，上头画着缠枝葡萄，写了一行诗。他并没有细究那诗的含义，走到车前，把团扇递到窗前。

皇甫南笑着看阿普笃慕，过了一会儿，把手伸出帘外，接过了团扇。

灯笼引起的骚乱很快平息了，外头又有了絮絮叨叨的人声。皇甫南用团扇将竹帘略微掀起一道缝，眸光一斜，看到阿普笃慕无所事事地望了几眼月亮，掏出豆饼，去喂李灵钧的马。

李灵钧的马是突厥种，神骏漂亮，被精心修剪出三缕马鬃，便叫作三花马。

皇甫南推了推绿岫："你跟他说，那是蜀王府的马，不要乱喂。"

绿岫下了车，在阿普笃慕面前说了一句。他先是一愣，立马将豆饼扔到地上，还使劲用靴子踩了几下。他再看过来时，皇甫南忙往车里一躲。

阿普笃慕两步走过来，把竹帘挥开。皇甫南还当他又要蛮干，才摆好斗鸡似的姿势，他却直愣愣地说："那个东西用了吗？"

饶是皇甫南全心戒备，也架不住热气往脸上涌。她睨了一眼竖起耳朵的绿岫，绿岫拿不准了：我是把这个南蛮赶走，还是躲出去？

"绿岫。"外头的红芍轻唤了一声。绿岫醒悟了，吐了吐舌头，从车辕跳下去。

"管用吗？"阿普笃慕不耐烦了，又问一句，眼睛往皇甫南衣领里瞥。

皇甫南下意识用团扇把领口盖住，往车里挪了挪，怕他要伸手来拽她的衣领。车壁外是隐约的嬉笑声，她声音很轻地吓唬他："小心荐福寺的和尚抓你去公廨。"

阿普笃慕声音也压低了，表情很不屑："就凭他们？"他索性倾身过来，胳膊搭在车窗上，审视着皇甫南的脸，"喂，你回去没哭吧？"

朦胧的光晕下，脸红是瞧不见的，但皇甫南把身体转到了另一边。顺着扇柄上的璎珞，她半响才吐出一句："没有，那有什么好哭的？"

阿普笃慕不怀疑，他也觉得那事没什么大不了的。见皇甫南没有张口闭口骂他是野人，他心里舒坦了不少，又往前凑了凑，简直恨不得钻到车里来："那上回芒赞在城外……你有个婢女吓死了。"

"没死。"皇甫南嗔道，自厢板往外警觉地看了看——乌蠻和西蕃两国勾连，是皇帝的大忌，朝廷的耳目到处都是，他倒漫不经心的。

皇甫南蹙眉瞥他一眼："你别说了。"

阿普笃慕"哦"一声："我还是野人吗？"

"怎么不是？"皇甫南很执拗。

阿普笃慕竟然好脾气地妥协了："好吧，我是野人，你是高贵的人。"他在披香殿时，还觉得她造作得讨厌，这会儿忽然又觉得阿姹变"好"了，大度了。小时候她的眼泪可是很多的，害他挨了各罗苏不少鞭子。

阿姹是好阿姹，他乡遇故知，连她那低垂的发髻和精巧的下颌都透着点亲切和可爱。阿普笃慕想把白虎的故事告诉她，可刚一张嘴就卡壳了——被她知道他给白虎也起名叫阿姹,准得又甩脸子。他想了想,正色道:"那姓崔的女人,你要离她远一点。"

皇甫南没有反驳,郁郁寡欢地摆弄着扇子。

阿普笃慕瞥着她的神色。以前他们在乌爨,他想到什么就说什么,现在对着皇甫南,开口前总得在心里斟酌斟酌。再者,这里毕竟是汉人的地盘,他总留有几分谨慎。

"还有李灵钧、皇甫佶,"阿普笃慕索性一杆子打死,"京都这些人都没什么好心眼。"

这话又不合宜了。皇甫南有点想笑,却恼怒地瞪了他一眼:"你赶紧回乌爨吧。"

"你当我愿意来?"阿普笃慕横眉,语气蛮横,"等皇帝……"

生怕一个"死"字脱口而出,皇甫南情急之下慌得用团扇盖住了他的嘴:"你不想活啦?"

阿普笃慕捏住团扇,眉眼都笑开了,又是那种成功捉弄了人的得意:"我是说,等皇帝和西蕃人议和完,我就能走了。你当我想说什么?"

皇甫南扇子拽不回来,干脆撒手,把脸别开,嘴又噘起来了:"我什么也没想,你怎么还不走?"

"京都真热。"乐游原上的人游兴不衰,车马挤得密不透风,阿普笃慕使劲扇了几下扇子,还给了皇甫南,趁势说,"等我回乌

爨的时候，你也跟我一起走吗？"

这是皇甫南最怕听到的，立即抢白："我为什么要跟你一起走？"

"我……"阿普笃慕话还没说完，皇甫南就见红芍冲她努嘴。

是李灵钧，被北衙禁卫们众星捧月般簇拥着回来了，他那顶尊贵的金冠很显眼。皇甫南忙把阿普笃慕从车牖前推开："你走开！"

阿普笃慕先是一愣，随即明白过来，脸都气青了。他冷冷睨着李灵钧，把腰间的刀在手里掂了掂："你等着，我话还没说完呢。"他剜了皇甫南一眼，有点不甘心，又有点威胁的意思，然后把那地上的半块豆饼渣踢飞，抬腿走了。

"废太子，秉性乖戾，昏暴僭越，不思祖训，罔体朕心，"皇帝一字一句，"以致手足相残，父子构衅，"他猛地转过身来，目光像毒箭似的"嗖嗖"刺入皇甫达奚的身上，"还有人妄图替他辩白，是邪党未除，还是这些人也给镇魇了，想要把我拉下去，好替一个死人正名？"

皇甫达奚感觉脊背上仿佛有冰凉的长虫在游走，浑身冷汗，"扑通"一声跪倒在地："陛下恕罪！"

皇帝拂袖："革职彻查！"

"是。"皇甫达奚忙把散落在地上的奏疏拾起来，收进袖子里。

暴怒之后，疲惫袭来，皇帝喘着气瘫坐在案后。有只手缓缓爬上他的额头，替他轻轻揉着，宽大的罗袖在鬓边拂动，是浓郁的麝香。待那一阵锥骨般的头疼退去后，皇帝拽住罗袖，不悦地问："你怎么闯进来了？"

见皇帝没有要推开自己的意思，崔婕妤的娇躯也趁势扑过来，楚楚可怜地抱住皇帝的双腿："陛下不要奴了，要把奴赶回教坊去吗？奴不去，奴宁愿死！求陛下赐奴和父亲两条白绫！"

皇帝是年过花甲的人了，被她满地打滚地纠缠着，颇感无奈："你是嫌我还不够心烦吗？"

皇甫达奚弓背垂眸，好像个聋子瞎子，小步快速退出了紫宸殿。

"恕你无罪。"皇帝终于说道。

崔婕妤心花怒放，用绫帕抹去脸上的泪痕，余光觑着皇帝的表情："我父亲的食邑……"

"五百户依旧给他。"皇帝仁慈地说道，眸光里又不乏冷酷，"以你的出身，我给你的还不够吗？人太贪婪，终遭天谴。"

崔婕妤依偎着皇帝，娇媚地笑道："就算是全天下的内臣和外藩都往我手上送东西，又值得了什么？我既不祸国，也不乱政，至多不过是头上多几根插戴，匣子里多几块香饼，跟别的妃嫔们比起来，好显得不那么寒碜。"她说得可怜，哽咽起来，"别人讨好我，也是因为陛下爱我，等到陛下嫌弃我了，就算我去求着，他们也不会多看我一眼……"幽怨了一句，她又扭着腰肢撒起泼来，"听说蜀王嫌陛下当初在益州的离宫太寒酸了，又在修建新的蜀王府，劳民伤财，陛下怎么也不管管儿子，只来管我？"

皇帝好像没有听见"蜀王"这两个字，把案头的念珠拾起来，淡淡道："攒的那些金银缎匹，你留着吧。我老了，你还年轻，又没有倚仗，手头有钱，以后日子也好过点。"他抬手制止了崔婕妤的哽咽，脸色沉了，"和西蕃议和的事，你不要掺和。"

崔婕妤忙追上去，竭力地替皇帝出谋划策："陛下想要试探西蕃是不是真心求和，不如求取西蕃公主。听说赞普只有一个女儿，如果是诈降，他们准不敢答应。"

皇帝站住脚，好笑地说："你简直是说胡话。不说年龄不合适，我娶他的女儿，他倒成了我的丈人，到底是我降他，还是他降我？"

崔婕妤也是一愣，随即一跺脚，嗔道："我是说选一位皇孙去求娶西蕃公主，谁说给你娶了？你简直是……哼！"她撒娇卖痴的，把皇帝的胡子也扯掉了几根，"你们男人，果然是人老心不老。"

皇帝绷起脸来，叫她不要胡闹："以你看，哪个皇孙合适？"

崔婕妤微笑道："蜀王府的三郎，年龄、身份不都刚刚好？"

皇帝踱回案后，沉吟半晌，将念珠在背后缓缓盘着。他斜着眼将崔婕妤一瞟："如果以后蜀王继位，三郎的王妃却是个西蕃人，他还怎么做得东宫？"

崔婕好心都快跳出嗓子眼了："陛下要立蜀王吗？"

"我只是说假如。"皇帝滴水不漏，摇了摇头，"哪个皇孙都不合适。"

"不是皇孙，身份也不匹配呀。"崔婕好仍不罢休，"永庆朝时，西蕃也是假借和亲之名，等保盈公主的孙子到了西蕃，非说他不是正经皇孙，把人扣押为质十多年。要是三郎去，他们难道还能有什么借口吗？"

"要是西蕃人真的心怀不轨，三郎这一去，不是羊入虎口了？"

"陛下看三郎是羊吗？"崔婕好勾唇，"三郎常夸口说，为了陛下和皇后殿下，龙潭虎穴他也敢闯，难道去西蕃探一探虚实，他就怕了？"她那柔软的手臂攀上了皇帝的肩膀，声音轻得像一阵微风，"陛下刚才说的那话，只是'假如'，要是传出宫去，谁知道蜀王会不会当真。蜀王给三郎选妻子，可比陛下选妃还挑剔，一会儿薛家，一会儿皇甫家，陛下是不是该敲打敲打他了？"

"你退下吧。"皇帝不动声色，"我要叫西蕃人来问一问。"

内侍禀报西蕃使者到，崔婕好忙起身躲到屏风后。

芒赞被召到御前应对过几次，已经很熟稔了。他才叩首落座，皇帝就开门见山地说："朕想为蜀王府的三郎求娶贵国的公主，不知道赞普意下如何？"

芒赞吃惊，说："这……臣要先回禀赞普才敢回答陛下。"

"那是自然。"皇帝对他倒很和蔼,"朕只是私下问你,以你看,这桩婚事匹配不匹配?"

芒赞心里打起鼓来,生怕被皇帝看出他的神色,他叉手施礼,把头垂得更低了:"我们公主说过,身份并不要紧,只是人品需要她亲眼看过满意才行。"说到这里,他似乎有些骄傲,"公主之英明勇武,不下男儿。"

"朕知道了,你去吧。"皇帝也没有再追问。

芒赞离去后,崔婕好迈着莲步自屏风后绕了出来。皇帝也没有怪罪,只波澜不惊地说:"不愿意。"

"含含糊糊的,难道真是诈降?"

皇帝捋须不语,见起居郎被皇甫达奚打发着送了一摞奏疏进来,当即便催问:"鄂国公还有消息来吗?"

"回陛下,皇甫相公说,应该快来了。"

"皇甫佶今天在南衙吗?"

起居郎说:"在。"

皇帝道:"跟皇甫达奚说,让他小心点,别露了马脚。"

皇帝对奏疏半点兴致也没有,转身要去佛堂。

崔婕好忙把他的袖子扯住,在耳旁提醒道:"陛下,上回我说的皇甫娘子的事……"

其实皇帝并没有留意过皇甫南,听到这个名字,他又犹豫了。

崔婕妤双眼紧盯着皇帝，心里在打鼓，禁不住又要撒娇："陛下答应过我了……"

半晌，皇帝没忍住好奇："你把她领进宫来，我看一看。"

李灵钧率众在蜀王府的正门外翘首以待。朱衣革带的清道校尉一马当先，疾冲到李灵钧面前，扯着嗓子吼道："蜀王殿下驾到！"

两路鸾旗羽盖已经伴着仙乐拐进了闾里，李灵钧大喜过望，忙往前赶了几步，跪在青色的车帷前："敬叩殿下金安！"

盂兰盆会之后，就是皇帝的千秋，在众多奉旨朝见的亲王中，蜀王地处偏远，总算是到了。

穿黄衣的供奉内人将车帷掀开，身着衮冕的蜀王躬身出来，白净微须的脸上还有点疲态，目光徐徐扫过众人，一团和气地笑着："汝等勤勉，皆有赏赐。"

"父亲。"李灵钧没得到只言片语，顿了顿，忙起身扶起蜀王的手。

蜀王转过身，目光这才落到李灵钧脸上——父子暌违五年，李灵钧脸上还有掩不住的激动，蜀王这一眼却严厉得让他措手不及："你跟我来。"

到了正堂，蜀王脱去衮冕，摘下发冠，叫人都退下去。他往罗汉榻上一坐，霎时变了脸色："你干的好事！"

"我……"李灵钧没有辩解,当即跪下了。

蜀王恨恨地看着他:"指使人上疏,给段平翻案?韦妃那三条人命,你要算到谁的头上?你要叫陛下担上杀子的恶名,还是你想让蜀王府也被陛下当成废太子的邪党,满门诛杀吗?你简直不知死活呀?"

李灵钧镇定下来,辩解:"废太子案被治罪的人多了,都是死人,谁也说不了话,恶名随便推到谁身上都可以,不一定非得是段平。段平当初在南衙也不过是个小小的郎将,是忠是邪,不过是陛下的一念之间。"

"一念之间?"蜀王惊异地笑了,"你知道陛下一念之间能让你生,也能让你死吗?"

李灵钧一身冷汗,半晌,答了声"是"。

"你也知道段平不过是个芥子儿大的郎将,处心积虑地替他翻案,你是猪油蒙心了?"

李灵钧勉强地说:"段平和梁国公有亲,如果段平洗脱了罪名,梁国公少了一桩被人攻讦的理由,不会承蜀王府的情吗?"

蜀王觉得好笑:"他天天在陛下跟前打转,他自己都不替段平说话,要蜀王府来代劳?"

李灵钧没有作声。

"怎么不说话了?"蜀王端起茶瓯,"还有,你是闲的吗,跟那姓崔的女人撕扯？"

李灵钧正色道："崔氏常在陛下面前进谗……"

"进谗的也不止她一个。"蜀王无奈道，"她是个教坊爬幡杆的，你就算参倒了她，又能怎么样？参不倒，被她反咬一口，你悔之晚矣！呵，人越老越薄情哪……"他停下来，慢条斯理地呷茶汤。

李灵钧抬眸，深深地看了蜀王一眼。

"对了，法空，还有碧鸡山山火那几桩事，"蜀王不经意地提了起来，"陛下疑心乌蛮人从中作梗，已经叫皇甫佶去盯着了。"蜀王斜了一眼李灵钧，皮笑肉不笑的，"你不是一向不服气皇甫佶吗？我看人家倒是办了不少正事，在薛厚和陛下面前都很替皇甫达奚长脸，你又干了些什么？"

李灵钧一凛："是我大意了。"

"大意？"蜀王冷笑，"是色迷了心窍吧？"见李灵钧整个人都僵住了，蜀王摇头，"天下的女人有多少？你倒好……"将茶瓯放下，他温和地说，"我已经听你母亲说了，皇甫娘子虽然貌美，却失之孤骄，似乎也太过精明了些，娶妻当以温顺宽厚为要，此事不宜，再议吧。"蜀王目视李灵钧，微笑着，"几次上疏，虽然鲁莽，但能鼓动许多人替你捉刀，也算有点说服人的本事。"

李灵钧注视着面前凹凸起伏的联珠纹地砖，说："是。"

起身之后，他脸上的红热已经褪去了，眉眼深刻冷峻。

蜀王不禁怡然而笑，用手在李灵钧的发顶比了比："一眨眼，比我高了。"他负起手，感慨万千，"我也蹉跎得头发都快白啦！"

（九）

碧云凉冷骊龙睡，拾得遗珠月下归。

阿普笃慕一手拎着毛笔，一手托腮，望着纸上这行字发呆。

背后是翻箱倒柜的声音，木吉正把一双锋利的铎鞘用布包起来。阿普笃慕勾勾手指，叫木吉过来："你说，写这句诗的人是不是很得意啊？"

木吉在国子学伴读时，整天不是打瞌睡，就是和木呷挤眉弄眼，对诗词的理解也只是寥寥。他思索了一会儿，胸有成竹道："趁着骊龙打瞌睡，把明珠偷走了，当然得意啰。"

阿普笃慕说："汉人说的骊珠是葡萄。"

"京都也没葡萄呀，那八成是个从西域偷葡萄的贼。"

"你说得对。"阿普笃慕把沾了浓墨的毛笔"啪"地往案上一摞，起身要出去，在门口和芒赞撞了个满怀。

皇帝赐给云南王世子的宅邸在礼宾院附近，人多嘴杂，芒赞为避人耳目，用黑巾裹着头和脸。

他一把将黑巾扯下来，打量阿普笃慕："去哪儿？"

阿普笃慕没有瞒他："去皇甫府。"

芒赞仿佛想到了什么，一步步往前逼，好兄弟似的拍了拍阿普笃慕的胸口，突然狠狠揪住了他的衣襟，嘴贴耳朵地威胁道："阿普笃慕，你可不要忘了我们的誓约。"

"我有要紧的话和她说。"阿普笃慕置若罔闻地挥开芒赞的手，快步出门。

皇甫达奚望着案头的一摞诗帖，还有些摸不着头脑。

阿普笃慕在上门谒见时，特意换了圆领襕袍，衬着白绁里领子，鬓发乌黑整齐，也没有佩刀剑，不像要兴师问罪，难道真是来诚心求教，讨论学问的？

换作那些妄图讨好，在科闱中取巧的学子，皇甫达奚早把人轰出去了。但近日皇帝对乌爨的动静颇留意，再加上皇甫偡惹下的那桩祸事，皇甫达奚也不得不提起精神耐心地将诗帖翻看了几篇。

字如其人，撇是撇，捺是捺，稚拙了些，还算端正。诗嘛，在他看来也就是牙牙学语的水平。

皇甫达奚的余光在阿普笃慕脸上稍一盘旋：这个年轻人会做出在法空身上鬼画符那种刁钻刻薄的事吗？

皇甫达奚当机立断，把诗帖合上，捋须笑道："世子的诗通俗易懂，尤其是意境，别具一格，无须我再赘言啦。"他还热心加了一句，"禁中翰林院的几位诗待诏才是真正的文坛圣手，我可替世

子引荐一二。"

阿普笃慕也不强求，道谢之后便告辞。

皇甫达奚送客步出正堂，这时节，正逢丹桂初绽，连僮仆们都袖鬓沾香。阿普笃慕走在廊上，东张西望，有些欣羡地说："相公府上的景色真好。"

"世子常在御前伴驾，比起禁苑，我这寒舍又算什么？"

阿普笃慕又指向一道横亘的画壁："那后面是什么？"

皇甫达奚沉下脸，不说话了。

僮仆觉得这乡下人好没规矩，忙拽着阿普笃慕的袖子："那是中门，后面乃是相公的家眷，不要冲撞了。这里是正门，郎君别走错了。"

阿普笃慕倒也乖顺，说了声"告罪"，在皇甫达奚阴晴不定的盯视下离开了。

一出乌头门，他就绕到巷子深处。皇甫府在本坊也占了一小半地，白墙红柱，一株百来年的老银杏树枝叶覆盖了房顶的绿琉璃瓦。这会儿正是午后，巷子里人声寂然，阿普笃慕左右看了看，一翻身，跃进墙内。

皇甫达奚的后宅里也是遮天蔽日的花木，阿普笃慕那点防备被好奇代替，一路走走停停，猜测着皇甫南的寝房——她只是皇甫达奚名义上的远房侄女，大约住得偏僻，兴许还要看别人的脸色。

想到这里，阿普笃慕的眉头皱了起来。

淙淙的涌泉声伴着花枝摇动，竹棚下有人悄悄说话，阿普笃慕一闪身，躲进假山的缝隙里。

绿岬捧着盛鱼食的钵，低头寻找着碧浪里的红鲤："娘子你看，这条是不是翻肚皮了？"

皇甫南吝啬地用指尖弹了一点鱼食，几条红鲤立马精神抖擞地摆着尾巴冲杀过来："瞧，装死的。"她摇起缠枝葡萄的团扇，裙裾在池畔流云似的飘动，"你下的饵太多，它们都懒得去抢，一池死水，还有什么看头？"

绿岬吐了下舌头："我可不喜欢看它们为一点饵抢来抢去，心里怪不忍的。"

皇甫南头头是道："喂鱼八分饱，自然之理，本来就该为抢食而厮杀。鱼和人一样，有些鱼懒，要引诱它，有些鱼倔，要晾着它，至于那些三心二意、不识抬举的蠢鱼，只好饿着它。你观其翻腾浮跃，才能悟活泼之机，生澄清之念。"

绿岬也似有所悟，托腮坐在石凳上，叹了口气："听说上回秘书监参崔婕妤，惹得陛下生气了，有好些日子没有召见三郎。"

皇甫南嘴角一翘，似有些不屑："薛相公行事也常与陛下的心意相悖，怎么不见陛下对他作色？好好一个男人，不思建功立业，只靠着陛下那点虚无缥缈的宠爱，他和崔婕妤也没什么两样了。"

绿岫不满:"三郎可是皇孙呢!"

"陛下的皇孙何其多?"皇甫南道,"就像这池子里的鱼一样,乡下野溪里的,还是蓬莱仙池里来的,除非生了牙齿,能跳起来咬人,否则,有什么区别呢?"

绿岫疑惑了:"难道逼三郎也去打仗?千金之子……"

"有人来了。"皇甫南的团扇停在胸前,警觉地往旁边看了眼。

阿普笃慕紧紧盯着皇甫南,下意识地往腰间一摸,摸了个空,才想起没佩刀。

耳畔有脚步声近了,皇甫南展开笑容,叫声"阿兄"。阿普笃慕顿悟,紧贴回山壁上,眼睛仍旧看着皇甫南,眉头皱得更紧了。

皇甫佶是特意来找皇甫南的,他平静地看了一眼绿岫,说:"你先回去吧,我跟你们娘子有话要说。"

绿岫看看皇甫佶,又看看皇甫南,抱着钵离开了竹棚。

皇甫南根本没把皇甫夫人的叮嘱放在心里,皇甫佶数日不见踪影,她觉得这事有些古怪,但也不问,只笑道:"你是来跟我道别的吗?"

竹棚下连风都是静的,皇甫南站在花枝间,艳阳自竹席的缝隙间漏下来,打在她的发髻和肩上,她不躲不闪地看着皇甫佶。

"碧鸡山芒赞掳你的时候,阿普笃慕也在吗?"皇甫佶忽然问。

皇甫南面露诧异:"我不知道。"她想起当时的场景,不禁打个寒战,"当时好些人,都拿着刀,我没有看仔细。"

"赤都的告身也是你给了阿普笃慕。"皇甫佶已经明白了,他没有怒不可遏,只是克制着心口翻滚的情绪,"我问你乌蛮有没有私下跟西蕃勾连,你跟我说没有。你连在我面前都没有一句真话吗?"

皇甫佶在跟踪她……

皇甫南的心猛地一沉,她咬着唇,没再否认,只无奈地跺脚:"他是我表兄,舅舅抚养我三年,你要我怎么办?"

皇甫佶气急了,寸步不让:"不是说你在乌蛮受尽委屈,恨不得死吗?"他一哂,"你现在分明处处都护着阿普笃慕。分开五六年的人,也能叫你这么念念不忘?"

原来……皇甫南慢慢坐在石墩上,垂眸看着在碧波里翻腾的红鲤,苦笑道:"当初在乌爨,我也没有忘记过你。"她语气一软,人也泄了气,"我没有护着他。你既然都看到了,随你怎么跟陛下说。我是皇甫家的人,乌爨人在京都作乱,跟我有什么关系?"

皇甫佶的表情缓和了些,迈步过来。皇甫南发髻里的花树钗就在眼下,明光灿灿。皇甫佶的手落在皇甫南的肩膀上,强硬地说:"我去鄱州的时候,你跟我走吧。"

皇甫南愕然抬头:"鄱州?"

"陛下如果要处置阿普笃慕,说不准会牵连到你。"皇甫佶道,"去了鄱州,在鄂国公的麾下,陛下不会把我怎么样。"

听他的语气，显然是经过了深思熟虑的。皇甫南一双秀眉蹙了起来，面上很不情愿。

皇甫佶也审视着皇甫南的表情，直截了当地说："你还冀望于李灵钧吗？陛下有意要让他去西蕃议和，兴许还要求娶西蕃公主。"知道皇甫南执拗，他又透露了一句，"父亲也和荥阳议定了亲事，要把你嫁给郑氏，你难道愿意？"

这消息简直是雪上加霜，皇甫南的脸色瞬间变了。

皇甫佶也为难地别开视线："我从母亲那儿听说的，他们想先瞒着你。"

知道皇甫佶不会诓她，皇甫南怔住了。半晌，她坚定地摇头："我不愿意。"

皇甫佶和皇甫南并肩坐下。她仓皇之下，手里的团扇落地了，他拾起来，上头还是他题的诗——"碧云凉冷骊龙睡，拾得遗珠月下归墨迹犹浓"。他是个武人，也能看出皇甫南对旧物的珍视。

皇甫南来接团扇时，皇甫佶握住了她的手。两人平日难免也有手碰手、肩并肩的时候，但从没像此刻，让皇甫佶也屏住了气息。

"李灵钧不会违逆陛下和蜀王的意思。"他的语气里带着一种温和的冷酷，"舅父和舅母的仇，我可以替你报，不用靠别人……"

皇甫南仿佛没有领会他的深意，这一连的噩耗让她有些回不过神，眼神茫然地看着他："去鄠州，我们……"

"这一去鄜州，父亲肯定不会认我了。"去鄜州，根本就是私奔，这样惊世骇俗之举，皇甫佶冷静得连眉头都不动一下，"你怕自己名分受损吗？西陲不像荥阳，民风很淳朴，没人会说什么，我不会像李灵钧那样得陇望蜀！"

皇甫南哑口无言。

"表妹，你不信我吗？"皇甫佶逼问了一句。

"我相信你。"皇甫南犹豫地说。怕自己的眼神泄露了那些烦乱的心思，皇甫南把头靠在他的肩头，望着嶙峋的山石不语。

"等京都的事情了了……"皇甫佶的嘴唇险些贴到皇甫南的鬓发，声音渐低，是种亲密缠绵的姿势。

阿普笃慕自假山的缝隙间闪身出来时，竹棚底下已经空无一人，只有红鲤还在碧波间漫无目的地游着。他在竹棚下踱了几步，靴底踩着那些被随意散落的鱼饵。

好个花言巧语、三心二意的骗子，让你养鱼！他伸出脚，在鱼池一通搅，红鲤乱蹦，好像遭了野猫的蹂躏。要是皇甫南看到，准得傻眼。想到这里，阿普笃慕冷笑一声，转身就走。

他来的时候，蹑手蹑脚，去的时候，怒气冲冲，连人也懒得躲了，才到中门，和刚才送客的僮仆撞了个正着。那僮仆睁大了眼睛，指着他正要叫，他瞪了对方一眼，嘟囔了一句蛮语："你领错路了！"然后就大摇大摆地走出了皇甫府。

皇帝的身后是雄阔恢宏的千里江山图。环佩悦耳地响着,是崔氏那个妖妇躲在屏风后。

李灵钧压下心头勃发的怒气,目不斜视地跪在皇帝面前:"陛下,臣想随入蕃使到逻些,为陛下促成两国和谈。"

皇帝意味不明地"哦"一声。消息会传到蜀王的耳朵里,皇帝早有预料,但他还未有明旨,李灵钧就来主动请缨,让他略感意外。他斜身倚着凭几,不动声色地打量李灵钧:"三郎,西蕃人心怀不轨,你这一去兴许会陷身于牢狱,连鄂国公也救不了你。你可明白?"

"臣明白。"李灵钧眼皮也不跳一下,昂扬地答道,"臣才十八岁,就算西蕃人囚禁臣十年八载,也还是盛年。如能趁机探清逻些的情况,臣觉得值。"

"西蕃人凶残,你也不怕?"

"臣这一身骨血和尊荣都是陛下和皇后殿下所赐,就算是龙潭虎穴,臣也不怕!"

皇帝出了一阵神,有些迷惘地笑了:"初生牛犊不怕虎,"颔首赞了一句,"你比你父亲有勇气。"他垂首看向李灵钧的双眼,语气意味深长,"朝廷的局势,朝夕之间都可能变天。等你回京都,兴许朕已经不在了……这几年的光阴多么要紧,你不后悔?"

"臣不后悔。"李灵钧一张少年面孔越发坚毅,"臣在逻些,会每日面朝东方叩首,焚香祝祷,愿陛下龙马精神,福寿绵长。"

"好,你就随鸿胪卿走一趟。"皇帝声音也温和了,"朕准你从飞骑中选十名矫健的禁卫,再叫尚乘局选两匹良驹充为坐骑。另外,"皇帝思索着,"鄂国公那里……"

屏风后衣裙窸窣,得逞的崔婕妤走了出来,冲李灵钧嫣然一笑:"郎君一路平安。"

"谢陛下,谢婕妤。"李灵钧很平静,见皇帝再没了话,便叩首退出了御幄。他来到麟德殿,殿内外已经是座无虚席了。

千秋这一日,皇帝宣召派遣鸿胪卿持旌节入蕃,签订议和文书,并在麟德殿设宴为两国的使团践行。整个大殿容纳了上千人,雕梁藻井下,嚣尘中荡漾着钟磬的余韵,文武官员、南北衙、西蕃乌爨都各自为营地坐着。

李灵钧看见了皇甫佶。他夹在南衙的翊卫之中,和谁也不亲热,和谁也不冷淡,更没有冲乌蛮人看一眼。平日在这种场合,两人总要借机凑到一起,可今天,他只是对李灵钧微微一笑,便把头扭到了一边。

李灵钧的目光在皇甫佶、阿普笃慕、芒赞等人的脸上缓缓扫过,盘腿坐在案前,想到了皇帝最后的未尽之语。他微微侧过头,对身旁执壶的黄衣内侍道:"去蜀王府传个话,翁先生熟知陇右的形势,

问他是否愿意跟我去逻些一趟。"说是询问,他那语气却不容置疑,"叫他即刻收拾行装,明日就要随入蕃使离京。"

内侍答了声"是",放下凤首壶去了。

李灵钧刚拿起金瓯,皇帝到了麟德殿。一年一度的千秋,让久病的他脸上也焕发了光彩,但依偎在皇帝身边,携手而至的人,不是皇后,而是盛装的崔婕妤。李灵钧垂眸,随众人起身,恭迎皇帝。

"朕有三瓯酒,"皇帝年迈,声音不高,但殿上的喧嚣霎时凝滞,众人都屏气凝神,"第一瓯,敬这二十载汉蕃两地的百姓,朕但愿以后再无战乱。"皇帝的脸上带着和煦的微笑。

李灵钧仰头把这一瓯喝了,胸口热辣辣的,但眼神很定。

"第二瓯,敬赞普,"皇帝对芒赞领首,"愿他也和朕一样,早日扶危定乱,攘除奸佞。"

芒赞心里一凛,来不及辩驳,见众人慨然应声,只得随众把这口酒倒进喉咙里。

"第三瓯,"皇帝顿了顿,鸦雀无声中,他转向皇甫佶,"敬鄂国公,没有他,就没有朕的今日。"这话让众人都暗暗变了脸色,皇帝笑容不改,示意皇甫佶举瓯,"鄂国公不在,你替他饮了吧。"

"谢陛下。"皇甫佶沉稳地说着。等皇帝放下空瓯,他也双手举瓯,一饮而尽。

众人乱哄哄地坐下时,黄衣内侍替李灵钧添酒,嘴巴也凑了过来:"殿下叫郎君留神,"这是蜀王的眼线,"今晚南衙有异动。"

"什么事?"李灵钧也声若蚊蝇。

"郎君慢饮。"内侍转身,背对着众人,"陛下要在京都搜捕乌蛮人,还不要惊动了西蕃。"

这是坐实了两国勾连,要趁西蕃人离京的机会扣押乌蛮的质子?李灵钧不着痕迹地往旁边瞥了一眼:"鄂国公的消息吗?"

"鄂国公有奏疏,西蕃赞普赐了金印给各罗苏,封他为赞普钟,二者已约为兄弟。殿下担心剑川有变。"内侍斟完酒,躬身退了出去。

教坊的舞伎上殿了,甩起的绣衫遮住了笑靥,罗裙旋转得快飞起来。年轻武将们的视线被吸引了去,李灵钧则盯着皇帝身边花枝招展的崔婕妤——这样一个狂妄而不知收敛的女人,是用什么迷惑了陛下的心神?

"陛下,"崔婕妤转向皇帝,"皇后殿下请了外命妇们在太液池乘船游湖,陛下不是想看看皇甫娘子吗?"她笑意婉转,"正好皇甫相公也在殿上,陛下如果觉得好,可以当场下旨。"

"叫她来。"皇帝也有了醉意。

崔婕妤对宫婢使了个眼色:"不要惊动皇后和皇甫夫人,就说是皇甫相公的钧旨。"

皇甫南被宫婢领进了麟德殿,脸上犹带困惑。踩在寸许厚的红氍毹上，迎面就是飞雪惊鸿似的袖裾，还有轻罗金缕遮盖的酥胸和藕臂，这是一场足以让男人恍惚的酒色盛宴。有人当她也是教坊的舞伎，要调笑几句，她却脚步不停地往皇帝面前去了。郁金色罗裙，春水绿帔子，都只是微微一动，拂过了酒案。

"见过陛下和婕好。"不见皇甫达奚，皇甫南顿悟，垂落眼睫。

皇帝用醉眼瞟着她，思忖不语。

崔婕好在御前设了月凳，叫人取阮咸来，交给皇甫南："皇甫娘子，你弹一曲阮咸给陛下听。"

皇甫南没有接："我不会弹。"

"只是随手拨一拨弦子。"皇帝突然说话了，很和蔼，"朕听说皇甫相公家的女儿都很聪慧。"

皇帝一开口，钟罄都静了，皇甫达奚只得硬着头皮说："九妹，你就随手拨一拨。"

皇甫南说了声"是"，端坐在月凳上，可还未伸手，阿普笃慕就撂下金瓯，大步走上来，把阮咸从宫人怀里抢了过去。他平时在御前也算进退得宜，今天这个举动简直是鲁莽至极，连李灵钧都吃了一惊，喉头险些迸出"护驾"两个字。

皇甫佶倒比他镇定，默然盯着御前的几人。

"陛下不知道吗？"阿普笃慕抱着阮咸，像抱着一把刀，满不在乎地对皇帝施礼，"爨人除了善锻刀，还善弹月琴。臣也想为陛下奏一曲。"

他好像没看见皇甫南,盘腿往御案旁一坐。宫人送上了精雕细镂的拨子,散发着淡淡的龙香气息。阿普笃慕垂首盯着上头刻的"盈"字,隔了一瞬,猛地挑动了琴弦。

这琴声急促得没有章法,也无人应和,阿普笃慕一张嘴,竟是陌生的语言——银苍碧洱之间的爨人,都对这首歌滚瓜烂熟。

赤龙贯日,金鹰横空,

佳支依达波涛滚,英雄诞生。

脚下骑九翅神马,栖于太空之云端!

铜矛刺恶鬼,藤萝缠蟒蛇,

铁刀劈风雷,竹箭破雨雪!

哦嚯!支格阿鲁!

左眼映红日,映日生光辉!

哦嚯!支格阿鲁!

右眼照明月,照月亮堂堂!

哦嚯!支格阿鲁!龙鹰之子!

皇帝不解其意,默默地听完,笑道:"朕不知道阮咸的声音竟也能这样高亢激烈。"

"陛下恕罪，"阿普笃慕毕恭毕敬地放下阮咸和拨子，"臣笨手笨脚的，把琴弦拉断了。"

"无妨。"皇帝饶有兴致地看向皇甫南。

"陛下，"皇甫达奚也敛容离开了酒案，跪伏在皇帝面前，"承蒙婕妤青眼，看中了臣的侄女，要收她为养女，臣不胜惶恐！感激涕零！只是臣已经和荥阳郑氏交换了婚书，说好年内侄女就要出嫁了，不能在宫里侍奉婕妤，望陛下和婕妤恕罪！"

"原来如此。"皇帝有些意外，沉吟了一会儿，见面前跪着皇甫达奚和阿普笃慕，目光又在李灵钧等人脸上一盘旋，若无其事地笑道，"这是喜事，何须问罪？"他扶案起身，有些踉跄，"朕不胜酒力，你们自便。"还吩咐内侍，"把这阮咸的弦修好，送到阿普笃慕家里。"

"谢陛下。"阿普笃慕退回席上。

芒赞借机来敬酒，凑到了酒案前，借着衣袖掩面，对阿普笃慕微微摇头，又告诫了一句："不要忘了我们的誓约。"

"我去解手。"见皇甫南退出麟德殿，阿普笃慕立即放下金瓯，起身离席。到了殿外，他两步追上皇甫南，不顾宫人惊诧的目光，在廊柱后一把攥住她的胳膊，用爨语说道："达惹姑姑还活着，就在乌爨。"

"什么？"皇甫南错愕地张大了嘴。

"这两天别来找我。"阿普笃慕语速很快,"你想回乌爨,就去找芒赞。"他像他们刚在京都相逢那样,变成了疏离冷淡的模样,把手里的春水绿帔子松开,转身走了。

皇甫南独自回到皇甫家,绿岫和红芍迎了上来。

皇甫南和荥阳郑家的郎君结亲的事,已经在府里传开了。两个人都是蒙的,见皇甫南坐在镜台前那副魂不守舍的样子,不敢再提李灵钧的名字。

绿岫小心地说:"荥阳郑家,是国子祭酒夫人的本家吗?她家娘子丢了个臂钏,就被逼得上吊死了!"

这样的人家,皇甫南会习惯吗?红芍也忧心忡忡。

皇甫南从纷乱的思绪中回过神来,问红芍:"阿兄回来了吗?"

"相公回来了,没有看见六郎。"

皇甫南忙把花树钗别回去,拾起帔子:"我要去门外等阿兄。"

绿岫和红芍忙打起灯笼,急急地追在皇甫南身后,到了乌头门上。又逢千秋节放夜,石桥两岸的柿子树上挂着密密的绛纱灯笼,在夜风里徐徐打着转。天街上在放焰口,香霭沉沉的。被黯红的光照亮的来路上,没有归客。

"瞧,"绿岫等得发闷,指着树上的灯笼问红芍,"那像什么?"

红芍定睛看去,打了个激灵:"像一团团鬼火,在枝杈里跳来跳去的。"

"像一个个红彤彤的柿子。"绿岫憧憬地说，"六郎小时候常爬到树上摘柿子。"她想起了那个叫"阿普"的南蛮，"扑哧"一笑，"你还记不记得那个替娘子去偷过和尚的菩提果的南蛮？他长得很俊呢，可惜……"

可惜他们都不是郑郎君。

皇甫南环抱双臂，望着苍茫的夜色发呆。这个时候，麟德殿的宴会早结束了，皇甫佶去哪儿了？

她的心剧烈地跳了起来。

又是一个彻夜不眠的良宵。

寄附铺里埋伏了十多个南衙的翊卫，今夜不该他们轮值的，可没人敢掉以轻心，都穿了铠甲，或坐或站地聚在灯下。

这里是阿普笃慕从宫城回宅子的必经之处，也是夜景最繁华的地段。人们都乐得疯了、痴了，披星戴月地载歌载舞，比起盂兰盆那晚，兴致半点不减。

皇甫佶聆听着金钲的声音："快二更了。"他靴尖一挑，静躺在地上的配刀飞起来，被他稳稳抓紧。他快步走到窗前，盯着人群熙攘的街口。

"那里有一个。"有人指着楼下。

皇甫佶认得，那是阿普笃慕的随从木呷。比起阿普笃慕的入乡随俗，木呷还是一身蛮横之气，头上梳着椎髻，身上披着鸟羽兽皮，胳膊和脚板飞快地甩着、跺着，把芦笙吹得响亮欢快。那是南诏舞队在御前表演过的"跳月打竹歌"。

皇甫佶把目光自咧嘴大笑的木呷脸上移开，很有耐心地说："先别轻举妄动，等三更。"

他们早谋划好了，待夜深人静，"鱼都进了网"，就分头把守住宅子的前后门，再把所有的南蛮人自睡梦中揪起来。

阿普笃慕是各罗苏的"七寸"，扼住了各罗苏的咽喉，就是砍了西蕃的一条臂膀。

"来了！"

众人抢着去握刀，皇甫佶吹熄了桌上的油灯，寄附铺的楼上顿时陷入沉寂的黑暗中。

欢声笑语的舞队往间里去了，半轮皓月挂在荐福寺佛塔的顶上，照得天街亮堂堂的，在银霜似的地上映出一人一马的影子——是才从宫城值宿出来的阿普笃慕，没有随从，也没有灯笼。他走着走着，勒马停住了，仰头望着天上的月亮，有点落寞的样子。

皇甫佶正要动身时，阿普笃慕停在坊门下，想了想，掉转马头往南去了。

"跟着他。"皇甫佶一招呼，众人都很有默契，无声地奔到街

上，远远地跟在阿普笃慕后面。

江畔的凉棚底下，放完焰口的僧众都已经散了。沿河两岸，夜风漾漾，彩纸剪成的衣衫鞋帽"呼啦"一下被火星点着，坠落进幽暗不明的河里，寺里的铙钹还在发出阵阵声响。

经过淫祠①，有沙门在呢喃着金刚经："佛告须菩提：凡所有相，皆是虚妄，若见诸相非相，即见如来……尔时，世尊而说偈言：若以色见我，以音声求我，是人行邪道，不能见如来……"

明德门城楼上灯火煌煌，监门卫的守兵把阿普笃慕挡住了。

"他要出城？"皇甫佶身边有人疑道，随即意识过来南衙早已密令监门卫，不得随意放人出城。

谁知阿普笃慕和监门卫的人勾了勾肩膀，又把腰间的鱼符拿了出来给守卫查验，接着，"轰"一声，最右的城门打开，阿普笃慕跨上马背，出城去了。

皇甫佶立即反应过来，阿普笃慕的腰牌是假的："他要逃！"

十来号人狂奔到城门下，将南衙的令牌一亮，牵过几匹马，冲入夜色，踏碎了银霜。

追出数十里，碧鸡山在眼前静卧，夜风阵阵，摇曳着树影。碧鸡山山火之后，山上的行苑还没来得及修缮，就这样空置了。皇甫佶下马，翻出火折，照亮了眼前焦黑的松枝。

---

①没有经过官府等级的野庙。

"进山搜吗?"旁人犹豫了,"乌蛮人擅长钻林子,小心偷袭。"

"他身上没有暗器。"皇甫佸沉稳地说。阿普笃慕之前在宫里值宿,皇帝的眼皮底下,除了一把刀,毒箭弹弓之流是没法夹带进去的。

叫了两人回城去报信后,皇甫佸把火折别回腰里,借着月光拨开迎面的松枝:"找被马蹄踩断的草。"才两个月,山上的野草又齐小腿了。

追着草痕到了山腰,浓云把月亮遮住了,"沙沙"的林叶声中夹杂着嗷呜低吼,是虎豹,还是豺狼?几人背抵背,忐忑地停下了。山火时,兽苑里逃走了不少猛兽,兴许还在山间游荡。一匹马被丢在林子里,孤零零的,也在不安地喷着鼻息。

"可能是人学的。"见众人都退却了,皇甫佸也不勉强,把刀脱鞘,割断半截碍事的袍子,"我去看一看。"

皇甫佸踩过萋萋的乱草,循声穿过林子,隐约可见山下零星一点灯火,是皇甫家的私庙——碧鸡山起火那天,皇甫南就在庙里。

想到这里,皇甫佸脸色微变,老虎的低吼声骤然停了。脚被绊了一下,皇甫佸低头一看,是只被胡乱甩开的乌皮靴。

皇甫佸瞬间横刀当胸,疾风过耳,一个人影自树上无声落下,像只迎面腾跃的野兽猛地把他扑倒。阿普笃慕的左膝跪在了他的右臂上,他狠狠一拧眉,险些闷哼出声,刀脱了手,被一脚踢飞。

阿普笃慕也丢开了自己的刀,揪住皇甫佸的衣领,给了他一拳。

皇甫佶把阿普笃慕掀翻，飞快退了几步。腰间还有短弓，他引弓张弦，动作敏捷得让人看不清，顷刻间，箭镞就对准了阿普笃慕的胸口。

阿普笃慕的声音还很镇定："你右手折了，可别射偏了。"

"卫府兵擅闯城门，是死罪。"皇甫佶的弓弦绷得很紧，"夜里暗，就算失手射死你，陛下又能说什么？"

"你们皇甫家的人都这么恶毒吗？"阿普笃慕有些愤怒，"我都没想过要你死。"

皇甫佶淡淡道："我也不打算要你的命。陛下特意叫我送阮咸给你，你该回去领赏谢恩。"

想到皇帝，阿普笃慕嫌恶地把脸别到一边："不稀罕。"

他话音未落，皇甫佶的手蓦地一低，霜雪似的箭芒往他的脚踝而来——这是皇甫佶擒获猛兽惯用的手段。阿普笃慕飞身将乌皮靴往皇甫佶面门上踢去，皇甫佶躲闪不及，又被拽住衣领，重重倒到地上。清风中有淡淡的血腥气，是阿普笃慕中了箭，皇甫佶精神一振，反手去草丛里摸索弓弦，"咔"一声轻响，弓被压断了。

没了兵器，两人在林子里扭打起来。皇甫佶的右臂折了，被阿普笃慕反剪双手制住。他胸口剧烈起伏，一扭头，咫尺间，瞥见了阿普笃慕雪白锋利的牙齿和晃动的珊瑚耳串。阿普笃慕的衣衫也被撕扯开了，月亮半隐半露，照出背上狰狞凶悍的虎纹。

皇甫佶顿悟，赤手空拳，自己不是这乌蛮人的对手。

"你走吧。"他毫不犹豫地说,然后左臂奋力一挥,把衣领从阿普笃慕的十指下挣了出来。

阿普笃慕一瘸一拐地退开,脸上露出了得意的神色。他手里握着皇甫佶的马鞭——自从在南衙第一眼看到皇甫佶腰间的竹鞭,他就觉得很不顺眼,和皇甫佶缠斗,就是为了把它薅下来。

皇甫佶也急了:"这上面刻字了,还给我。"

"什么字?我不认识汉人的字。"阿普笃慕看也不看,把鞭柄折断,"这是苍山的龙竹,你们汉人都爱到别人的家里偷和抢吗?"他摇着头,一扬手,竹鞭被无情地投进了山涧。

一声尖锐的呼哨自皇甫佶的唇间冲出,夜鸟扑棱翅膀凌空而起。

阿普笃慕诧异地看了一眼皇甫佶:"怪不得……"好好的阿姹,在皇甫家长成了一个奸诈善变的女人。

有人应声而来,阿普笃慕把刀背叼在嘴里,纵身一跃,滚下了山坡。

皇甫佶追了两步,发现已经不见人影。他用割断的衣袍将手缠起来,见众人搜寻无果,便默默地骑马回城。

天边的青霭中已经透了白,上朝迟了的官员正急急地拍马——要去南衙覆命了。

皇甫佶舒了口气,"驾"一声,一马当先,疾驰至木呷等人的住所。

见正门大开，两名翊卫在外头徘徊，皇甫佶顿感不妙，冲进堂上。

堂上和庑房里都空无一人，榻上也是冰凉的，只有几个洒扫的站在院子里。

"蛮子们都去跳舞了，"答话的苍头迷迷糊糊的，"一晚上都没人回来。"

案头的纸页飘到靴前，皇甫佶拾起来，借着朦胧的天光一看。

——碧云凉冷骊龙睡，拾得遗珠月下归。

是他私下题赠给皇甫南的诗。

"城里搜了吗？"他问旁人。

"监门卫说，咱们刚出城，就有另一拨人拿着南衙的令牌，也说是去追南蛮，他们就没有仔细查验。"想到要去御前回话，这人无奈至极，"今天陛下要出明德门为鸿胪卿送行，什么也做不了了。"

皇甫佶咬牙：中了调虎离山之计，好狡猾的阿普笃慕。

门口刚一有响动，罗帷就被扯开了。

皇甫南一夜没合眼，双目仍炯炯有神："是阿兄回来了吗？"

"不是……"红芍迟疑了。

和郑家的婚事昨天在御前透了风，皇甫夫人干脆紧锣密鼓地张罗起来了，新裁的细绢堆在窗前，才打的簪钗也用同心匣盛了来，皇甫南被催促着绣的半朵芙蓉也放在案上，旁边的兔毫黑釉瓶里插着八娘子送的一支丹桂。

绿岫急得要跳脚了，忙跑到榻前："是三郎，蜀王府的三郎。"她紧紧扣住皇甫南的十指，心"扑通"跳，"三郎请你去崇济寺，夫人不知道，去吧，娘子！"

自从言官重提段平案被皇帝申斥之后，李灵钧跟皇甫府就疏淡了，连皇甫达奚也绝口不提蜀王府。这个名字陡然在耳边响起，简直有点陌生，皇甫南脸色淡了："不去。"

"天不亮就来传了话，这会儿说不准人还在等着。"绿岫睁大了眼睛，像预感到了什么一样，激动得脸红，"兴许三郎会借这个机会求陛下开恩，把娘子嫁给他！"

皇甫南笑了："你在做梦？"

绿岫讪讪的："看在三郎亲自下水捉鱼的份上……"

墙里跳进了"野猫"，鱼池已经跑空了。皇甫南还挂心着皇甫佶的去向，没精打采地起身，从黑釉瓶里拿出丹桂，在手上转了转，看着外头答答滴水的屋檐。

临行时，天公不作美，所有人的心里大概都不畅快。

"去吧，把话说开了也好。"绿岫还在不甘心地怂恿，"今天陛下带着满朝文武出明德门送鸿胪卿，万一三郎为等你去迟了……"

"绿岫在房里守着，红芍再去打听打听阿兄到底去哪儿了。"皇甫南把没绣完的芙蓉扔下，梳了丫髻，穿白衫青裙，手拿一把碧油伞。

"娘子,你要去崇济寺?"绿岫追出来,压着嗓音问。

皇甫南手指在唇边一竖,踩在湿漉漉的青石砖上。那把碧油伞被撑开了,像朵莲叶,沿着院墙到了角门,倏地不见了。

崇济寺的大雄宝殿上,皇帝要赐给西蕃的金刚经被移进了金匣,等着护送佛宝的十名北衙禁卫们在庑房里吃茶闲聊。

李灵钧背靠香案,伸长腿坐在蒲团上,望着外头淅淅沥沥的雨。

昨天皇帝加恩,封他为东阳郡王,他因此换上了五章冕服,配有紫绶、水苍玉,金银镂的革囊和佩剑被他解下来放在地上。

有个白衫青裙的人影在倾斜的伞下驻足。李灵钧起先只是随意地扫了一眼,还当是谁家混进来布施的婢女,随即就认出了那人手臂上缠的五色缕。他从蒲团上跳起来,"当啷"一声,革囊和佩剑都被踢得老远。

李灵钧心里是雀跃的,但他克制着表情,只往前迈了一步,若无其事地笑道:"你来啦?"

皇甫南收起伞,走进殿来。

外头的天灰蒙蒙的,佛像前一排长明灯映得人面目如画。

有人自庑房里出来张望雨势,不等皇甫南开口,李灵钧一把攥住她的手腕。她没有作声,也不挣扎,被他从殿门口拽到香案前。

皇甫南拂过鬓边的雨珠,动作舒展,语气轻柔:"真的要去西蕃?"她的话里带着试探,"不争了,不抢了?"

"对。"一段时间不见，李灵钧变了个人似的，沉稳内敛，停了一瞬就放开了皇甫南的手腕，"我去西蕃，陛下很高兴。"

李灵钧的嘴唇抿紧了，是忍耐，是自持。

皇甫南藏起心里的失望，也对他嫣然一笑："祝你一路平安。"

见她转身要走，李灵钧难以置信地追上一步："我这一去可能几年，也可能一辈子都不会回京都了，你没有别的话？"

皇甫南低头想了想，说了句没来由的话："如果以后在陇右相会，你别为难我阿兄。"

李灵钧琢磨着这句话里的深意，随即把注意力都转回皇甫南身上："你不是一直想知道段平的事吗？"

皇甫南意外地转过身来。

李灵钧道："我在蜀王府听了一些话……圣武朝京都失陷，陛下幸蜀，南衙卫府兵谏，当时段平是翊府郎将，陛下的亲卫。"

"这些我知道。"皇甫南静静道，"是废太子指使的，要陛下处死宠妃韦氏，因为陛下私下许诺了韦妃，如果她生了皇子，就废嫡长而立幼。"

李灵钧垂眸："陛下被逼无奈，命段平去将韦氏赐死，韦氏不肯就范，这时外头喧哗，说是兵谏的禁卫们已经闯到了御幄前，陛下一时着急，夺过段平的剑，亲手刺死了韦氏，还在她肚子上补了一剑。"李灵钧习惯了天家的寡情，也觉得有些难以启齿，"当时……

韦氏已经有孕在身了，装殓的人说……是个已成型的男胎。"

所以皇帝才常年噩梦缠身，唯恐恶鬼索命。

皇甫南失神地摇头："所以我阿耶就成了阴附东宫，戕害皇子的邪党。"

"陛下很忌讳提起那个还没降世的皇子。因为当时西蕃兵凶，藩镇作乱，行宫里只报了韦氏病亡，回銮之后，段平就被贬到了云南。昭德十年，段平求见皇甫达奚，想打听陛下对韦氏之死是不是已经释怀。"李灵钧看向皇甫南，"另外，段平还泄露了一个秘密给皇甫达奚……当初和韦氏一同被赐死的，还有韦氏膝下一个刚足岁的公主。段平手下留情，没有把那个气息奄奄的公主埋在西岭，而是丢弃在了当地人的蛮洞里。"

皇甫南呼吸顿止，有什么话冲到了喉咙里。

"三条人命，有一条还存活在世上。"李灵钧刚从翁公孺和蜀王口中得知这些事时，也遏制不住激动，可很快，他心头就仿佛被浇了一瓢雪水，冷静了，也平淡了，甚至没有透露一个字给皇甫南。

这会儿他才直截了当地说："段平以为只要公主完璧归赵就能得到陛下的开恩。"他摇头，"可惜他是个武将，并不懂陛下的心思……各罗苏不愿惹事，皇甫达奚也劝他打消这个主意。几年前，皇甫达奚奏太子谋反有功，就彻底在段平案中撇清了嫌隙。"

皇甫南还在苦苦思索。

李灵钧又说道:"所以,没有所谓的韦妃转世……就算有,可能那人就是韦氏的女儿。"他困惑的目光移到皇甫南脸上,"所以,陛下才对你那么留意。"

被丢弃在蛮洞里气息奄奄的女婴……

"不是我!"皇甫南仿佛从梦中惊醒,脸色都变了。

"只要陛下在一天,段平就不能翻案。"李灵钧了然地说,"如果他知道你的来历,绝不会允许你留在京都。"

黄色的桂花落了满地,雨雾散了,房檐外的天高而远。禁卫三三两两地出来了,在外头说笑,伸着懒腰,招呼杂役僧人把马从厩里牵出来。

皇甫南还站在香案前,她本该痛哭,该彷徨的,可她纤细的脊背挺得笔直,面孔、脖颈都和身上的绢衫一样,细雪似的白。

李灵钧走过去,他不像以前那样总是心猿意马、毛手毛脚了,此时只有视线落在皇甫南脸上。

"以前翁师傅跟父亲说,争为不争,不争为争。我现在才明白,在陛下面前,只能退,不能进。"李灵钧离得近了,坚定的声音进入她的耳际,"你问我,是不是不争了,不抢了,不,我还要争,还要抢,但我不与妇人争,我要和父亲争,还要和陛下争。"这是大逆不道的话,但他说得一点磕绊也没有,"随鸿胪卿去西蕃,有兵马,有旌节,我正好可以看一看薛厚在陇右和谁打交道,在计划

些什么。在京都做个圣人宠爱的皇孙,没有这样的机会。我不要一个温顺宽厚的郡王妃、王妃、皇后,而是要一个聪敏机变不下男人、不惧天高地厚、能懂我帮我的妻子。"雨珠也挡不住他目光里的明亮和热切,"你愿意跟我去吗?"

皇甫南抬起眼来,佛像半合半闭、似慈悲又漠然的一双细眸也在凝视着她。

李灵钧无声地跪在了蒲团上,长明灯前,他毅然地指天盟誓:"我李灵钧如能掌握权柄,绝不辜负段遗南,绝不令她居于任何人之下,绝不让段平继续含冤九泉。有违此誓,让我事业未成,半途而废,死无葬身之地。"

他一字一句地说完,从革袋里掏出一枚铜钮龟背方印,刻了"钧"和"密"两个遒劲的小字。他把方印递到皇甫南面前,挑起俊挺的眉头:"蜀王府的人都认这枚印,请你保管。你不信我,总信它吧?"

皇甫南却没有接,还往后退了一步,摇头道:"这么重要的印章怎么能转托他人?一旦遗祸,你我都后悔。"

李灵钧见她这撇清的动作,心里一沉:"我不后悔。"

"话别说太早。"皇甫南难以捉摸的双眸看了他一眼,"保重。"

天已经放晴了,她仍撑起碧油伞,遮住了娉婷的身形,匆匆穿过了庭院。

罗帷低垂，被褥底下拱起一个人形。听到轻盈的脚步声，绿岫忙掀起被子翻身起来："娘子！"见皇甫南鬓发微湿，满身香气，她耐不住性子追问，"觐见陛下了吗？三郎开口请陛下赐婚了吗？"

皇甫南对着铜镜出了一阵神，微笑道："你睡迷糊了，还没清醒？"她把肩头零星的桂花掸掉，叹道，"我可是醒了。"

望着窗外的碧空，皇甫南想到了达惹。达惹也曾有那样浓密乌黑的头发，还有似笑非笑的一张脸。

红芍快快地回来，见皇甫南好好地端坐在镜台前，松了口气："六郎回来了，说是南衙昨夜有府兵作乱，陛下叫他去捉拿。"她顺手拿起梳篦，"大概差事办得不好，相公发了好一通脾气。"

皇甫南的心悄然落了地。

"六郎又说要回鄠州，相公答应了。"红芍去看皇甫南的脸色，"不去跟六郎说几句话吗？以后……兴许就见不着了。"

"再说吧。"皇甫南轻快地说，"我要去庙里还愿。"

叫人备齐香烛布施，皇甫南戴上帷帽，骑上青骢马，和两个婢子出了乌头门。绿岫引颈张望着，还能看见远处络绎的华盖翠伞。

"陛下御驾出明德门，天街上净道了，咱们从春明门绕出城吧。"她扭头去看天际飘荡的纸鸢，"天气又好了，三郎准能从西蕃立功回来。"

这时，皇甫佶从槐树下打马过来。他刚去南衙还了令牌，无事一身轻似的，脸上挂着笑，衣襟里别着翊府同僚折的柳枝，看样子，要不是皇甫达奚还拉着老脸，他从南衙一出来就能扭头往西北走，再也不停留。

"还愿？"听了两个婢子七嘴八舌的汇报，皇甫佶也有些意外，沉吟着，"是……为了和郑家的亲事？"

"不是。"皇甫南面露神秘。

想到昨夜的碧鸡山，皇甫佶心里还有阴霾："家庙修在碧鸡山，太偏僻了，别在那儿久待。"他是个心思细致周到的人，语气毫无异样，"这时节山上还有走兽。"

皇甫南颔首："你什么时候走？"

"明天。"胯下的马不耐烦地抬蹄子，把头往旁边甩着，皇甫佶冷不丁地说，"知道泾川的大云寺吗？"

泾川距离京都也有三四天的脚程。皇甫南心领神会。

"那里的菩萨比长安的灵。"皇甫佶眨了眨眼睛，笑着拽过了马缰。

进了乌头门，把缰绳交给苍头，皇甫佶不禁又回首望去。

碧空如洗，皇甫南还穿着普通女儿的白衫青裙，像淡淡的云，渺渺的水。她把被风吹起的纱帏拽回来，纵马一跃，跳进了绿槐烟柳的画卷里。